José Lezama Lima

Analecta del reloj

Edición de Rado Molina

Barcelona 2024
Linkgua-ediciones.com

Créditos

Título original: Analecta del reloj.

e-mail: info@linkgua.com

Diseño de la colección: Michel Mallard.

ISBN rústica ilustrada: 978-84-9953-490-9.
ISBN tapa dura: 978-84-1126-609-3.
ISBN ebook: 978-84-1126-758-8.

Sumario

Brevísima presentación

La vida

José Lezama Lima (La Habana, 19 de diciembre de 1910-9 de agosto de 1976). Cuba.

Nació el 19 de diciembre de 1910 en el campamento militar de Columbia, en La Habana, hijo de José María Lezama, coronel de artillería, y de Rosa Lima. En 1920, Lezama entró en el colegio Mimó, donde terminó sus estudios primarios en 1921. Hizo sus estudios de segunda enseñanza en el Instituto de La Habana, y se graduó como bachiller en ciencias y letras en 1928. Un año más tarde estudió Derecho en la Universidad de La Habana.

Lezama participó el 30 de septiembre de 1930 en los movimientos estudiantiles contra la dictadura de Gerardo Machado. Y publicó por entonces el ensayo Tiempo negado, en la revista *Grafos*, en la que al año siguiente se publica su primer poema titulado Poesía. Hacia 1937 fundó la revista *Verbum* y publicó su libro *Muerte de Narciso*. En los años siguientes fundó otras tres revistas: *Nadie parecía*, *Espuela de Plata* y *Orígenes*, junto a José Rodríguez Feo.

En 1964 Lezama se casó con su secretaria María Luisa Bautista. En 1965 ocupó el cargo de investigador y asesor del Instituto de literatura y lingüística de la Academia de Ciencias. En esa época fue publicada su *Antología de la poesía cubana*.

Su novela *Paradiso* apareció en 1966, fue considerada una de las obras maestras de la narrativa del siglo XX y calificada por las autoridades cubanas de «pornográfica».

Profundo conocedor de Platón, los poetas órficos, los gnósticos, Luis de Góngora y las literaturas culteranas y herméticas, Lezama vivió entregado a la escritura. Murió el 9 de agosto de 1976 a consecuencia de las complicaciones del asma que padecía desde niño.

El secreto de Garcilaso

A Juan Ramón Jiménez

Extraño Garcilaso.— Garcilaso convertido en pastilla se ha quemado, pero sus aspirados vapores han motivado efectos contradictorios no previstos por Lopillo. Clarísimos vapores recogidos por romanceados y por cultos, y lejos de ser una ostentación o un lujo intraspasable para una específica casta poética, ha sido la más especial coincidencia, una de las más extrañas detenciones en que se han planteado distantes equilibrios y conjugaciones.[1] Por encima de una resolución dual del fenómeno poético, vemos al retorno de muchas ingenuidades y forzadas contrastaciones, cómo la raíz de muchas devociones al culto marfil pasaban nutricias, aparte de su momentáneo enamoramiento o seducción, a dibujar los materiales traídos por lo popular y lo indígena. Vemos cómo la ascensión de lo popular onírico —molesto por su tomista

1 La imagen de Garcilaso convertido en pastilla es de Quevedo, quien la utiliza al final de su *Aguja de navegar cultos* (1631) para sugerir que Garcilaso debería purificar la poesía de los excesos del cultismo: «Mientras por preservar nuestros Pegasos/ del mal olor de culta jerigonza/ quemamos por pastillas Garcilasos». Quevedo también señala a Lope como heredero de la claridad de Garcilaso: «y Lope de Vega a los clarísimos nos tenga de su verbo», concluye el texto.
Lezama retoma la metáfora de la pastilla pero señala desde el principio que la pastilla está «quemada», enfatizando en la muerte de Garcilaso y sus repercusiones poéticas. La referencia a Lope como «Lopillo» proviene del primer ataque personal abierto que Góngora dirigió a su rival Lope de Vega, el soneto: «Por tu vida, Lopillo, que me borres / las diecinueve torres del escudo, / porque, aunque todas son de viento, dudo / que tengas viento para tantas torres». (N. del E.)

convencimiento de última actualidad de toda forma— hasta lo culto arquitectónico —olido también por la constante comprobación de sus vivencias, por la oportunidad temporal de la cosa aprehendida— eran tan coincidentes y desesperadas, como llenar los agujeros, las ausencias excluidas por el intelecto con una adivinación telúrica, con una extraña coincidencia con la embriaguez terrenal.[2] A la vuelta de esa dual rebusca eran muchas las semejanzas recíprocas, las semejanzas inversas. «Sutilizamos y mandamos —dice en una desenfadada premática Polo de Medina— que todos los que comieren uvas muerdan del grano, y no le arranquen con los dedos, porque acontece quedarse alguna parte pegada al palillo.»[3] Solución unitiva si al morder las uvas poéticas llegábamos al grano de su virtud y gracia inasequibles. Todas las complicaciones y rencorosas disparidades surgían de los apresuramientos arrancados con las uñas, sin esperar el dulzor adivinado o la desazón que corroe y anuncia que la substancia poética utilizada debe de ocultarse o desaparecer, más que la lástima rejuvenecida de ser aún utilizada en diestras dosificaciones. Ya sabemos que la poesía no es cosa de exquisitos ni de acuario impresionista, sino de íntimo, entrañable centímetro taurobólico, de diluir lo marmóreo y objeti-

2 Se refiere a la *Summa Theologiae* I, q.4, a.1 ad 3 de Santo Tomás: «El ser (esse) es la actualidad de todas las cosas, incluso de las formas mismas. Así que no se compara a otras cosas como el recipiente al recibido, sino más bien como el recibido al recipiente». (N. del E.)

3 *Academias del jardín* (1630), Polo de Medina (1603-1676), el poeta nos dice cómo comer uvas, como una imagen de la prudencia del lector en separar el contenido de la poesía de sus formas. (N. del E.)

vo para que penetre por nuestros poros, de disolver nuestro cuerpo para que llegue a ser forma.

«Creo —decía Lope— que muchas veces la falta del natural es causa de valerse de tan estupendas máquinas de arte.»[4] Se favorecía con esto toda clase de confusiones, negando enraizamiento o sustentáculo terrenal a otra clase de poesía, a la que consideraban utilizando hasta el agotamiento su egoísmo desesperado o su irreconciliable laminación. Vossler ha eliminado tan dispareja ingenuidad, consistente en dos tipificaciones, en dos expresiones poéticas opuestas. Un mito absorbente y pertrechado de esencias populares en Lope, y un mito de delicias exclusivas o de cámara secreta en la que se ha operado el vacío absoluto en Góngora. Ya se le van suponiendo habitabilidad, hasta motivación ética, «fruto de un anhelo de intimidad, de la nostalgia de una Tule, de una Orplid "que a lo lejos luce", de un país donde pena y gloria se pierden y diluyen como los contornos y colores del mundo real en irreal lontananza» (Vossler). Ya vemos al Góngora adolescente atraído hasta la parodia por los romances moriscos de Lope. Ya vemos cómo se va filtrando en lentas incursiones la manera culta en gran número de dramas y de comedias de Lope. La influencia popular nutría

4 Es un pasaje del discurso que Lope escribe en respuesta a «A un papel que escribió un señor de estos reinos en razón de la nueva poesía» de Diego de Colmenares, que aparece en *La Filomena* de Lope de Vega:
«Pero si por aquellas cosas que Platón llamaba teatrales desterró los poetas de su república, el medio tendrá pacíficos los dos extremos para que no esté tan enervada la dulzura que carezca de ornamento, ni él tan frío que no tenga la dulzura que le compete. Creo que muchas veces la falta del natural es causa de valerse de tan estupendas máquinas el arte.»
Lope critica la nueva poesía practicada por los seguidores de Góngora, cuyas «estupendas máquinas» ocultan la falta de conexión entre la obra y la naturaleza. (N. del E.)

a Góngora, un afán mantenido favorecía en Lope, la aspiración a un estilo donde la palabra se bastase. Esta vena secreta de Góngora a Lope, quizás nos dé la primera palabra del secreto de la coincidencia de escuelas y aun de simples maneras en Garcilaso.[5] El dualismo poético que va a traspasar todo el siglo XVI, aparece en él centrado y resuelto, pues si históricamente Garcilaso sufre la contrastación de la poesía tradicional, orgánicamente está resuelta en él sin intentar excluir, sin cruz de problematismo. Caso raro. Una poesía que históricamente tiene que adquirir riesgo de choque, y que no obstante se presenta en Garcilaso como un chorro liso, puntas limadas y accidentes, abatidas todas las compuertas que obstaculizan la formación de las primeras líneas poéticas, el remate de un cuerpo o manifiesto poético.

Algunas dificultades. Cristóbal de Castillejo[6] va a ofrecerle un requiebro molesto. Va a oponer la intromisión renacentista italiana a la satisfacción femenina, al único objeto en quien pueda depositar y encarnar la galantería de corte y cortesanía. Dejando el salón renacentista hueco y sin la esperada malicia que salta de las preguntas a los recuerdos. Llega también la molestia de la estrofilla de Gregorio Silvestre:[7]

> El sujeto frío y duro,
> y el estilo tan oscuro,
> que la dama en quien se emplea
> duda, por sabia que sea,
> si es requiebro o es conjuro.

5 Véase la *Canciones* de Garcilaso, Barcelona, Linkgua Ediciones, 2024. La Canción III escrita durante el destierro del autor, tiene un significado particular en este contexto al considerar la libertad como un tema central. (N. del E.)

6 Cristóbal de Castillejo (1490-1550), *Poemas*, Barcelona, Linkgua Ediciones, 2024. (N. del E.)

7 Gregorio Silvestre (1520-1569), «Visita de amor». (N. del E.)

No le basta. Insiste:

> Sentencio al que tal hiciere
> que la dama por quien muere
> lo tenga por cascabel.

La contradicción se hace historia y polémica. Ni un momento Garcilaso es perturbado. Su obra va a engendrar otras posiciones, su conducta va a desembarcar en otros rumbos. Obra y conducta van a engrosar una suprema unidad —exteriormente divisas— invisibles. Mientras la conducta se va a encuadrar dentro de ciertos signos habituales en el renacimiento, la obra se va a cifrar en secretos y en sigilos. Altaneros residuos de una conducta que intenta establecerse en lo establecido. Gritar para ser oído. Diestramente ocupa su cuerpo y su conducta la codificada cortesanía renacentista, y el espacio se ocupa lindamente, a cabalidad, sin embargo, la obra que intenta rescatarse en sus más puros momentos residuales, resulta el prodigio de formar una teoría indivisa. Prodigio en la fusión de amigos contrarios, sin mezquina superposición, utilizando superficies momentáneamente antagónicas sin buscarse la necesidad amiga, la adivinación o sublimación de una conducta esperada, cortedad cortés, dentro de la genuflexión que está subrayada por una flecha indicativa, bastante gruesa, desde siempre esperada.

Extraño Garcilaso, extrañeza en lo no barroco. Lo barroco, dice Worringer, es la degeneración de lo gótico.[8] Nace en Toledo y carece de preocupaciones teocentristas. Se depura en el sentimiento nórdico del paisaje, y adopta una arquitectura de concha mediterránea, o mejor se fija suavemente

8 *Los problemas formales del gótico* (1921) (*Formprobleme der Gotik*, 1911). (N. del E.)

romanizado. Ni por asomos entra en él lo gótico, ejemplificando como el que más la sobriedad castellana. Trae lo renacentista y la traición provoca que adivine lo mejor de lo que iba a nacer. Caramillos, Virgilio y Petrarca y sale de él el más feroz marfil culto. Y siempre que adopta una postura origina, en su secreta adivinación lo mejor de los contrarios. Si contemplamos en el Greco el resuelto escándalo de la pulpa veneciana y la línea castellana; en Garcilaso, el canon romano insuflado en el ardor castellano, produce una fabricada nueva sobriedad; mientras que el probable gótico que se puede desprender de un destierro en el Danubio, le dicta un paisaje neoclásico que se deja penetrar. Linealidad castellana, canon romano, entre lo gótico que diluye y lo barroco a que obliga posteriormente, una línea tensa, la política imperial, corte, cortesía, cortesanía, y una poesía en la que los elementos que la integran se presentan sin heridoras púas; que utiliza todos los cuerpos simples de la poesía con respecto a un centro movible, pero adquirido; convirtiendo el cosmos rodeante de puro imperio, en una poesía en que la impresión —cualquier inquietud, malevolencia, aristación— está resuelta en la expresión cóncava, ajustadora. Entonces, ¿cómo pudo brotar de allí una larga onda insatisfecha, el romanticismo en la pregunta viva de cada generación?

El dominio, la impasibilidad de su arquitectura. Toledo diluyéndose sin marcar una obra de descomposición vertical —viva en el Greco— y un simple destierro en el Danubio, sin mayores consecuencias, sin que podamos sentirlo apresado en lo gótico ni el mucho *humus* provoque el fervor ornamental; aliadas esas negaciones o resistencias, tan sutilmente rechazadas que casi nos duele la palabra resistencia, al canon romano, produce un momento gracioso, eficaz en lo decisivo de sus confluencias.

Lope asustado nos dice la estrofilla gustada con fruición por los retores: *mientras por el temor de culta jerigonza / quemaban por pastilla Garcilaso*. Pero Góngora también lo hace suyo. Garcilaso, centro del cual van a surgir Lope y Góngora. Extraño Garcilaso. Que anudado tan extraño secreto. Que no salta, secreto sin escondite de palabras o de sombras.[9]

Góngora también le va a recordar. Sin acaso proponérselo sentimos a Garcilso extendiendo su onda hasta incluir a Góngora. Seguro homenaje su estrofa: «como la ninfa bella compitiendo —con el garzón dormido en cortesía». ¿No sentimos como un eco de lo mejor de Garcilaso, convirtiéndose en invisible hilo con el cual se va a tejer y a destejer, llegando a ser invisible e imposible el aire respirado en el Góngora de las fábricas de corcho y de nieve, en el de los airados momentos en que nos entrega su abanico de púas? Comprende Góngora la indecisión de Garcilaso, su situación dual, cuando le alude: «solicitar le oyó silva confusa / ya a docta sombra, ya a invisible musa». Pero adivina en justísima estrofa el respaldo de Garcilaso, lo que le asegura en esa graciosa indecisión, su secreta elegancia, su desenvuelto sigilo. *Lámina*, dice Góngora, *es cualquier piedra de Toledo*.

Orbe Poético de Góngora y Penetración Ambiental en Garcilaso.— Debemos distinguir orbe poético de aire pleno, de ambiente poético. El primero comporta una señal de mando por la que todas las cosas al sumergirse en él son obligadas a obediencia ciega, aquietadas por un nuevo sentido regidor. Orbe poético —ya en el caso de Góngora, ya en el de la mística del siglo XVI, que se va apoderando de las

9 El verso es de Quevedo *Aguja de navegar cultos con la receta para hacer Soledades en un día*, Barcelona, Linkgua Ediciones, 2024, y no de Lope, y es: «mientras por preservar nuestros pegasos/ del mal olor de culta jerigonza/ quemamos por pastillas Garcilasos». (N. del E.)

cosas, de las palabras, quedando detenidas por la sorpresa de esa aprehensión repentina que las va a destruir eléctricamente, para sumergirlas en un amanecer en el que ellas mismas no se reconozcan. Animales, ángeles y vegetales, fines en su impenetrabilidad, en su sueño desesperante, son dentro de la red de un orbe poético, medios ciegos por la impetuosidad de la nueva unidad que los encierra. Góngora es sin duda no un barroco, en el sentido de ser arrastrado por una fuerza poético-religiosa que nace sin resignarse a constituirse en expresión, como familia de sirenas que pudiesen vivir sin respirar. Es un barroco post-renacentista. Ha visto cómo la formación idiomática se ha ido aislando, ennobleciéndose, afilándose, cómo el Renacimiento puede ejercer un dominio de elegancias oídas y vencidas complicaciones y conocedor astuto de la experiencia temporal que le corresponde, decide empavonar, sombrear, agigantar, como desfile o discurso rechinante de marfiles, plumas y palabras de estatuas enterradas. Orbe poético de lo adquirido popular y ese mínimo elemento reducido a mínima unidad, que incomprensiblemente llaman algunos material culto, pues toda poesía desligada lo único que hace es proceder más indirectamente —astuto Ulises protegido siempre de Pallas Atenea—, más cautamente en el ofrecimiento de su «netteté désésperée», como dice Valéry; no por accidentes, cada uno de los cuales podía haber significado otra vivencia del fenómeno poético, clasificándole como culto o como temperancia de donde ascendía una obligación no exigida, un rendimiento no pedido, pero que para ella eran simples condiciones de ascenso o despeño. En el centro de un orbe poético no tiene que estar el poeta, el cual puede indiferentemente, usemos la expresión de Joyce, ser el dios de la creación o limpiarse las uñas. Formado por el poeta el orbe poético es arrastrado por él; en ocasiones, como en el caso de Lautréamont, creerá romperlo, dominarlo, detenerlo cuando quiera. La obligación para con él es dura, el trabajo desesperado, la obediencia ciega. Hastiado quiere escapar y cae en pecado original, copia, es arrastrado por otros orbes poéticos, desaparece. Góngora queda así como el poeta imán perfecto. Cualquier referencia suya va con fuerza decisiva a engastarse en su unidad poética. Su dureza se debe quizás a esa misma tensión del nacimiento de la palabra y a la fuerza con que esta va a ocupar un lugar irreemplazable en su orbe poético.

Mientras Góngora domina dentro de las posibilidades de su orbe poético, Garcilaso es penetrado por el ambiente. En el orbe poético el poeta lucha con elementos impares, agrios, de extrema violencia, y es obligado —natural reacción que marca su unidad incontrastable en la fiereza domada— a colocarse por encima de las exigencias con sus imposiciones. Ambiente es imposición. No es suave voluptuosidad que se va extendiendo en la luz otorgada. No es negación del sentido imperial o de la voluntad de alteración de las distancias que separan las cosas y espesan el humo en que están enterradas. Cuando la búsqueda del destino individual marcha paralelizada con el desarrollo fáctico del destino histórico, la obra artística es como un desarrollo de círculos concéntricos en que todo está justificado. La penetración del ambiente en el caso de Garcilaso no podrá nunca aparecer como el destino histórico triunfando sobre el microcosmos indefenso. Comprender esto es saber que Garcilaso sin haber heredado lo eterno —su gracia no es de ángel visible, de gorda inefabilidad— no necesita de la originalidad, en el peor sentido, es decir, sentir la poesía como contrastante virtud, como lucha de generaciones, tal como la quieren imponer los retóricos de la antirretórica. Veremos que su originalidad no consistió en el hallazgo sino en el desarrollo de las formas. Allí mismo donde generaciones más tarde Góngora se vería lucidamente precisado para existir a aglomerar distintos accidentes temporales del poema, naciendo su milagro, su peligro, de la exigencia final que reclamaban cada uno de los accidentes que se le fugaban. El ambiente, en el sentido que esta palabra comporta en la historia de la cultura después de los pintores impresionistas, se va extendiendo en la obra de Garcilaso, no solamente cuando le vemos llegar con llegada imprescindible a referencias descriptivas, sino cuando se desliza con ondulante soplo que se esconde detrás de las palabras. La penetración del ambiente pudiera parecer inmoral en nuestros días en que el afán de integración del microcosmos se encuentra con un simple medio hostil —que no es afán directísimo de imperio como en el cosmos integral del español de la época de Carlos V—, contra el cual hay que hoscamente reaccionar, naciendo el afán de violentar con la originalidad individual enarcada un medio tonto, carente de apetencia instintiva de fines imperiales. El fenómeno poético en la época de Garcilaso, tan distinto del que impone los placeres platerescos de Góngora y del nuestro reducido a imagen aislada y a soledad agónica, permitía desechar el afán de originalidad, naciendo esta como consecuencia de la perfección ofrecida; no otra cosa es lo que relega la originalidad a una apreciación mínima o secundaria en Rafael o en Mozart, desaparece lo original al nacer lo perfecto que ellos no sintieron como entregado por instintivos primitivistas, sino la dosificación de la fuerza de creación pura conducida hasta el Partenón o hasta las cuatro reglas de la razón de Newton. La exigencia de la fuerza no utilizada trocada en la teleología de una técnica perfecta, dosificada para que lo perfecto no muera en lo acabado ni el desarrollo de las formas en administración técnica o en honesto oficio. ¿En qué consiste lo original en lo perfecto?

¿Cómo se fue extendiendo el ambiente en Garcilaso? Goethe acostumbraba decir: «trabajando dentro de los límites es como se revela al maestro». No sentimos tanto esa frase al enterarnos de la leyenda griega que nos previene que el primero de los griegos que nombró al infinito, pereció en un naufragio. El hombre de hoy siente ese afán, pero en el sentido tosco de limitarse para embellecer, como los antiguos políticos acostumbraban decir: divide y reinarás. Es como una repentina sensación de pobreza que reconoce que primero es necesario limitar, aislar, deshumanizar. Mientras que la perfección hipostática proviene de la cantidad necesaria de fuerza ciega, sin necesidad de exigir un factor muerto experimentable.

Un equilibrio inefable sostiene a Garcilaso, fiel del descuido y del cuidado, como quiere la «polida cortesanía». En el punto medio de una expresión en donde han coincidido conducido hasta un adquirido tono poético que le domestica. En la misma poesía artizada del Marqués de Santillana notamos cómo lo inacabado se presenta en originalidad que rechina. En Jorge Manrique en quien ya la lengua empieza a deslizarse sin romperse bruscamente, resbalan también interrogaciones y resabiosos supuestos éticos; pero tan solo en Garcilaso, ya calculado su tono, el ambiente va a penetrar con incalculable sigilo: Carlos V en el *rôle* de Carlomagno sin que se le pueda caricaturizar, la impasibilidad ante su juventud en Toledo, descansos amorosos en Nápoles, destierros en las islas del Danubio.

Todos aquellos sentimientos primarios de la lírica medioeval, polémicas históricas, sátiras y castigos, final de la vida y de la muerte, ceden en él a delicados y lentísimos sentimientos de índole renacentista. La influencia renacentista le obliga al discurso poético y al desarrollo alusivo, pero ondulatorio y hasta sibilino oculta en su arquitectura domada, nieblas y fugacidades saltantes. Este equilibrio del aire ambiental —ambiente penetrado en la obra de captación voluptuosa y obligación histórica imperial que le ciñe como de digno abandono o de adelantado dominio, consistió en algo más que la tranquilidad poética deslizada que forzosamente había de rendirle, el material crítico entregado por la poética medieval, en algo más que el necesario vaivén poético marginal, producto del choque de un medievalismo inconsciente con un seguro paseo renacentista en el que la mirada se agarra de estatuas prefijadas, de fosforadas panoplias y de columnas acuáticas. Equilibrio no producto de astucia crítica, sino del descuido que le trae el ambiente —adolescencia olvidada en Toledo, amores en Nápoles, islas del Danubio— mientras continúa en sus deseos de «plata cendrada y fina». Un poeta contemporáneo que le llama ave fría, aludiendo a sus seguridades de cartógrafo y a sus torsos mitológicos, tolera su realización del ideal cortesano: «Si Garcilaso viviera / yo sería su escudero».[10] Desconfiemos —principal enemiga injusta de Garcilaso— de la influencia de corte y cortesanía en su realidad poética.

«Usando en toda cosa, aconseja *El cortesano*, un cierto desprecio o descuido con el cual se encubra el arte.» Gar-

10 Rafael Alberti:

Si Garcilaso volviera,
yo sería su escudero;
que buen caballero era.
  Mi traje de marinero
se trocaría en guerrera
ante el brillar de su acero;
que buen caballero era.
  ¡Qué dulce oírle, guerrero,
al borde de su estribera!
En la mano, mi sombrero;
que buen caballero era.

cilaso aparece como un cortesano hamlético, para el cual no asegura la cortesanía su obra poética, sino que salvándole del desarrollo invariable la penetra de invisibles aguas ondulantes. El ambiente quemante de Toledo reiterado en sensualidad neblinosa y el ascenso de ciertas leyendas delicadísimas que respaldan la terminación tectónica de algunos versos, prestándole como ambientación impresionada de ecos y de aseguradas leyendas que se oyesen desde muy lejos, soñadas y despedazadas. Alegrémonos de saber que cuando su verso ahilándose se interroga para palparse, está formando la superficie onírica de la entrevista de la Luna con Endimión, el que duerme sin envejecer.

Dominio inefable de magia y memoria, no como Góngora sometido a la punta hiriente de la imagen accidentada en el tiempo. El que se enamora con los ojos, dice la sabiduría china en el *Libro del Tao*, busca el ciento; el que se enamora con el cuerpo busca el uno indual. Enamorarse con el cuerpo significa en poética, sentido innato de la unidad de las formas; pero no vayamos a equivocarnos, aun en momentos de más asegurada ganancia sabe deslizarse entre ecos y repliegues del oído, sin estar asegurado de la penetración ambiental:

> ¿Es esto sueño, o ciertamente toco
> la blanca mano?[11]
>
> (Garcilaso)

Paseo por las Églogas.— Es frecuente atribuirle a Garcilaso en nuestra literatura la adquisición del paisaje. Este descubrimiento lo revela Garcilaso con radical humildad. Para él todavía el agua es engarzada por ser la titular de la clari-

11 *Églogas*, Égloga II, Barcelona, Linkgua Ediciones, 2024. (N. del E.)

dad y el frescor y lo verde son el primero y único modo del prado. Como se ve y se oye, no tiene la violencia del descubrimiento, sino su manso discurrir supone la presencia del paisaje con el adjetivo de poco atrevimiento en el bautizo. Pero recordemos íntegra la estrofa:

> Por donde un agua clara con sonido
> atravesaba el fresco y verde prado.

Sin embargo, ese adjetivo primero, absoluto en su humildad, produce la estrofa con distinción pecadora. ¿Cuál es la motivación productora? Todo tiende a un apoderamiento certero, pero el resultado final, se adquiere en la ambientación, en el estado de ánimo. Vemos que la simplicidad primera de aquella agua clara, se enturbia momentáneamente, con nueva claridad de agua clara con sonido. Ha remontado de pronto una palabra, lenta, de líquida lentitud, que sin destellar, como más tarde en Góngora, nos fija y entretiene.

Si a esa lenta sorpresa añadimos la manera de ascender en el deslizarse, o si se prefiere, de romper con una levedad matizada la continuidad del verso, alcanzado por la vía más fácil y la más irreemplazable, un tono incisivo de despedidas y de pura despedida crepuscular, de puro crepúsculo despedido:

> que apresura
> el curso tras los ciervos temerosos,
> que en vano su morir van dilatando.

Se va a contentar con poco, sus deseos frecuentes y de todos:

> el fresco viento,
> el blanco lirio y colorada rosa

y dulce primavera deseaba.

Sin embargo, procuremos averiguarlo en su destejer, situémosle el andamio eterno de un secreto. Estamos en un momento de resolutiva delicia, aun la poesía no es ni pensamiento ni palabra. Situar y sombrear, son el reverso de lo que se puso, nombrar y olvidar, y después el desempleo de la palabra produce la cámara neblinosa en la que el resultado final es el milagro diario, la tradición de la sorpresa.

En la égloga primera se mantiene el tono de amante rechazado, larga es la declaración de su tristeza. Todo ello se desenvuelve dentro de un mundo irreal. La lamentación de Nemoroso supone que Elisa ha muerto. Y le pide a ella —irrealidad— que le lleve a él junto a ella:

y en la tercera rueda
contigo mano a mano
busquemos otro llano,
busquemos otros montes y otros ríos.

Mientras el estilo poético se desenvuelve mansamente, hay como una atmósfera de nieblas y sobresaltos, de fantasmas jugadores de ajedrez en un navío sin sirena de despedidas. Nemoroso cree que Elisa ha muerto, después cuando la vuelve a ver la comprobación de su traición es olvidada o desrealizada por una nueva promesa.

Y todas las églogas van terminando en serenos rompientes, como si temieran salir bruscamente tantos fantasmas por un agujero de realidad. Es como si se retiraran soplándose al oído el sitio del nuevo silencio o del nuevo parlamento poético:

recordando

ambos como de sueño, y acabando
el fugitivo Sol, de luz escaso,
su ganado llevando,
se fueron recogiendo paso a paso.

Se van juntando los fantasmas amigos para convencerse de su existencia. Salicio quiere oír la vida poética de Albano. Ellos mismos se adentran para palparse en la realidad de su irrealidad, y temen estar equivocados. El mismo estilo es lento y desplizado, teme despertar los fantasmas convocados. No es una cita de bucolismo falso, de falsos pastores. Un hálito onírico recorre a las églogas en el momento eficaz, cuando todo parecía conducido a la insoportable luz medrosa y a los crepusculamientos. Dudan de su realidad, pero para comprobarse se adentran progresivamente en el sueño.

Al que velando el bien nunca se ofrece,
quizá que el sueño le dará durmiendo
algún placer, que presto desparece
en tus manos ¡Oh sueño! me encomiendo.

Esa atmósfera de sueño, sigue aludida:

los árboles y el viento
al sueño ayudan con su movimiento.

Atmósfera que contrasta con la clarísima continuidad de su hilo discursivo, pero tendrá siempre oportunidad para recordar el tiempo más claro y sus pasatiempos.

Los eruditos han sopesado y detenido las distintas alusiones en que se había fijado Garcilaso y que nos revelan sus afinidades, que nos esconden sus simpatías. El recuerdo mitológico surge clareado, clareador, provocativo, se une a la nebulosa del ánimo poético o a la variabilidad temperamental impuesta por el lugar visitado. El combate de las Piérides con las Musas, las leyendas de las metamorfosis de Filomena, el abandono de las torres para el nido de la perdiz, por la envidia de Dédalo a Talo, inventor de la sierra; provocando en el ascendimiento hasta la expresión, un delicado índice de refracción que después subrayaremos. Entre el regulado incitante mitológico y su acepción y devolución por la impresión sensible, demuéstrase que aquellas influencias llegaban hasta la misma raíz del producir, donde Garcilaso ejercía después absoluto señorío de propiedad. ¿Cómo los eruditos pudieron sorprenderlo?

A veces las situaciones poéticas se le hacen simplemente pictóricas, quedando embadurnadas del más indeciso claro de Luna. Una simple confesión amorosa le parecería abuso de extramuros, y aun en los momentos más afiebrados requiere la lengua del espejo, de las indecisiones, al colocar sus mejores deseos en la punta saltante de los chopos. Estamos en un momento en que Italia no es todavía torso mutilado gracias a las cabriolas de César Borgia, pero en donde podía haber asegurado una declaración amorosa tan directa —usando el intermedio mediato de la fuente como espejo— sin apoyarse en gestos, en miradas, en palabras confesadas, que tenía que situarse en los jardines de Hipólito del Este, los más bellos del renacimiento, jardín que aun en tierra parecía suspendido, revés de los de Babilonia:

> Le dije que en aquella fuente clara
> vería de aquella que yo tanto amaba
> abiertamente la hermosa cara.
>
> Ella, que ver aquesta deseaba,
> con mayor diligencia discurriendo

de aquella con que el paso apresuraba,
a la pura fontana fue corriendo
y en viendo el agua, toda fue alterada,
en ella su figura sola viendo.

Aun en el momento en que navega con ajustada ruta de flecha, entre tantas nieblas y entredichos, comprende su imposibilidad de alcance concreto, su rotunda convicción de impasibilidad hamlética:

¿Si solamente el poder tocalla
perdiese el miedo yo? Mas ¿Si despierta?
Si despierta, tenella y no soltalla.

Su diálogo obligado con Camila, momento abierto de claridad inutilizada, lleno de fea realidad, cuyo cuerpo de fealdad es la misma seguridad de vencer. Ponderable proceder la rotundidad de Camila, y queda de nuevo Albano con sus largos acostumbrados lamentos.

Siendo Garcilaso de los primeros que incapaz de luchar contra esa claridad que le tundía, considera su cuerpo delante de sus ojos, quedando en gusto buscarlo y abandonarlo:

Una figura de color de rosa
estaba allí durmiendo; ¿si es aquella
mi cuerpo?

[...]

Callar que callarás. ¿Hasme escuchado?
¡Oh Santo Dios! Mi cuerpo mismo veo,
o yo tengo el sentido trastornado.
¡Oh cuerpo! Hete hollado, y no lo creo.

¡Tanto sin ti me hallo descontento,
Por fin ya a tu destierro y mi deseo!

Pero no se crea que este sucedáneo de nieblas, está meramente recostado en las situaciones y abandonos italianizados, con la suficiente tristeza para parear las palabras, sabe también precipitar las imágenes o cortarles las puntas, para producir una sola imagen indicativa y eficacísima:

y romperé su muro de diamante,
como hizo el amante blandamente
por la consorte ausente, que cantando
estuvo halagando las culebras
de las hermanas negras mal peinadas.

Siendo sus palabras de loco, las de más actual cordura, y las que le restan todo valor de quincalla petrarquista. Como cuando para abandonar las peanas muertas y los mármoles de oficio, pregunta:

¿Sabes algunas nuevas de mí?

Con una penetración sigilosa logra apoderarse de las oposiciones más radicales. No intentando, ni aun en las sorpresas más descriptivas, más que una inundación invisible, una manera plausible de ir apoderándose al paso de las palabras, de las compuertas que las obstaculizan. Es por eso que en sus momentos más bordeantes, quemador de las aristas y de las substancias negadas, asciende hasta el contorno y el perfil. La molestia de las descripciones, dañada por la inutilidad de un apoderamiento que lastimábase en el asalto al objeto sensual, a las murallas verbales y al Eros escondido. Frente al obstáculo, frente al motivo bochornoso en su oposición —

deliciosos momentos en que logra aunar sujeto y asunto—, su recurso es la palabra extensiva que va lanzando sus redes, comprendiendo la movilidad de punto que vuela, que sostiene al obstáculo. ¿No es como un supremo adelantado o como un sigilo sin perversión, al acercarse a las galeras combativas utilizando más el extendido sentido que la poesía hebraica, como veremos más tarde en Fernando de Herrera? Véase esta mansa y sibarita descripción de una batalla:

El sentido, volando de uno en uno,
entrábase importuno por la puerta
de la opinión incierta; y siendo dentro,
en el íntimo centro allá del pecho
les dejaba deshecho un hielo frío,
el cual, como un gran río, en flujos gruesos,
por médulas y huesos discurría.
Todo el campo se veía conturbado
y con arrebatado movimiento
solo del salvamiento platicaban.

Scheler desarrollando la reiterada idea spengleriana de la morfología de las culturas, «conocer grandes períodos históricos por un detalle y multitudes por un perfil», nos ha hablado cómo la problemática de la tragedia griega se resuelve en la física matemática francesa de los siglos XVII y XVIII; de las analogías entre el gótico arquitectónico y la escolástica de gran estilo; entre el expresionismo y el pan romanticismo vitalista. La expresión intentada en una de las formas del dominio y de la cultura se resuelven ingrávidamente en otras artes. Un gran ejemplo contemporáneo lo tenemos en la transposición de las geometrías no euclidianas (Riemann), y la física del espacio-tiempo, a la perspectiva simultánea y a los planos sometidos a la divagación en la sinusoidal del tiempo, casi realizadas en el cubismo o expresionismo abstracto de Pablo Picasso. Recordemos la afirmación reciente de Chestov de que fue Dostoyewsky, y no Kant, el que escribió *La crítica de la razón pura*. Así en el trato sutil al paisaje y el sutilizado paisajismo de Claudio de Lorena, encontramos la realización del intento de Garcilaso. Un crítico señala en el paisajismo de Lorena, cómo el estado de ánimo es realizado ascendiendo a las referencias literarias, a amor de arquitectura y amor también por ruinas. Desaparición de elementos naturales. Los árboles penetran admitidos por la estilización, el agua se presenta inamovible en su fatiga y la luz tímida, más de reflejo que de mantenida proyección. Sin embargo, Ors traza con justeza la línea de las filiaciones: Lorena, Turner, los impresionistas. Igualmente quisiéramos nosotros encontrar pareja continuidad de Garcilaso, a Góngora, a Bécquer, a la actual mística de sensualidad corporal whitmanesca, de escondida resolución neoclásica, de flordelisadas ramas hiladas en Góngora y deshiladas en el sueño y en los médanos.

En la tercera égloga cierta contracción, quizás por el acuoso paso de la octava que comienza a desligarse, a despertarse lentísimamente, significa un tránsito. El asunto dialogal se borra y el tono *grisaille* se traslada a la intimidad de la estrofa, buscando el centro frío. Sin duda, la lentitud sombrosa de Virgilio va insuflando la atmósfera plausible, eliminando el asunto petrarquista. Recordemos la simpatía de los clásicos —Fray Luis de León destácase— por colocar a Virgilio en la ganancia deslizada de la octava. Lentitud entrelazada de sensualismo descubridor en cada palabra que asciende y desciende en el tacto para el florilegio mitológico. Las ninfas convocadas las mejores, las posturas esbozadas, la elegancia que se queda en el grupo escultórico. En última lástima la situación poética no penetra por mezquina, y la atmósfera poética como un vaho lunar, se hace blanda a cada toque; cada palabra queda cogida por la cintura en el momento en que se sumergía. Blanda y blanca la recepción ninfea en la materia poética de Garcilaso. Entre las bravas ninfas homéricas que obligan a la tortura del mástil y las chirriantes de Claudio Debussy, las aprovechadas ninfas de Garcilaso que ascienden con un *tempo gentile* y quedan en el mejor de sus perfiles. Garcilaso desde luego distingue con exactitud las sirenas de las nereidas y no confunde una hamadriada con las oréades... En el momento de surgir un contraste cegador «la ninfa peina sus cabellos de oro fino», pero se encuentra con el prado sombroso picado por el instante de las abejas. Pero más que en contrastaciones, la raíz mitológica chocando con el recuerdo del Danubio, todos los elementos poéticos preparados y domesticados van a seguir el discurso del río, la ganancia del abandono, la seguridad previa que se fía. En una sola estrofa se aglomeran las delicias y Garcilaso generalmente tan espacial, se ve obligado a fragmentarse en un impresionismo musical. Esto nos permite descomponer un instante de un fragmento del poema, tan delicada situación excede nuestro tiempo de representación, y si antes hablamos de impresionismo musical, debemos ahora subrayar en él el inicio de una inmoralidad romántica abandonada al caz del tiempo. En una sola estrofa los ojos cegados, se abandonan, figuraos: las pisadas caben en lo enjuto, escurren las ninfas el agua de sus cabellos, al esparcirse protegen las espaldas como oscilantes lotos bizantinos; la delgadez de las ninfas es tan aprovechada como las telas improvisadas en movediza agua congelada, se esconden en lo intrincado y hacen atentas la frecuencia de sus labores. Las invenciones de sus colores se aprovechan de las tintas en la concha del pescado. Como no ver a través de la niebla del Danubio un brazo romántico que multiplica las situaciones con tanta velocidad que se convierten tan solo en goce temporal del oído y otro fijo brazo romano en el afán primero de romper las leyendas mitológicas y ascenderlas en la formalidad de una cobertura receptora. Filódoce, gracia del espacio, se goza en mover la lengua dolorosa donde saltaba el divo Orfeo. Eurídice: descolorida, con el pie mordido de sierpe, «y el ánima los ojos ya volviendo de su hermosa carne despidiendo». Dinámene, después del otro artificio, el artificio de labor entretejida, entre el Apolo cazador y el Apolo derretido en el gotear del lloro, enclavado por la punta de los amorcillos. Dafne, cabello suelto y pie castigado, corriendo delante de Apolo. El cortejo no se detiene hasta ascender al encuentro de Toledo, pero sin allí detenerse —él que resistió a Toledo y se rindió a Roma—. Como si el paisaje se diluyese sigiloso en el estado de ánimo variable, la nadada equilibrada de las estrofas, hasta escaparse de la convocatoria ninfea, enumerativa cita en punto, en que el impresionismo del paisaje es palpado por las palabras colocadas en una maravillosa desaparición de todo final, de cualquier rompimiento heridor, alcanzando en esa prolongada superficie gris, la mejor nadada de las ninfas, largo tiempo silenciosas, prolongadas hileras, ciegas, incapaces de despertar en el tintineo de una imagen o en una brusquedad que proyectase sobre ellas toda la luz que las desapareciese:

> En la hermosa tela se veían
> entretejidas las silvestres diosas
> salir de la espesura, y que venían
> todas a la ribera presurosas,
> en el semblante tristes, y traían
> cestillos blancos de purpúreas rosas,
> las cuales esparciendo derramaban
> sobre una ninfa muerta que lloraban.

Todas con el cabello desparcido
lloraban una ninfa delicada,
cuya vida mostraba que había sido
antes de tiempo y casi en flor cortada.
Cerca del agua en el lugar florido,
estaba entre las hierbas degollada,
cual queda el blanco cisne cuando pierde
la dulce vida entre la hierba verde.

Pero ya va siendo hora de consignar cómo gravita la magia de este impalpable, de situar las concreciones de este delicado. Ya Cossío[12] nos previene en la pista para desentrañar su secreto. Unión de términos, de donde brotan las maliciosas y aconsejadas parejas de plurales gongorinos, ya que no de palabras. Las palabras son las sílfides condenadas que se agitan en el orgullo del orbe poético. Las uniones de términos, producto ahumado y sobrante del ambiente, surgen ya de una dualidad de nacimiento sin posible despego. La frase hecha poética obliga a creer forzosamente en la ambientación final, como único recurso del discurso sensible. La superfetación disociativa obliga a una captación óptica, mientras que la lentitud de la carga de tiempo en la frase hecha poética los lleva a un gozoso inicio acústico que termina en vibración sin lámina, en lámina sin aire explicativo. Quizás el secreto de Garcilaso sea aun más hermético que el de Góngora. En un homogéneo tejido poético, Garcilaso rehúsa los elementos visuales del poema para utilizar todas sus destrezas, que en época del Marqués de Santillana llamaríamos italianizantes y en la de Garcilaso renacentista, en

12 Se refiere al crítico literario José María de Cossío «Cuatro ensayitos sobre Garcilaso», *Poesía española: notas de asedio*, Madrid, Espasa-Calpe, 1936. (N. del E.)

huir del sometimiento de la poesía descriptiva al paisaje. La comparación de dos efectos desiguales, para tanto paladar actualista, produciendo la unidad del material poético, es fin apetecido; pero la ambición renacentista era gozarse en lo inverso, no poder aislar ningún momento gráfico del poema. Sobre el deslizamiento de un material semejante producir la magia de un estado de ánimo receptor, o acaso por la semejanza verbal entre el tiempo del que se narra el milagro y el transcurrir del hecho poético.

Cuando Garcilaso se acerca a las variaciones expresivas del paisaje, al detalle gráfico, que no es el mantenedor de la estrofa, aunque desenvuelto siempre con líquida sobriedad, se limita a reproducir con justeza, haciendo así al paisaje lo más detenido posible en su afán de linealidad, pero al margen de ese torcedor poético, diluir el momento del paisaje en la fugacidad anecdótica del estado de ánimo, que el sobrio toledano, resuelve con un equilibrado paralelismo incomparable; aparte de esa gracia, subrayable en el momento de la fácil arbitrariedad desligada creacionista, es la dosificación del elemento sugestión, que abandona la grafía reproductiva, para apoyarse en un accidente, es la delicadeza de una imagen no asegurada, de tortuosidad movediza la que ha ganado el riesgo.

Así, por ejemplo, Garcilaso, acompaña con fijos y asegurados elementos reproductores, la lástima de una puesta de Sol. Todo transcurre sin sobresaltos, la virtud poética no salta todavía:

> Los rayos ya del Sol se trastornaban,
> escondiendo su luz al mundo cara
> tras altos montes, y a la Luna daban
> lugar para mostrar su blanca cara.

Surge un detalle, ya empieza a clarear el encuentro del paisaje con la recepción poética, la referencia previa al goce del último salto antes del hundimiento definitivo conseguido, ¿cómo no, tan viejos?, con la resolución cariñosa de los peces. El procedimiento hasta ahora consistía en una equilibrada y reproductora tarjeta del paisaje, después adelanta el riesgo de una sugestión, que ondula como primera premisa poética, los peces a menudo ya saltaban, con la cola azotando el agua clara.

Pero surge la salvación, cuando el campo visual poético ha lanzado una imagen en la que intenta reproducir en el estado de ánimo localizado un asunto intraspasable, acompañando el otro paisaje como enemigo que hay que reproducir, para encontrarle el centro frío inefable, el calderoniano centro frío de los peces, conseguido con el cambio lentísimo de posturas de las ninfas, como si hubiesen sido sopladas o hubiesen recibido el secreto de la despedida:

> cuando las ninfas la labor dejando,
> hacia el agua se fueron paseando.

Señalemos otro de los mantenedores de este equilibrio inefable de Garcilaso. El paisaje no lo localiza reproduciéndole humildemente, tampoco se diluye en el desdibujo interpretativo. A la seguridad del objetivo ofrecido por el reto de la circunstancia, ofrece un resolver fluctuante, riesgoso, vibrador, que puede acertar o quedarse a medio decir.

La lentitud que se descubre sin finalidad, la cámara onírica en donde el cuerpo se desenrolla, sus retardos y veladuras, los ojos meramente anímicos para ver el propio cuerpo en la distancia que reconoce el propio tacto, las mallas del sentido en su dimensión más extensiva, le afirman y le reconocen rápidamente entre nosotros, entre los más cercanos y también entre los más imposibles y lejanos. Así, si en el barroco seiscentista es la confluencia de cultos y lopistas, realiza siglos más tarde, otro riesgo de equilibrio y confluencia, centrar el claroscuro musical, bajo especie de romanticismo temporal, que mira el curso impresionista del Rhin, y la letra y el espíritu del imperativo romano, que ordena y manda, bajo especie de eternidad, dibujando cárcel para monstruos y sugestiones.

Muerte de Garcilaso.— De Italia vienen los bárbaros, vienen de las guerras de Italia. El emperador vigila directamente, mereciéndose en su diezmo de sudor de refriega. Viene también de Italia Garcilaso, en el séquito de Carlos V, como maestre de campo. Cualquiera de los momentos de su vida, que ninguno de ellos se queda enredado en anécdota submarina, puede subrayarse dentro del tipo tan claro y contorneado de cortesanía renacentista. Arquetipo fijo, prefijado, aunque resentido de eticidad como buen escapado y definitivamente entrampado por Toledo, de una manera social agudizada, no necesita justificación anchar los momentos de su muerte para darle también prestancia simbólica: la del microcosmos querido y acariciado, el de la persona poética que intenta momentáneamente rescatarse, pero se ve en sus más claros instantes de expresión, devuelto por la llamada del *imperium* en cuyas ondas su originalidad se ve justificada y acrecentada. Toledo, Nápoles y el Danubio enriquecieron lo más seguro de sus recursos poéticos. El contacto con las cortes de Italia afila el seguimiento de su perfil, pero el contraste provoca el hilo subterrígeno de su poesía, que hace que lo mejor de él lo encontremos en aquellas cosas presentidas, escapadas al pulso y al dominio despiertos. Ya Isabel Freyre está muerta y ahora va pensando en Boscán. Chispas de voces y lanzas, voces rapidísimas, tropas que desaparecen. Después llegan con multiplicados gritos y ecos y gorda respiración que forma pliegues en las maduras. Brevísima oquedad y ya la patrulla va a sumergirse de nuevo en el tropel. El cabeceo espeso de las bestias, somnolienta respiración en los bárbaros que vienen de Italia. Enterrada, desde lejos giradora, una torre que el polvillo clareador hace ondular como si se moviese sobre las aguas. No puede la levedad que el polvillo va trenzando en la torre, hacer más clara la voz, el chillido picado. Un chillido que es como la columna que sostiene el polvillo, que hace girar la torre. La tropa destapada de sudores acolchados ve las manos alzarse, ve alzarse las espadas. No oye el chillido, la subdividida voz de los adolescentes. Ahora la torre gira más rápidamente y una nube se interpone entre la torre y el arco de las ballestas. Se han desgajado del séquito de Carlos V, infantes que van a embestir contra la torre de Muy. Ya se demoran más de lo esperado y el Emperador empieza a preguntar inquieto. Garcilaso va a intervenir en la demora por adquirir una torre. La nube permanece fija y como Garcilaso embiste sin ceñirse aun el casco, no puede taladrarla para oír lo agudo de las flautas, las gargantas obturadas en las cañas. Garcilaso retrocede. Tan solo él ha oído claramente las voces divididas, el chillido de los adolescentes. Por un momento el poeta, la persona y el consejo luciferino van a triunfar del tipo, del dogma imperial. Es en verdad un símbolo delicadísimo, una delicada logración temporal, y por un momento intenta rescatarse, consumirse en la flor distinta, la misma flor que ondula en las manos de los retratados del Greco. Al retroceder ha mirado hacia atrás y ha visto sobre él el ojo de mármol del Emperador. En ese parpadeo temporal cabe una dilatada resonancia histórica. El poeta huyendo rescatado, de pronto sobre él la demanda del cese del orgullo moroso ante exigencia de metáfora que quiere participar. Es el primer momento del Narciso, evocado en los versos de Valéry: *Tú solo, mi cuerpo, mi querido cuerpo, te amo, único objeto que me defiendes de los muertos*. Ese encuentro, ese retroceso y esa mirada constituyen una de las peripecias de la España renacentista en la que se entrelazan más hilos sutiles. Ahora la nube rodea la torre, Garcilaso ha perdido la pulsación del coro que chillaba. Oye cortésmente otra voz renacentista: «Señores, suplícoos, pues vuestras mercedes tenéis tanta honra, que dejéis ganar a mí una poca honra». Concedido y Garcilaso embiste también. Es el otro momento destructivo del Narciso, rectamente tocado en el verso de Valéry: Oh mi cuerpo, mi querido cuerpo, templo que me separas de mi divinidad.[13] Ya la nube no obtura el espacio entre la torre y los infantes embestidores:

Dulce y varón, parece desarmado
un dormido martillo de diamante,
su corazón un pez maravillado
y su cabeza rota
una granada de oro apedreado
con un dulce cerebro en cada gota.

Ahora Garcilaso oye distintamente el chillido de los adolescentes. El poeta ha saltado graciosamente de la persona y del orgullo original a ser enrolado por un dogma, mantenido gratuitamente por una fe. Esa angeología política se llama imperio. Esa cortesanía renacentista, que reclamaba del cor-

13 Paul Valéry, *Fragments du Narcisse*. (N. del E.)

tesano, «que alcance cierta gracia en su gesto», observad que pide gracia, en lugar de estudiar el gesto, está en él integrando la persona contradictoria saturadora del arquetipo categorial.

Esa poesía integró su discurso sensible con una estructuración tan secreta, que aseguraba su legitimidad enraizándose tan fuertemente en el ambiente que había convertido como se ha dicho el estigmatismo en un enigma semejante al de la sonrisa de la Gioconda.

Esa poesía permitía el *divertissement* dentro de las nieblas de la atmósfera plausible, que era su plus más eficaz, que terminaba impulsada por un momento imperial, que él podía permitirse descifrar tan solo señalada por una mirada.

Posible secreto de Garcilaso.— Esta antinomia primera de Garcilaso, el tono quemante y vertical del Greco convertido en un sentido extensivo y el misticismo en sobriedad, resuelto en la dialéctica de las formas. La curvatura de la llama se debe tan solo a una contingencia horizontal. La llama, el secreto dialogal, el arco enrojecido sobre las multitudes que viven el secreto. La llama, la vibración vertical, hecha de esfuerzo tenso y de extensión particular. Ahora el secreto de Garcilaso, al margen del discurso y de la disolución vertical, trazar el centro inmóvil que se va conectando sigilosamente con la materia que pasa, con el pensamiento que fluye. «Garcilaso, nos advierte a tiempo Azorín, es entre todos los poetas castellanos, el único poeta exclusiva e íntegramente laico. No solo constituye una excepción entre los poetas, sino que entre todos los escritores clásicos de España. En la obra de Garcilaso no hay ni la más pequeña manifestación extraterrestre.»[14] Reemplazar en vez de la persistencia medioeval de Toledo, el discurso sensible que va imponiendo a la extensión de la materia un sentido extensivo, imponiéndole a sus residuos espaciales la salvación por la atmósfera poética. La blandura con que trabaja la materia poetizable está mantenida porque el sujeto percipiente y el objeto poético están penetrados de lo que un etnólogo contemporáneo ha llamado espectralización paideumática. El matiz de morbosidad, la lejanía ideal que se le ha inculpado, al mismo tiempo que un continuo desprenderse de formas, de imágenes, de sueños, se debe a que si Garcilaso evita la problematicidad por su lealtad a su centro inmóvil —que constituye una de las esencias del tipo cultural hispánico— pues su poesía nace ya orgánicamente resuelta en el ánimo demoníaco creacional. Hay que adivinar la raíz que concertaba originalidad y creación, como en el otro gran momento orgánico de los místicos posteriores. Cuando vamos a ver después, época de Felipe IV, como al nacer el humor, el madrileñismo, la originalidad lograda como una resta o exclusión de lo demoníaco creador. Por eso es necesario enarcar junto al secreto del Greco, el secreto de Garcilaso. En el primero su judaismo, el planteamiento cretense por primera vez en la cultura del problema Oriente-Occidente, Grecia-Persia, resuelto en el bizantinismo de la figura viva y encarnada, en el energetismo vertical resuelto por desrealización. En el Greco el medievalismo persistente de Toledo acaba por rechazar la primera influencia veneciana, donde existía también un ideal de coloración y de cortesanía, para fijarse en Nápoles y en Sicilia, donde España, en Italia, realizó su ideal de imperio y de sinergia de las formas. Azorín se planteaba sin resolverlo

14 En *Al margen de los clásicos*, Publicaciones de la Residencia de Estudiantes, Madrid, 1915, pág. 58. (N. del E.)

la raíz que produce la espiritualidad atormentada del Greco y la espiritualidad sobria de Garcilaso. Cualquier encuentro con Toledo a base de la fusión del espíritu meridional con la impresionabilidad del Norte, como cualquier barresiana explicación del Greco a base de la fusión árabe-católica, es elemental y falsa.[15] Ambos, el Greco y Garcilaso —quizás la antinomia más sutil y fusionada, la producción más milagrosa de Toledo— se vieron obligados a asimilar y vencer una coloración italiana conducida a servir la palabra más eterna de Castilla, definitivamente resuelto en su San Mauricio; y Garcilaso, su gesto en la cortesanía, su poesía en el buen gusto, su facilidad para excluir, para no extraer ningún accidente del discurso sensible, en una poesía en lo que más nos queda es el halo desplazado, la espectralización, la atmósfera plausible en la que cualquier elemento poetizable recoge lo que no puso, se encuentra con lo inesperado. Su poesía se ha desprendido de sus palabras, cada una de ellas al avanzar se ha fijado ya en un hilo tenso de antemano, y flota alrededor de su centro inmóvil, inapresado, sigiloso, puro siempre en su secreto. Confesemos que el proceso, o mejor la descarga poética, por la que el misticismo se transforma en sobriedad y una poesía cuya materia está ya dada se ofrece en una atmósfera poética sorprendida, diáfanamente encontrada; que se encuentra despierta en materiales que la conciencia vigilante ha aportado en un ánimo poético, deberá entenderse ánimo en el sentido empleado por Claudel y por Frobenius; que no obstante se mantiene replegada en la vivencia de una fijeza hialina, de tal modo que cualquier relación que establezcamos con Garcilaso, consistente en fijar ese centro, rayar ese sigilo y ese secreto, nos entregará una

15 Maurice Barrés *El Greco: Le secret de Tolede*, París, Les Editions de Paris, 2019. (N. del E.)

de las faenas por las que empezar para plantear el problema poético. Aunque en Garcilaso encontramos la gracia de resolver sin problematicidad, o mejor la gracia de no resolver, de no tocar, herir ni despertar, sino de provocar en la cámara espacial una sombra más espesa, una respiración más ondulatoria, ondas y espesuras cubiertas que van a mantener su corriente, su rumor. La supresión de espacios intersticiales, no debida como en Góngora a la fijeza óptica y a la simultaneidad espacio-tiempo, sino al estado de gracia para excluir, para extender un hilo del discurso poético con desovillamiento plausible, convirtiendo el peligro, los ojos que miran, el antecedente desleal, los contactos atolondradores, en avisos que mantienen la vivencia del centro inmóvil y la imantación del hilo fluido. Una gracia sin diálogo en Castilla, un toledano dórico cuya gracia está en la raíz, no de estado de gracia, sino de ánimo de gracia, de ánimo creacional suscitable en la desenvoltura de considerar como escogido lo que ha sido entrega de regalía al margen de la persona rescatada. Consideramos estado de gracia poético la imposición de la persona, de la condición por la que el acercamiento a la materia poética ambiciosa de nominación se verifica imposibilitando el diálogo de contrarios y de amigos; estado de gracia es el reconocimiento de la materia homogénea que al fin soporta el fruncimiento de un tiempo plausible o de un aire fruncidor, diferenciador. Esa supresión del diálogo es lograda en el ánimo poético creacional, que logra centrar raíz, nemósine, y nominalismo. La seguridad de la sangre, la limpieza de lo olvidado en el ánimo poético, en la primera blandura infantil, ascendiendo en planos giratorios a la dialéctica de las formas y al tiempo gentil para apoderarse del objetivo poético en su instante de brindamiento inefable. De la confusión primera de este ánimo creacional sale el pajarón que se posa en el hígado, y el delfín, cuyo malévolo detalle relata cualquier simbólica elemental, en las más opulentas o ticianescas consagraciones del amor venusino. Después sabemos que en el hígado se encuentran los humores, que por ahí se iba la época de los mitos en Grecia, y que el delfín es el escurridizo extraño que aparece en las más relevantes sexualidades. Porque, en efecto, el pajarón tenía tres vidas: los humores, el corazón y el cerebelo, y toda la suerte de Esquilo consistió en dejarlo escapar para el hígado, independiente de la interpretación posterior de ese mito, como una absorción del humor que debilita a favor de cualquier macrocefalia, el intelecto como monstruo distinto.

La polarización sensorial de Garcilaso, su espectralización ambiental, surge clareada contrastándola con la unidad orgánico-sintética de Góngora. Este se dirige directamente al objeto poético, participando de un campo óptico justísimo, como una testa que reposase exactamente en la mano cóncava. Su ojo frío justifica casi siempre el tiempo de aprehensión. En ocasiones, su intensidad, no desenvuelta con apropiada dimensión, produce una estructura ósea; pero donde el puente entre la acometida, la salida poética y el objeto poético que produce en ese momento su virtud inefable, están acopladas con apretazón. Sobre el campo óptico, el tiempo de aprehensión realiza su fortuna principal. Claro está que el espectador que fácilmente puede alcanzar como pueblo el espacio óptico, no logra reconstruir el tiempo en que se ha sorprendido o inflamado la estopa poética. Ahí se esconde su problematicidad, que después resulta secreto voceado, secreto con muchos participantes. La firmeza de su centro de acercamiento sensible, el arco tenso que la mano curva y que el ojo frío puede acariciar, permiten que se abra su secreto en la unidad operante del plano giratorio. Garcilaso traslada el fenómeno poético a la atmósfera plausible, al sobrante o al halo que el sentido extensivo —donde la dimensión neblinosa poética es mayor que su intensidad óptica—, sutilizado sobre un tejido homogéneo, donde cada fragmento temporal que penetra tiene su nombre. La imposibilidad de lograr su centro participante hace más dificultoso su secreto, su acercamiento, su inicial creacional más sutil y aun más turbia, más claramente turbia, obligan a adivinarlo en la atmósfera cernida sobre el discurso sensible. El secreto de Góngora se clarea al mediodía de su unidad representativa. Superposiciones sensoriales resueltas en la homogeneidad óptica del campo poético, nacidas en la equidistancia del ánimo poético y de la estructura grecolatina. La oscilación de la poesía entre el sentido y el sonido, reclamada por Valéry, la ejemplifica en cabal resolución.[16] Toquemos de nuevo el gustado verso de Góngora: *quejándose venían sobre el guante / los raudos torbellinos de Noruega*. Al asomarnos a su inmediata satisfacción no advertimos la superposición sensorial que motiva tensa su delicia. La sensación acústica motivada en el verso largo, desperezado, «quejándose venían», levantado en la queja y en el ondular del guante; y el otro decisivamente óptico, «los raudos torbellinos de Noruega», en toda la referencia a una representación gráfica conseguida con el más directo apoderamiento, contrasta con el otro verso que queda oscilante en su impresión, sirviendo de pulpa o de muelle ondulación para la armazón de perfil y aun de dos cuencas.[17] Mientras

16 Paul Valéry: «Le poème, cette hésitation prolongée entre le son et le sens», OC, pág. 1065. (N. del E.)

17 Última estrofa de la Soledad segunda: «Aunque ociosos, no menos fatigados, /Quejándose venían sobre el guante /Los raudos torbellinos de Noruega», *Soledades*, Barcelona, Linkgua Ediciones, 2024. (N. del E.)

Góngora endulza su estructura, abrillanta su esqueleto y enrojece al vivo su connatural de viveza que aduerme voluntariamente un solo ojo, Garcilaso orgánicamente resuelve la antinomia medioevo-renacimiento, Toledo-Roma, domada fiebre de las formas y garbeo de cortesanía. Pero él no las resuelve, las produce, las devuelve no en la unidad representativa, sino en el ascendimiento neblinoso, refractado en el ambiente desalojado. Sorprenderlo es situarle su índice de refracción. Se ha hablado, refiriéndose a Garcilaso, de un perfume percibido por la vista, que produce un continuo desprenderse de formas, de imágenes, de sueños. Lo que antes era superposición sensorial, resuelta en unidad representativa, ahora en Garcilaso es trueque del sentido aprehensivo en espiral quebrada inopinadamente, produciendo entonces la detención óptica, el sobrante ambiental. Lentos vapores, nube de humo congelado, quemada madera trocada al fin en caparazón celentéreo, mano diluida en aire de piscina y esguince róseo de la vihuela. El humo levantado forma corceles, forma nubes, asoma dedos entre hilos que se borran en humo, islotes de humo adquieren perfil de dedos rotundos y artizados. Ya asegurado ese regusto olfativo, ese epicureismo dimensional, empieza la refracción de ondas y vapores en el campo óptico.

¡Qué delicia estudiar las celdillas cerebrales de Proust y el índice de refracción de Garcilaso! La clara sinusoide espacial de Góngora nos permiten reproducir con exactitud el tiempo aprehensivo, por lo que su enigma es secreto gráfico, resuelto por el acoplamiento que él nos brinda de compás temporal y de imperio representativo. Claro está que el viraje sensorial de Garcilaso, es imposible de sustituir o enarcar de nuevo, e imposibilitado de una simultaneidad temporal, produce un espacio morboso, flotante, lejano, que traslada el problema poético de la gentileza aprehensiva a la atmósfera plausible, donde no es posible hablar de estructura, sino de extensión sigilosa, de reverso de palabras, de contraluces desalojadas por un hilo inaprehensible, por la eficacia de un momento no nombrado. Oídle:

> Canción no has de tener
> conmigo que ver más en malo o en bueno
> trátame como ajeno.[18]

El secreto dialogal del Greco, el secreto a voces de Góngora. Nadie ha supuesto en Garcilaso, la contracifra de que hablaba la malicia gracianesca; sin embargo, su habitabilidad, aparentemente obsequiosa por su blandura, es tan cautelosa como muelle los mimbres de su presencia. Mientras Góngora ofrece la textura de tensa nerviosidad y exterior hialino, en su intimidad reducida es frutado y goloso; Garcilaso, arquitectónicamente fluyente, de adamado discurso, reserva su almendra presentida, desaparecida, punto que vuela, al fácil alcance de la mano y a la imposibilidad de su total asimiento. Entre ambos secretos, el descubierto y el imposibilitado, el voceado y el escondido, el de espacio tiempo y el de tiempo ambiente, el secreto de la tierra y de la sangre del cosmos de Carlos V y el interior saltante de la época de Felipe IV, el secreto de lontananza, regalo del descubridor del paisaje, y el preocupado sobre lo ya adquirido y sobre medidas contenciones. Garcilaso no dice su secreto, no se cierra en secreto, ni aun el primer secreto del silogismo de la llave.

Oídle:

> Canción, yo he dicho más que me mandaron,

18 *Canciones*, Barcelona, Linkgua Ediciones, 2024. (N. del E.)

y menos que pensé;
no me pregunten más que lo diré.[19]

No, no lo dice, no lo podría decir. Seguidle preguntando, no lo dirá, no lo podrá decir. Se le han hecho unas cuantas preguntas a las que responde con el mito clareador del silencio y de su muerte. Su cabeza rota, el hilo de sangre, el hilo de su discurso extensivo. Queda tan solo el agua encantada que trocó la máquina de avisos, recados y enredos —clarísima agua y magia recóndita, escondida—; agua segura que aplacaba la salida de la sangre distinta, más de plumas que de flechas, levantando el sueño y las memorias refractadas del mundo exterior, sin pervertirse decidiendo entre las sombras y el detalle, entre la agudeza de la dialéctica de las formas y el corrimiento y aun inmoralidades del adelantado. «Hay que ir por el camino del agua, nos dice Yung,[20] que siempre va hacia abajo, si se quiere levantar de nuevo la preciosa herencia del padre.»

«Hace falta —nos vuelve a decir Yung—, que el hombre descienda al agua, para producir el milagro de la vivificación del agua.» Subrayemos en Garcilaso la gananciosa obtención del agua sobre la sangre distinta, mezcla de las impurezas del agua y del fuego. Quedémonos con el agua clarísima de su amistad, de su hermosa cabeza, de su colección de vihuelas; agua clarísima y quemada también, la del dogma eterno de su muerte.

1937

19 *Canciones*, Barcelona, Linkgua Ediciones, 2024. (N. del E.)
20 Es errata. Se refiere al psicólogo Carl Gustav Jung. (N. del E.)

Coloquio con Juan Ramón Jiménez[21]

Nota: En las opiniones que José Lezama Lima «me obliga a escribir con su pletórica pluma», hay ideas y palabras que reconozco mías y otras que no. Pero lo que no reconozco mío tiene una calidad que me obliga también a no abandonarlo como ajeno. Además, el diálogo está en algunos momentos fundido, no es del uno ni del otro, sino del espacio y el tiempo medios.

He preferido recoger todo lo que mi amigo me adjudica y hacerlo mío en lo posible, a protestarlo con un no firme, como es necesario hacer a veces con el supuesto escrito ajeno de otros y fáciles dialogadores.

J. R. J.

Nos enamoramos de la piel, contemplamos invariablemente sobre nosotros la misma piel en forma de carta estelar. Piel, mirada y cartografía sideral. Luego resulta que la piel no corresponde al cuerpo, quien debe responder por la piel y por la mirada. La serpiente de cristal prosigue, se persigue; ha quedado la piel, que es entonces sombra, flecha sobre la sombra, muro que se hunde sobre la espalda soplada. La serpiente de cristal está ya en otra piel y nosotros tardamos en convencernos de que la piel anterior es ya un papel, de que el papel cae con la elegancia con que se frunce la hoja. Cuando esperábamos la hoja verde, aparece la hoja eléctrica, la morada, la hoja que crece en las espaldas o en las sienes como una cabellera vista desde debajo del agua, como un racimo

21 *Revista Cubana*, La Habana, enero-febrero-marzo de 1938

de peces girando sobre un cristal fijísimo, eterno. Después, piel, sangre del humo. Una mano fuerte aprieta, estrangula un limón, define una garganta.

Etapas: piel, piel del guante, piel disecada. Serpiente de cristal: el estilo, la manera, la costumbre de la sensibilidad. Un día nos burlamos de lo primero. Vidas multiplicadas por tronos, potestades, demonios y ángeles, no alcanzarían acaso lo segundo, contestar por todos de una vez para quedarse definitivamente en fracaso, en hundimiento, en mutismo.

Picasso dice: «No busco, encuentro.» Juan Ramón Jiménez dice: «No estudio, aprendo.» Aprendieron encontrando, modo también de la serpiente de cristal; saliendo siempre de su piel, sus últimas adquisiciones. Por eso, si buscamos en ellos las distintas maneras que han atravesado, nos perdemos; sorprendemos solo una experiencia sensible aislada. Su legitimidad nos obliga a descubrir en ellos lo más valioso, lo que es en sí curiosa obra de arte, fuerza creacional, riqueza infantil de creación. Para ellos, la manera, el estilo han sido últimas etapas de largas corrientes producidas por organismos vivientes de expresión. Mientras que los más (temed al hombre de una sola experiencia sensible victoriosa) alcanzaron una manera y la degeneraron en manía; una tradición fraccionada, y se apresuraron a convertirla en ley.

Juan Ramón, Picasso. Su fidelidad radica solo en el acoplamiento de la virtud aprehensiva volcada sobre el objeto provocador en el momento en que éste ofrecía el mejor de sus cuerpos, como en la cita final. Su secreto, su primer acercamiento a las claves y a lo eterno, permanecen intactos. Picasso: Roma y África, fauna boreal y urnas cinerarias, barracas de feria y piedras carbonizadas de la era terciaria. Un común denominador: fidelidad, riqueza fabulosa de recuerdos de infancia creadora, absoluta erotización de la adolescencia, serenidad, cita cumplida y firma legible. Juan Ramón Jiménez: resolución en ondas y líneas, como en un pez que resuelve; línea y música atadas. Enterrado oído marino para las abejas malva y oro de la ciudad dórica andaluza. Nardo, paseos a caballo por hierbas húmedas, tierras violetas, revueltas arenas respiradas. Maestro, ¿por qué la rosa y no el clavel? («Porque la rosa es mujer y yo hombre.» J. R. J.) De la rosa, ¿la ausencia o su definitiva teleología de la nieve, su círculo que es anillo? ¿La rosa alzada cuando la rama vuelca su agua con sueño, y se queda lo verde para morir?

Ahora estamos todos con Juan Ramón. Una sala donde es exigible leer fumando, unos sillones academizados dentro de sus rosadas pieles. Biblioteca y salón. Meditación sobre las culturas, como espiral ascendente resuelta en el humo de los cigarrillos. Se leen poesías, se siguen leyendo y la poesía se escapa. Un poco supersticiosos con la leyenda silenciosa de Juan Ramón, él nos avisa varias veces, y la poesía vuelve, prolonga su visita. De pronto, salta una voz intempestiva: «¿Qué opina usted de estos poemas?»

Juan Ramón vacila, luego contesta rápidamente: «Será mejor que opinen ustedes. Como se conocen bien, opinarán más pronto y más preciso.»

Hay otra pausa en la lectura, pausa muy metida ya dentro de la leyenda silenciosa que precede a Juan Ramón. Quien nos dice que si no opinamos sobre los poemas oídos, podemos sin duda hablar de poesía. Hablar de poesía prescindiendo de los poetas, será quizá la única manera de entendernos.

Yo. Deseo hacer algunas preguntas que pueden parecer apresuradas y también ingenuas. En el breve tiempo que lleva usted entre nosotros, ¿no ha percibido ciertos elementos de sensibilidad (cosa que nada tiene que ver con la etapa actual de nuestra lírica ni con lo más visible de nuestra sensibilidad), que nos hagan pensar en la posibilidad del «insularismo»? Deseo hacer constar que formulo la pregunta en una cámara donde flota la poesía, que la pregunta va dirigida a un poeta cuya respuesta siempre fabricaría claridad. La respuesta que pudiera dar un sociólogo o un estadista no nos interesaría ahora.

J. R. J. Si la pregunta no es una «salida», ¿qué extensión le da usted al concepto «insularismo»? Porque si Cuba es una isla, Inglaterra es una isla, Australia es una isla y el planeta en que habitamos es una isla. Y los que viven en islas deben vivir hacia dentro. Además, si se habla de una sensibilidad insular, habría que definirla o, mejor, que adivinarla por contraste. En este caso, ¿frente a qué, oponiéndose a qué otra sensibilidad, se levanta este tema de la sensibilidad diferente de las islas? En poesía, para concretarme a la esencia de todo problema de sensibilidad, no he advertido que el problema del «insularismo» penetre el de la sensibilidad artística hasta darle un tono distinto. Véase, por ejemplo, la gran lírica inglesa.

Yo. Mi pregunta no tiene el agrado de una salida de tono. Nos está pellizcando, nos mortifica, nos empieza a doler en la carne. «Insularismo» ha de entenderse no tanto en su acepción geográfica, que desde luego no deja de interesarnos, sino, sobre todo, en cuanto al problema que plantea en la historia de la cultura y aun de la sensibilidad. Desde el punto de vista de lo que empieza a llamarse «ciencia cultural», recordemos a Scheler, uno de sus propulsores. Sabemos que Grecia fue un archipiélago por lo del estado ciudad, y su centro fue en ocasiones Atenas. También nos interesa el sentido del «insularismo» cuando se dice que Francia es una isla.

J. R. J. Supongamos que la isla provoca nuestra desesperación por aislamiento, como ocurre en los irlandeses. Joyce, por ejemplo, dice: «Me siento vacío, deshabitado»; y Stephen Dedalus repite que su ideario ha de ser silencio, destierro y astucia. En este caso, el «insularismo» es una clase, una forma de sensibilidad individualísima que puede convenir a cualquier otro tipo de sensibilidad. Por eso, insisto, ¿frente a qué otro tipo de sensibilidad lo contrasta usted, que rebase los caracteres, las modalidades generales, que son desde luego intransferibles? Si el tema no presenta una vida típica, quedando como castigo o agrado personales, frecuentes en el juego de los temperamentos y de las actitudes, ¿cómo puede definirse? En la misma Inglaterra subsisten dos tradiciones, que responden a dos tipos de sensibilidad: una humanista, que viene de Roma, y otra celta, tan viva desde Irlanda.

Yo. Frobenius ha distinguido las culturas de litoral y de tierra adentro. Las islas plantean cuestiones referentes a las culturas de litoral. Interesa subrayar esto desde el punto de vista sensitivo, pues en una cultura de litoral interesará más el sentimiento de lontananza que el de paisaje propio. Se me puede contradecir con el rico paisajismo interior de Inglaterra. Pero éste ha servido de poco, ya que no ha sido concretado por ninguna gran escuela de pintura, lo que nos hubiera afirmado verdaderamente que su paisajismo era legítimo.

Me interesa subrayar su afirmación de que el insular ha de vivir hacia dentro, opinión que coincide con la del maestro Ortega y Gasset cuando afirma que los isleños solo entornan los ojos a la vista de los barcos cargados de enfermedades infecciosas.

J. R. J. Lo que provocó la calidad poética en Martí o en Casal, dos de los más expresivos estilos sensibles de Cuba, fue una reacción contra las culturas incorporadas. No se ve en la diferencia que los caracteriza nada que nos haga pensar en un estímulo insular legítimo. Lo mejor de ellos está en el diverso universalismo a que tiende su obra.

Yo. Antes de reincidir en los dos nombres ofrecidos, quiero aludir a su pregunta anterior. Un fino poeta mexicano, Alfonso Reyes, nos amenazó con algo que parecía un desembarco armado de poetas de Anáhuac, cuando terminaba un poema suyo de motivo cubano, con este anuncio sibilino:

> Se oirán llegar pisadas de sandalias y el trueno de las flautas mexicanas.

Esto nos aclara algo el asunto. Quizás existan contrastadas la sensibilidad insular cubana y la sensibilidad mexicana continental. Entramos en una zona peligrosísima, pues solo por atisbos larvados, no por afirmaciones categóricas o por entelequias diferenciadas, podemos ver en esta extensión superficialmente indistinta. Pudiera imaginarse una inmotivada vanidad insular escondida en mi pregunta. Pero recuérdese que un crítico norteamericano, Waldo Frank, nos aconsejaba el ejercicio, en un presunto imperialismo antillano, de una hegemonía del Caribe. Esto tampoco nos interesa mucho por ahora, aunque desde luego podría llegarse con ello a algo seductor teóricamente y también a levantar nuestra voluntad de poderío con un pueblo y una sensibilidad que siempre padecieron de complejo de inferioridad.

J. R. J. Está usted hablando de una sensibilidad mexicana continental. Fíjese usted que la sensibilidad peruana, por ejemplo, es muy distinta de la mexicana; tanto como la cubana de la inglesa, aunque las dos pertenezcan al tipo de sensibilidad insular o de cultura de litoral.

Yo. Me obligo a clarear más mi pregunta. Inglaterra, por ejemplo, ha ejercido siempre un poderío lírico que puede competir con los más lujosos y, sin embargo, su expresión pictórica ha sido insuficiente. El aislamiento y la nostalgia, producto de un egotismo o de una laminación excesiva, acaban en un subjetivismo diestro para llegar al mayor lirismo. En la música, donde la proyección y la voluntad de diálogo obligan a una dualidad participante, no ha podido Inglaterra gozar de la tradición que ostenta en la filosofía pragmática, en la moral científica o en biología evolutiva. Que los ingleses han estado prestos a reconocer una diferenciación insular se evidencia en que ellos han iniciado el determinismo. El determinismo de Taine se debe principalmente a la atracción ejercida en él por Spencer, por Hume, y por Darwin. Además, siempre que se ha formulado la tesis de la unidad moral de Europa, Inglaterra no se ha considerado aludida. De igual manera, nosotros los cubanos nunca hemos hecho mucho caso de la tesis del hispanoamericanismo, y ello señala que no nos sentimos muy obligados con la problemática de una sensibilidad continental. La estabilidad y la reserva de una sensibilidad continental contrastan con la búsqueda superficial ofrecida por nuestra sensibilidad insular. El mexicano es fino y discreto, ama la palabra larga y con sordina; nosotros, excesivos y falsamente expresivos, ofrecemos nuestra tragedia en «comino de chiste criollo», como ha dicho la Mistral.

La reserva con que la poesía mexicana, tan aristocrática, acogió al indio, como motivo épico o lírico, contra el gran ejemplo de su pintura, contrasta con la brusquedad con que la poesía cubana planteó de una manera quizás desmedida, la incorporación de la sensibilidad negra. Olvidando otros incitantes, la resaca, y desvinculándola ahora de su más estricta alusión, es quizás el primer elemento de sensibilidad insular que ofrecemos los cubanos dentro del símbolo de nuestro sentimiento de lontananza. La resaca no es otra cosa que el aporte que las islas pueden dar a las corrientes marinas, mientras que los trabajos de incorporación se lastran de un bizantinismo cuyo límite está en producir en el litoral un falso espejismo de escamas podridas, en crucigramas viciosos.

J. R. J. Cuestión de ondas. Por eso insisto e insistiré siempre en la internación, la vida hacia el centro, única manera de legitimarse. Ustedes han estado más atentos a los barcos que les llegaban que al trabajo de su resaca. Su pregunta es más bien un problema de fauna marina. Y sigo insistiendo en que me gustaría conocer alguna referencia concreta a los secretos más significativos de una sensibilidad puramente insular. Creo que lo que usted me ofrece es un mito, y por eso tal vez sea prematura mi pregunta sobre hechos evidentes de una sensibilidad ya definida. En Martí o en Casal, ¿no podría usted señalarme algunos momentos, por rápidos que fuesen, de esta significación?

Yo. Me gustaría que el problema de la sensibilidad insular se mantuviese solo con la mínima fuerza secreta para decidir un mito. Presentado en una forma concreta, este problema alcanzaría una limitación y un rencor exclusivistas. Yo desearía nada más que la introducción al estudio de las islas sirviese para integrar el mito que nos falta. Por eso he planteado el problema en su esencia poética, en el reino de la eterna sorpresa, donde, sin ir directamente a tropezarnos con el mito, es posible que éste se nos aparezca como sobrante inesperado, en prueba de sensibilidad castigada o de humildad dialogal. Es indudable que los cubanos insistimos en los toques y percusiones musicales, y sin embargo no hemos llegado a una resultante de compases tonales; hemos obligado casi a la poesía a que sea cantada con acompañamiento de voz o de instrumento. (Lo que ha sido sustituido por la copiosa lluvia de los recitadores.) Entre nosotros, la poesía cuyo principal hallazgo ha sido la incorporación de la sensibilidad negra y, más frecuentemente, la incorporación del vocablo onomatopéyico, se resiente de haber estado de espaldas a la prueba por nueve, a la que debe responder toda poesía según Cocteau, y se ha contentado con la primera simpatía de la prueba orejera. Nuestra pintura, tocada de afrancesamiento, se ha situado en un doctrinal meramente occitánico, y en consecuencia se resiente de una sequedad desarraigada. Más claro, un elemento percutible, en su más elemental forma musical no produce más que una poesía anecdótica. Esto se debe a que un sujeto disociado intenta apoderarse de un objetivo ambiguo; a que se confunde, por ahora, el accidente coloreado con la sustancia mítica, con la esencia vivencial. Claro está que estos temas de sensibilidad solo pueden ser tocados por nosotros en sus primeros planos, pues no ofrecen todavía un material clareador, ascendido ya a concepto o a entelequia. Ceilán no existe para la historia de la sensibilidad, pero sin embargo plantea cuestiones de sensibilidad larvada de fabulosa importancia. Lawrence, cuya doctrina de los dos círculos de sangre nos parece capciosa, hablaba de un día en que se sintió ascender en la marea de la siesta de Ceilán, tan distinta de la siesta de Inglaterra. Sin duda nos habló como los místicos cuando diferencian el cielo de cristal y el cielo de estrellas.

J. R. J. El mito de la sensibilidad insular, de que usted habla, pudiera ser también suscitador de un orgullo disociativo, que quizás los apartase a ustedes prematuramente de una solución universalista. Sabemos que para los griegos la isla era aquella isla de la canción, peligrosa para el astuto Ulises. Ese mito es además un incitante muy vago. Y como hierro para una conducta social no tiene perfil apresador. Se ha hablado de la lucha actual entre los hombres-islas y los hombres-ríos. Los ríos, según Pascal, son caminos que andan. Los hombres-islas, tipo Joyce, plantean, en su forma más desesperada, la atomización de la personalidad; los hombres-ríos dependen de la legitimidad de sus fuentes en la tierra y en el aire. Este tema pudiera conducirnos a viejas asociaciones filosóficas: género y especie, esencia y sustancia, etc.

Yo. En la actualidad, la filosofía empieza a plantearse el tema de la angustia, la raíz misma del existir, que hasta ahora acostumbrábamos a resolverlo con las largas declaraciones del yo poemático de los románticos. La poesía empieza a encerrarse en un castillo limitadamente cartesiano. Valéry pide morir doctamente, morir clasificando.

J. R. J. La diferencia entre filosofía y metafísica, Valéry y Mallarmé, es la que existe entre lo que intenta justificarse y lo que no es sino un andamio o una nueva exploración sobre lo ya adquirido. Si la filosofía es una reacción total, que acaba siempre en una tesis comprometida, será lastre para un poeta cuyo dogma conceptual lo acerque previamente a las cosas. Es sabido que la metafísica resuelve los hallazgos de la filosofía en su forma más absoluta. El poeta, al llegar a la casa de la poesía, deberá dejar el sombrero y los guantes, es decir, la magia con posibilidades de truco. Valéry, situado dentro de la línea clásica del cartesianismo, repite la vieja máxima que aconseja colocar los diablos alrededor de un centro. La metafísica, que puede vivir dignamente en la poesía, es solo la abstracción que da forma al cuerpo poemático. Mientras la filosofía da a la poesía malsanas seguridades, la metafísica es la nueva vida que todo poema empieza después de la primera experiencia sensible. Se me dirá que Mallarmé libre de toda escuela filosófica, cayó en la temática wagneriana. Valéry comprendió el error; y cuando dejó de ser cartesiano se convirtió en pascaliano, aunque siempre haya hecho declaraciones anti-pascalianas. Un crítico ha observado que el instante que hipnotiza a Valéry es aquel en que el inconsciente va a ser consciente, en que el pensamiento se hace acto y la nada se convierte en el nacer de la poesía. La embriaguez y el delirio son la vida misma del poema. Cuando el poeta despierta, encuentra el poema terminado. Creo haber dicho que el solo arte en lo espontáneo sometido a lo consciente. Desde luego, conciencia de desesperación, pecho hundido, conciencia de lo inconsciente, conciencia que teje y desteje lo espontáneo.

Yo. Creo también que Valéry ha participado en la entrega de una claridad demasiado rotunda a la línea que va del logos a la *clarté*. A mi manera de ver, esa crisis de la razón europea se ha acentuado después de Goethe, quien puso un orden trágico en todo el goticismo germano. Los que después han mantenido un ideario exclusivamente occidentalista, como Maurras, Valéry, Benda, Ors, han reincidido en el proceder de Goethe, que en él era un proceder adquirido orgánicamente, una conquista lógica, y en ellos el disfrute de una claridad que a fuerza de fácil es un poco inmoral. A pesar de que incluyo a Valéry en esa línea de europeístas, quiero poner en su favor una adquisición que me parece fundamental. Valéry, que debuta en el momento del impresionismo y del simbolismo, cuando la expresión adolecía de un rápido relativismo de la sensibilidad, reacciona hacia un absolutismo sensible, un todo coherente volcado sobre la sugerencia o sobre ese pinchazo que distingue un tiempo sensible en estado de gracia, *virtus inefabile*. En este sentido, su intento es análogo al de Lucrecio o al de Dante, cuyos cosmos poéticos están informados de la visión teológica del siglo XIII del epicureísmo atómico. Valéry ha reaccionado contra la poesía como momentánea experiencia sensible, y ha pretendido que sea total, sistemática, coherente, al atrapar la sensible fugacidad. Su mundo sensible intenta removerse dentro de las categorías ordenadas por buenos europeos como Leibniz y Descartes, Goethe, Mallarmé, habitantes de palacios dolidos por la cantidad de sus elementos irreconciliables, fuerzas negativas, visitas paradojales, inoportunas en aquellos momentos y que hoy pueden irrumpir contra el hombre técnico que fabrica un tubo elevador como fabrica un poema que es correcto pero que invariablemente se encuentra con lo que se ha colocado de antemano en él. Quizás un Spengler del mañana, experto en paralelos de morfologías de la cultura, halle relaciones entre la mentalidad colectiva de una asamblea de ingenieros reunidos para tratar de la construcción de un puente y la sensibilidad estética que dictó *El cementerio marino* o las décimas, tan del gusto de Joyce, de *La serpiente*.

J. R. J. Sin duda se exagera un poco cuando se afirma que Valéry es un académico o cuando se dice que es un alejandrino. Aparte de que el calificativo de académico no puede ser en Francia denigrante. Es evidente que Valéry usufructúa legítimas conquistas de Mallarmé. Él se disculpa en cierto modo cuando nos dice que la esencia de lo clásico es venir después. Mallarmé rehusó siempre lo académico. Fue uno de los espíritus que más sugestiones despertaron en la juventud. Estuvo dotado de una fabulosa capacidad para el diálogo intelectual de alta tensión. Valéry, continúo con el mismo símil, coge los guantes y el sombrero de copa que Mallarmé abandonó en su sitio y a tiempo, y entra con ellos en la academia. Es en realidad un divulgador de Mallarmé. Lo que en él no es mallarmeano, su pesada filosofía con mayúsculas, es lo que lastra de impureza su poesía. Ha buscado siempre la poesía pura, mágica, inefable, y no la ha encontrado nunca; la ha cargado siempre de arena discursiva.

Yo. La poesía, como expresión de un estado de ánimo inefable, me parece un tanto ingenua. Por otra parte, la unión de momentos inefables perseguidos por una técnica coherente, como ha pretendido Valéry en su desarrollo poemático, es ilusoria. La unión de momentos causales de la sensibilidad que han intentado los sobrerrealistas, es experiencia que tiene un final infiel, pues las palabras regidas por el sentido no excluyen que las palabras disociadas produzcan luego los postceptos de que habla Unamuno, la encarnación del sentido. Las palabras rebeladas, demoníacas, son también comprendidas, defendidas y justificadas por el Espíritu Santo. Las palabras desalojan una tensión que provoca la aparición del sentido, y no es éste el que las precede ni el que les impone leyes de gobierno sintáxico.

J. R. J. La poesía se desenvuelve adquiriendo intempestivamente las leyes de los cuerpos o las almas disímiles, que la lógica conceptual rechaza. La poesía tiene su lógica maravillosa, que aparece solo como el halo que se desprende de la virtud adquirida por el logro, por la perfección del cuerpo poemático. Todas estas cosas nos conducen a viejas polémicas que nada resuelven. La poesía es lo único que siempre sigue respondiendo preguntas, que son, contestadas por ella, la suprema adivinación de la vida íntima de los elementos, el agua, el fuego, el aire, la tierra. No hay que buscar en la rosa su ausencia, sino su eterno y absoluto resolver. Los que han propuesto la granada en sustitución de la rosa, la granada, flor y fruto, han olvidado que, en poesía, la pretensión del frutecer, más que esperar una consecuencia, que al fin sería inútil y descompuesta, es aceptar imposiciones que, impidiendo la flor, le corrompen el fruto. La ética de la flor es tan vana como la hermosura del fruto, que es siempre como su tardío nacer.

Vamos a dejar ahora estas cuestiones. Yo quiero ahora preguntar a ustedes. En estos días he oído en La Habana una conferencia que predecía la fusión de razas en Cuba, fusión que producirá necesariamente la expresión poética mestiza. Me interesa saber si la busca de una distinta sensibilidad insular que ustedes intentan, no es el reverso de esa expresión mestiza. Las dos tesis parece que promueven un orgullo diferente, una solución disociadora por desemejanza y exclusión. La tesis de la sensibilidad insular va contra la sensibilidad continental y la de la expresión mestiza contra la expresión de valores y angustias universales. Todas las razas han producido culturas, y si todas las razas se expresan distintamente, se derivará de esa diferente expresión conjunta una unidad y una universalidad con todos los valores y las categorías. Por eso el proceso de retorno de una raza a su expresión diferente, rencorosa, por decirlo así, no me parece claro y terminante. Quizás el mundo esté un poco cansado de sus incesantes paseos de la síntesis a la unidad, y es indudable que ha superado, por fusión y decantación, las expresiones que pretenden ser última voz de una raza que logra expresarse; y esas manifestaciones pueden considerarse ya como curiosidades o anécdotas.

La poesía está definitivamente del lado del espíritu, que fusiona a esos enemigos aparentes de la naturaleza y de la cultura. Quererla retrasar de nuevo a su primera sangre, pudiera hacerla reincidir en etapas de la sensibilidad ya ganadas. Por eso los europeos consideramos la poesía como una eficaz resolución de los momentos del espíritu. Me interesa saber lo que piensan ustedes de esta transfusión de sangres poéticas, de una poesía cuya expresión surja de una fusión de sangres. El espíritu sopla dondequiera; la sangre enemista y separa. ¿Se podrá colocar la sangre antes que el espíritu?

Yo. La tesis de la sensibilidad insular, aparentemente orgullosa, tiene tanto de juego como de mito. No desearía ser el reverso en la búsqueda de una expresión mestiza, pues lo que intenta articular es menos que un mito. Se limita, humilde, a una justificación, una vida legitimista. Los problemas étnicos del mestizaje, estudiados desde el punto de vista biológico, no me interesan. Una realidad étnica mestiza no tiene nada que ver con una expresión mestiza. Entre nosotros han existido mestizos que han intentado expresarse dentro de los cánones del parnasianismo, y gran parte de la poesía afrocubana, en cambio, es de poetas de raza blanca. Se ve que una cosa es el mestizaje y otra abogar por una expresión mestiza. Una expresión mestiza es un eclecticismo artístico que no podrá existir jamás. Los antiguos gnósticos afirmaban que la sangre era una mezcla del agua y del fuego. Ya lo vemos. Sangre: impureza. Agua y fuego: espíritus puros. Podemos reclamar una poesía del agua, y Garcilaso nos ofrece la suya para que en el agua más limpia adivinemos la turbiedad. Whitman es el ejemplo del poeta más cercano a las capas centrales del fuego. En el nacimiento de la poesía, como en el origen del mundo, hay una lucha entre los elementos plutonistas y neptunistas, pero la sangre, líquido impuro en el supuesto de estar formada por mezclillas de agua y fuego, produce una poesía inexacta, de inservible impureza.

La poesía será siempre amor absoluto o definitivo rencor. Abogar por una expresión mestiza es intentar un eclecticismo sanguinoso. La poesía plantea sus problemas en tensión última, inapelable, y un intento de fusión, con ella, sería una timidez que provocaría toda clase de superficialidades e insolencias. Las síntesis del amor y de otras insalvables antipatías, la pureza que se ve obligada a producir sus más eficaces reacciones bajo un signo que la interprete o le robe el secreto de su rendimiento máximo, son el clima donde la poesía gusta hospedarse, imponiendo a sus ataduras y a sus obligaciones prefijadas dominios y leyes, ya para la oscuridad provocada o para aquella otra que se embosca y nos aturde de veras, o para el delirio, que después resuelve los más enemistados principios de enlaces verbales.

Subrayaré que me parece innecesario considerar la interrogante de una sensibilidad insular diferenciada, como el reverso en la búsqueda de una expresión mestiza. El planteamiento de una sensibilidad de tipo insular no rehuye soluciones universalistas. Francia, cuyos valores de sensibilidad y de arte son los que centran las más puras devociones a los universales y a las soluciones genéricas, comenzó llamándose *Île de France*, nombre de la provincia de París en la Edad Media. La sensibilidad principia humildemente planteando meros problemas existenciales, y luego intenta llegar a las soluciones universales, regalándonos las razones de su legitimidad, con el anhelo de ofrecer un momento de su aislamiento, la delicia de su particularismo, única manera de afirmarse en una concepción universalista previa que rehusase las matizaciones históricas, dejándonos el esqueleto de una categoría, la banalidad de un arquetipo desencarnado. Por el contrario, la tesis de una expresión mestiza es, por ahora, una síntesis apresurada; queda solo la paradoja de esa síntesis sanguínea. Buscándole a esa tesis tangencias sociales (de hecho está llamada a tener más tangencias políticas que estéticas), podemos provocar consecuencias contradictorias, excluyendo, en la integración de la nacionalidad, ciertos elementos constitutivos que se resentirán de esa violencia de síntesis forzada.

Además, las presiones sanguíneas que se agitan en la intimidad del yo más oscuro o musical, están muy lejos de reconocer ninguna síntesis, pues la sangre salta cualquier axioma unificador. Cualquier solución universalista intentaría provocar los deseos de una expresión dentro del espíritu, que tiende siempre a unificar sus conceptos, tanto en una forma luciferina como en otras más humildes, las del triunfo del cordero; mientras que las arrogancias alteradas de la sangre se dedican a reconocer con detenimiento analítico la calidad de cada componente, lo que significa hospedarse apresuradamente en cada uno de los accidentes integradores. Preferir la música elemental de la sangre a las precisiones del espíritu es lo mismo que habitar los detalles sin asegurarse de la legitimidad de una sustancia. Hasta ahora hemos preferido los detalles, gozosos de su presencia más grosera, de sus exigencias más visibles, sin intentar definir la sustancia, que es lo único que puede otorgar una comprobación universalista.

La expresión de los andaluces no tiene que ver nada con el andalucismo; las exigencias de una sensibilidad insular no tienen tangencias posibles con una solución de mestizaje artístico. Aquélla asciende de la historia al espíritu, ésta no es más que un recuerdo bizantino del detalle, un disfrute epicúreo y elemental de factores exógenos. No hay duda de que el mestizo recalcó su bandurria presionado por las guitarras andaluzas de García Lorca, llevando las síncopas a la fluencia láctea del romance. Tocamos una diferencia radical. El andaluz tiene un precioso sentido de lo universal; ya hemos hecho referencia a la época de Alfonso el Sabio, cuando la cultura oriental resolvió una síntesis con la tradición cristiana greco-latina, gracias a lo cual el andaluz se incorporó al europeo, a la limpidez del polvillo dórico, al ideal de la ciudad mediterránea. La expresión mestiza es, por el contrario, disociativa, y nos obliga a retrotraernos a la solución de la sangre, al feudalismo de la sensibilidad.

J. R. J. Me gusta que usted considere el romance como una limitación técnica para una poesía que está aún en su fase, dice usted, teogónica. Yo creo que la emoción poética debe ser expresada, al nacer, en metros personales, inventados, al margen de las formas corrientes. Con eso, la poesía naciente sería de una gran pureza, y se impediría que toda la mezquindad neoclásica dejase el poema temprano en ejercicio, en acertijo alimentado por el hastío, sumido tal vez en la nada por la suscitada angustia. Muchos poetas, y me acuerdo ahora del americano Herrera y Reissig, desvirtuaron su despertar poético con formas manidas, décima, soneto, etc. Cuánto mejor hubiera sido para ellos que hubiesen intentado su poesía en versos libres, inventados, particulares. Valéry ha insistido en la diferencia entre el verso dado y el calculado. (El verso dado no tiene nada que ver con el verso inventado que yo digo.) En España, el uso repetido del octosílabo y el endecasílabo ha limitado el movimiento de muchos poetas. Todo poema, necesita un ritmo, un tono, un estilo propios y que mueren con él. En realidad, el poeta no debiera repetir ninguna forma, a menos que considere, la forma, y a mí me gusta así, por ciclos; es decir, que un libro fuese el «poema de una forma». Herrera y Reissig, que usted citó primero, consiguió un sentido propio para la imagen sorprendida, pero tuvo que recortar, limar demasiado esa imagen para meterla en los sonetos, en las décimas, etc. Y lo mejor de su fantasía o lo mejor de sus consecuciones saltaba fuera como una cabeza cortada por la guillotina inexorable del metro. Para conseguir unidad de fondo y forma se necesita una plenitud que él no tuvo. Si se hubiese limitado al versillo más o menos libre, su imaginación hubiese ostentado calidad muy distinta. Su Pegaso fue domado por la calle principal de una provincia imaginista.

El otro día me preguntaron ustedes si yo no veía una diferencia esencial entre la poesía última, verso libre, de García

Lorca y la del *Romancero gitano*. Yo quise explicar, y no sé si lo conseguí, porque soy premioso de palabra, que las imágenes locas parecen más locas en verso descuidado que en verso regular. La forma simétrica da una garantía de limitación a la imagen. En realidad, la forma regular domina un poco la locura. Pero para ese dominio se necesita mucho instinto y mucha gracia.

Esto nos llevaría muy lejos. Lo que yo quisiera saber ahora, volviendo al punto inicial, es qué oportunidad temporal tiene la exigencia con que irrumpe la isla: de otra manera, en qué relación se encuentran ustedes, al ofrecer su busca, con otros mitos o con determinadas etapas de otros mitos.

Yo. Los argentinos tratan hace tiempo de enarcar su mito, cuya forma simbólica está encarnada en «La Cruz del Sur». Si poseyesen sociólogos más decididos, se empeñarían en torcer lo que hemos convenido en llamar la ruta de !a civilización, que hasta ahora hemos supuesto que va de oriente a occidente. Están enamorados de un error voluntario y afirman que la ruta es vertical, de norte a sur. Una arrogancia exterior les mueve a considerar a los demás compadritos como viejos tangueros desinflados. Los mexicanos, innegablemente, puesto que se apoyan en un cronista español, lanzan su afirmación, que es delicia de uno de sus humanistas actuales; detienen bruscamente al viajero y le aseguran que ha llegado a la región más transparente del aire. Nosotros, obligados forzosamente por fronteras de agua a una teleología, a situarnos en la pista de nuestro único telos, no exageramos al decir que la Argentina, México y Cuba son los tres países hispanoamericanos que podrían organizar una expresión. Nosotros, insulares, hemos vivido sin religiosidad, bajo especies de pasajeros accidentes, y no es nuestra arrogancia lo que menos nos puede conducir al ridículo. Hemos carecido de orgullo de expresión, nos hemos recurvado al vicio, que es elegancia en la geometría desligada de la flor, y la obra de arte no se da entre nosotros como una exigencia subterrígena sino como una frustración de la vitalidad.

J. R. J. Tal vez puedan ustedes alcanzar así una alegría que no les adormezca la inquietud y una elegancia, como usted dice, que no sea el refugio rencoroso de lo que no se ha tocado o despertado.

En España, ahora, como reacción contra una poesía informe, monstruosa, que empleó por lo general una expresión falsamente primitiva, en la que la palabra no intentaba subir a la expresión y se perdía en un bajo sensualismo (goce de subir las aguas subterráneas con todo su arrastre), se ha vuelto al soneto. Yo no he rehusado nunca lo subconsciente, la invasión de las larvas sexuales; pero lo subconsciente expresado en una simple enumeración de momentos sensibles, en una aglomeración de imágenes que no intentan definir su lugar en el espacio, sino simultanear perspectivas, resbaloso desfile momentáneo, y sin virtud ascensional humana o estética, me parece un desfile vulgar. Pido la preferencia, el compromiso, el acierto que eternizan a los elementos líricos. Y me parece mal que los poetas vuelvan a las formas neoclásicas, si no poseen la virtud de alterar sus superficies formales, remozándolas, reavivándolas, volviéndolas a las más primitivas cercanías. Están cayendo, otra vez, en el ejercicio, en las viejas manías que usan el poema como una maquinita de delicia. Ni la poesía informe, vacía de la sublime posibilidad de la palabra y de todo lo que puede encarcelarse en la palabra, ni el academicismo remozado, que ahora parece que preocupa a los jóvenes ahítos de un bajo y falso verso libre.

Siempre han existido poetas verdaderos que han preferido la virtud ascendente (o, si se quiere, descendente) de los elementos poéticos a la expresión, a la expresión musical acaso. Pero el neoclasicismo, entendido como una rigurosa vuelta a la forma, es peligroso. Casi siempre, su secreto, más o menos confesado, es una reacción contra el verdadero clasicismo que sustenta todas las grandes épocas poéticas. Estamos, pues, entre dos peligros: la escritura informe, más o menos poética, sin conciencia para eludir lo abundante y lo fácil, y que pretende enlazarse con lo primitivo, y el neoclasicismo, resucitado una vez más por profesores que cultivan la poesía al margen de sus lecciones de retórica, y que yo he llamado «poetas voluntarios», para diferenciarlos de los poetas fatales, que son los que se escapan igualmente del falso primitivismo y del neoclasicismo más falso. Ambas falsedades viven de «la imagen» y «del concepto», mezclados más o menos ingeniosamente; imagen tirada como una plasta a los ojos abiertos, para cegarlos, y concepto escamoteador del verdadero pensamiento lírico, no filosófico. En los dos casos la escritura es enumerativa o acumulativa, como lo fue la pasada pintura sobrerrealista, que domina ambas tendencias literarias.

Insisto en que la verdadera poesía está, para mí, en la expresión aislada, acabada, suficiente, única, del pensamiento o el sentimiento plenos.

Yo. ¿Qué formas poéticas considera usted más originales y posibles en español?

J. R. J. Las llamadas «formas» que yo usé en mi adolescencia poética, que ahora uso más y que más me gustan, como más españolas y más mías, son el romance octasílabo, la canción y el verso libre que yo llamo «desnudo», y que nada tiene que ver con el llamado verso libre o blanco en el neoclasicismo español de todas las épocas ni con el usado recientemente por los informes. La mejor poesía española en verso y prosa, antigua y moderna, anda con esos pies. Es cierto que yo he cultivado, de igual modo, en mi juventud especialmente, la silva, italiana, y que tanto abunda en la poesía española, la estancia alejandrina, francesa, y otras formas. Pero hoy tengo escasas simpatías por ellas, aunque vuelva, como es lógico, sobre lo escrito. Recordando lo que dijo el gran Claudel sobre su propio versículo, podría decirse que el poeta italiano respira en silva consonante, el francés en estancia alejandrina consonante, ambas muy hechas y redichas, y el español en romance asonantado, canción suelta y verso desnudo; todo libre, abundante y natural, pero preciso. Y estoy contento de que el destino me haya hecho iniciar, en lo contemporáneo español, la vuelta al romance, a la canción y al verso desnudo. (Este verso desnudo de que hablo, tiene también poco que ver, en proporción y sentido, con el de Claudel.)

Si una época emplea los mismos metros que otra, corre el peligro de repetir también e inconscientemente el sentido poético de la primera. El soneto vale hoy lo que siempre, pero a condición de que no suene ni espeje a Garcilaso, a Herrera, a Quevedo, a Góngora, como está ocurriendo. Cualquier poeta diestro puede conseguir estas repeticiones, útiles o bellas para los que no conozcan bien los dechados de donde proceden. Imitar formas clásicas o neoclásicas quiere decir casi siempre incapacidad de invención interna, porque ningún poeta libre sorprendido por la belleza libre sabe de antemano la forma en que la va a expresar. La forma es, terminado el poema, otra sorpresa. En sus años jóvenes, el poeta puede y debe aprender en todos los países y más en los que en el momento de su despertar viven en la plenitud de la expresión poética. (España aprendió mucho del renacimiento italiano y del simbolismo francés, otro renacimiento.) Pero, una vez orientado en su camino ideal, el poeta consciente vuelve en espíritu y forma a su patria. Si yo he usado tanto el romance, la canción y el verso desnudo, no ha sido por una sugestión técnica. La poesía popular española sigue desarrollándose, es claro, en sustancia, como ninguna otra que yo conozca, y su forma no es nunca arquitectura externa ni juego ingenioso, aunque también haya de esto en lo popular español; sino gracia sucesiva, en todos los sentidos de la gracia, y la gracia poética mayor del mundo. Y esa forma poética que yo amo tanto, por española y por graciosa, es, a mi juicio, la forma de la verdadera aristocracia humana española, tipo acabado de lo natural y lo refleXIVo, que tanto se encuentra en el pueblo español. Y terminemos aquí, de pronto, esta conversación. Abandonemos la palabra en este gran tipo humano y poético, que tanta poesía estará acumulando hoy. Es buen punto.

Con usted, amigo Lezama, tan despierto, tan ávido, tan lleno, se puede seguir hablando de poesía siempre, sin agotamiento ni cansancio, aunque no entendamos a veces su abundante noción ni su expresión borbotante. Otros trabajos poéticos y menos poéticos esperan. Gracias, en fin, por su presencia y su asistencia, conmigo, a la poesía.

Junio, 1937.

Julián del Casal

I

Nuestra historia poética ha luchado contra dos enemigos, visibles, constantes, por invisibles. El rastro de una visión rastrera, pura cercanía y vulgaridad, gratuito apego que se solaza con cualquier fragmento, por interesado desconocimiento de la esencial verdadera fuente. Otra actitud, pesarosa de antítesis, enamorada de las grandes teorías, de vastos puntos de vista, ha visto en lo nuestro poético o una camisa rellena de paja o un bulto de arena donde cualquier esgrima puede ensayarse. Lo primero es ingenuo, lo otro, hinchado, y como actitud es la misma pobreza de lo que combate como realizado. Qué importa que ninguno de nuestros poetas haya teorizado ni realizado en su poesía aquellos *polysemos* de que nos habla Dante en su carta al Cangrande della Scala, o sobre las ausencias mallarmeanas. Eso no puede otorgarnos un regalado desdén. Hay que buscar otro acercamiento, hay que cerrar los ojos hasta encontrar ese único punto, redorado insecto, espejismo, punto. De la misma manera que un poeta o pintor detenido en la estética de la flor, tendría que abandonarse, reconstruirse para alcanzar la estética de la hoja, y estaba allí, cerca, rodeando, ambos, rosa y hoja, a igual distancia de la distracción última o bochorno primero del fruto.

Hay que empezar de nuevo, como siempre. Pero si la crítica no concluye, y goza también de ese empezar, la crítica y lo otro, fundidas ambas en un solo enemigo no distingue tampoco, no ofrece tregua tampoco. Mejor. Hay que hablar de producción, no de creación, se propone, o la poesía se adhiere a la teoría del conocimiento; la crítica se puede trocar en creación, no en capricho, apegarse a invisibles orígenes sin olvidar la corrección, sus ajustes. No se trata de confundir, de rearmar de nuevo uno de aquellos *imbroglios* finiseculares y volver a la de la crítica creadora. Sino de acercarse al hecho literario con la tradición de mirar fijamente la pared, las manchas de la humedad, las hilachas de la madera, inmóvil, sentado; que ya entraña la calentura y la pasión en ese absoluto fijarse en un hecho, dejar caer el ojo, no como la ceniza que cae, sino deteniéndolo, hasta que esa cacería inmóvil se justifica, empezando a hervir y a dilatarse.

Una sucesión de reyes y tres edades pueden servir, pero en América, la crítica frente a valores indeterminados o espesos, o meras secuencias, tiene que ser más sutil, no pueden abstenerse o asimilarse un cuerpo contingente, tiene que reincorporar un accidente, presentándolo en su aislamiento y salvación. Así quien vea en el barroco colonial un estilo intermedio entre el barroco jesuítico y el rococó, no le valdrá de nada lo que ha visto, hay que acercarse de otro modo, viendo en todo creación, dolor. Una cultura asimilada o desasimilada por otra no es una comodidad, nadie la ha regalado, sino un hecho doloroso, igualmente creador, creado. Creador, creado, desaparecen, fundidos, diríamos empleando la manera de los escolásticos, por la doctrina de la participación. El hecho de que Casal quisiera imitar a Stacheti, o a parnasianos de tercera clase como León Dierx —a los que supera fácilmente— tiene la misma mudez y escaso valor simbólico que el que se haya encontrado con Baudelaire, al que no superará nunca. Ambos hechos tienen el mismo escaso valor, la misma mudez. La gente ociosa coge esas insignificancias y las retuercen, las prolongan, y atemorizan después con esas vastedades fáciles, llegando a proclamaciones insensatas.

Así en nuestro *bric-à-brac* literario, un crítico puede encontrar insinuaciones, roces furtivos, verdaderas delicias, con tal de que su lente ostente más que el resguardo de una irónica estampa, un verso que flota, que no hizo falta reconstruirlo, en nuestra adolescencia. Así la furia y los entretenimientos de uno de nuestros principales románticos, quedaban reducidos para mí a este verso lento y delicioso: «las húmedas reliquias de su nave». O en este otro donde parece irizarse la serpiente metálica de Paul Valéry: «Junto a cada cuna una invisible / panoplia al hombre aguarda». Son versos de José Martí, de una plasticidad espléndida, de una dócil dignidad, en que la inteligencia ha relacionado dos cosas con un ligero golpe mágico, produciendo un seguro diamante. Estos versos son de otro romántico, para usar el distingo de las escuelas, sin embargo, hay en ellos una especie de embriaguez nocturna, de reflejo último y cansado. Y mientras parece derivarse de nuestros románticos cierta vastedad, ciertas generalizaciones impetuosas, cierto confesionalismo regalado, se borraban muchas cosas para mí, y solo quedaba el encanto de ese verso obtenido por la inteligencia y el ángel.

Otras veces no era el aislamiento de un solo verso. Era un paseo preferente, el haberse decidido por una atracción casi inconsecuente. Así, como es posible que dentro de la cacareada frialdad de Luaces, este revelase preferencias por el tema de «Erígone». Aunque no lo hubiese alcanzado, solamente el tema, el acercamiento teje una huella que es necesario aclarar. Yo he sentido una extraña fruición cuando he visto un documento de Casal, no estudiado aún por ningún crítico. Es un libro de balance de grandes dimensiones. El padre de

Casal lo usaba para apuntar la lista de sus esclavos. Casal va colocando sobre las páginas ya ocupadas, recortes de periódicos, cosas de su gusto. En 1886, todavía Rimbaud necesita de Verlaine. Pero ya por aquellos años entre nosotros, Casal se interesa por él, coloca en el librote, poemas y referencias de Rimbaud. Claro está que en el librote aparecen también recortes de la peor pacotilla hispanoamericana. Pero queda una gracia que sopla, una intuición que se tornea, hay un fragmento de Rimbaud. Está también en el librote el soneto «Erígone» de Luaces. No se ha visto con detenimiento el parnasianismo inocente de los sonetos de Luaces. Casal sorprende la calidad de algunos de ellos. Junto a la rápida ganancia de la calidad que sopla en ajenos sitios, también la otra pequeña adquisición del tranquilo logro humilde, de lo frustrado que una vez la gracia animó. Es curioso que la pintura histórica y *Los trofeos*, provoquen los sonetos de Casal, pero añade una seguridad, y como un arte para rehallar el hilo de la tradición, que allí cerca se encuentre aquel «Erígone». Claro está que la rugosidad mate y el hielo frito de Luaces, dista mucho de este otro tipo de inmovilidad, sin dilatación provocada, de aquellos otros sonetos de Casal, con más misteriosa cola de pez y una voluptuosidad más universal y exquisita.

Es necesario volver, mejor intensificar, a la luz misteriosa, la claridad que se desespera. Allí concurren muchas cosas diferentes, homogéneas, bruscas, silenciosas. Como en la horizontal del agua concurren animales diferentes, de distinto peso, pero unidos, intensificados en un impulso por romper con su inmovilidad, el cristal, la red también. ¿Acaso la sed no es el nacimiento del cristal, el primer impulso necesario, que después se congela, se hace aro de límite el cristal? Queda así la sed como el cristal invisible, el cristal como agua invariable.

Hay un momento que en la crítica y en la poesía, arranca de Poe, divulga Baudelaire, aprovecha Valéry, en que todo quiere quedar como método dentro de una noche en la que se han borrado los astros naturales, de acompañante luz. Poe en sus cuentos, en sus estudios sobre la luz, en sus críticas, hablaba de «un método de razonamiento sugestivo». Esa frase es tan real como esta otra que yo propondría, para declarar la crítica que le conviene a un poeta: una potencia de razonamiento reminiscente. Digo potencia porque supone un material hostil, una resistencia. Resistencia que puede describir un arco de infinitas variaciones. Desde la frustración de una obra hasta el acierto momentáneo que agrandado —con aquella óptica del conejo que Ortega encontraba en Proust— puede situar la definitiva gracia. Es un modo que no desdeña la frustración y la diana de una vez, aun en el adolescente que prueba sus fuerzas en la ocasión entregada por una embriaguez pascual. Digo razonamiento reminiscente, en vez de razonamiento sugestivo como Poe, por el poderoso y pleno atractivo que esta palabra tuvo para los griegos. Tanto la Grecia de los mitos como la socrática mantuvieron idéntico gesto con respecto a la memoria. Prometeo, en su lecho incuestionablemente incómodo, se vuelve para decirnos: «Encontré para ellos, para los mortales, el número, lo más ingenioso que existe, y la disposición de las letras, y la memoria madre de las musas». Todavía en Esquilo es más misteriosa, soplo más nutridor, como rocío o niebla, la memoria. En definitiva la mitología acepta eso, pero ingresa Júpiter para disminuir la fuerza creadora de la memoria. Las nueve musas son hijas de Nemósine y Júpiter, acepta el griego del siglo IV antes de Cristo, ya muy apegado a Sócrates, dentro de una mitología oficial. De ese modo la memoria es participante y actúa en el conocimiento de la materia. Recordar para un griego era un ejercicio, tan saludable como el conocimiento bíblico, algo carnal, copulativo. Ese razonamiento reminiscente, favorece una mutua adquisición, apega lo causal a lo originario, vuelve el guante para mostrar no tan solo las artificiosas costuras y el rocío de la transpiración. Este razonamiento reminiscente, ahuyenta la reminiscencia del capricho o de la nube, comunicándole a la razón una proyección giratoria de la que sale espejada y gananciosa. Yo creo que esta crítica cuyo instrumento es el razonamiento reminiscente, sería infructuosa para acercarse a grandes sistemas de expresión; si lleváramos ese procedimiento al Dante o a Goethe, escribiríamos alejandrinos diccionarios y enciclopedias ordenadas por un alfabeto chino. En obras de vastas proporciones situar el ser substancial y las proporciones de la obra en la circunstancia, puede ser divertido, prudente y recomendable. Pero tendremos que contentarnos, en definitiva, con la gracia que se aloja en aquel ser substancial, gracia que se encarnaba sin apelaciones ni disculpas. Claro está que esa gracia adquiere la mejor de sus formas en la plenitud o en descubrirnos a tiempo, haciéndolos un tanto más audible, el vasto rumor acurrucado en los orígenes, o el trágico rebote contra el muro de las lamentaciones de los que no querían que el espíritu se acogiese a la letra escrita, sino que permaneciese inalcanzable rumor... En otro tipo de cultura ese razonamiento reminiscente, puede evitarnos que la crítica se acoja a un desteñido complejo inferior, que se derivaría de meras comprobaciones, influencias o prioridades, convirtiendo miserablemente a los epígonos americanos, en meros testimonios de ajenos nacimientos. Ese procedimiento puede habitar un detalle, convirtiéndolo por la fuerza, de su mismo aislamiento, en una esencia vigorosa y extraña; no detenerse en los groseros razonamientos engendrados por un texto ligado a otro texto anterior, sino aproximándose al instrumento verbal en su forma más contrapuntística, encontrar la huella de la diferenciación, dándole más importancia que a la influencia enviada por el texto anterior al punto de apoyo, rápido y momentáneo, en el que se descargaba plenamente. Así por ese olvido de estampas esenciales, hemos caído en lo cuantitativo de las influencias, superficial delicia de nuestros críticos, que prescinden del misterio del eco. Como si entre la voz originaria y el eco no se interpusieran, con su intocable misterio, invisibles lluvias y cristales. Nadie toca o vuelve sobre la página de Esteban Borrero, en recuerdo de Casal. Ningún erudito la repite, ningún crítico la aprieta para destilarla. Es algo de una escueta y suculenta belleza. Puede llevarnos a prescindir de muchos antecedentes cercanos o lejanos. Casal acude a la casa de Borrero, allí está la poetisa, los hermanos de la poetisa, el padre de la poetisa. Todos creados, recordados por el centro de Juana Borrero. Ahora los protagonistas no van a ser ellos. Otros hermanos, zonas grises, que ahora se tornan maravillosamente comprensivas. Hay ese silencio coral del trópico, en que ya —siesta o crepúsculo— no hay nada que decir, pero en el que nadie se atreve a romper, a despedirse. Un pequeño hermano de Juana Borrero, se pierde, cuando reaparece esgrime un loto, haciéndolo girar lentamente entre sus dedos. Hay ese silencio coral del trópico, siesta o crepúsculo. Otro pequeño hermano de Juana Borrero, exclama un verso de Casal: «un loto blanco de pistilos de oro». El poeta se siente entonces necesario, y desde luego, comprende lo misterioso de esa comprensión, y desde luego creo que llora. Es algo más que una estampa, o una delicada mezcla de oportunidad y comprensión. Nos puede servir para refutar las siguientes frases de Rubén Darío: «Casal en nuestras letras es un ser exótico. Nació allí en las Antillas, como Leconte de Lisle en la isla Borbón y la emperatriz Josefina en la Martinica. La casualidad tiene sus ocurrencias». La anterior estampa nos demuestra que la casualidad siempre tiene su justificación. El momento en que el garzón arranca el loto, para conducir su agrado al visitante. El otro garzón que apoyándose en el azar de su memoria repite felizmente el verso. Y el poeta que enterrado en su silencio y en el coro de los otros silencios siente como la futura plástica en que su obra va a ser apreciada y recibe como una nota anticipada.

II

Nada se parece menos al hombre, nos dice el dandy Lord Brummell, astuto para lograr la aparente profundidad de sus frases, que un hombre. Y a su vez el dandy Charles Baudelaire, nos afirma que lo que hace la individualidad es una amalgama indefinible. Así yo creo que las repetidas valoraciones de una línea de tradición clásica: Descartes-Racine-Baudelaire-Mallarmé-Valéry, se ha construido dándole preeminencia en Baudelaire a su fuerza analítica sobre sus poderosos recuerdos de infancia. Era su adolescencia un rebelarse ante un destino impuesto. Pero presto ese resentimiento iba a desaparecer por las delicias entrevistas: Sorrento, los mares de la India, la isla Mauricio, Ceylán... Esas visiones de su adolescencia aunadas a su afán de apoderarse y construir el secreto, como Poe, del jugador de ajedrez, de la máquina pensante. En eso Baudelaire saltaba, como Poe, del cuento racionalista a las visiones de *Eleonora* y *La isla del hada*. De esos recuerdos derivó Baudelaire sus tentaciones y su atracción por el perfume, tentación y no tema, invasiones lentas pero incontenibles que prescindían de un centro de dureza, comunicándole la desolación de un constante deshielo.

Con esos recuerdos, rodeado de esas tentaciones, Baudelaire podía soportar con una gran elegancia, el peso de una gran tradición. Todo en él parecía desenvolverse dentro de esa amalgama indefinible, en que lo cuantitativo es ya cualitativo, momento estudiado por Descartes, y en que según su frase la ceniza se convierte en cristal.

Nada hacía suponer en Baudelaire el antecedente de esa otra poesía, en que ya no interesa la creación, ofrecer siquiera sea en su gracia un pequeño universo, sino el momento de esa creación, demoníaca física de ese momento, en que con una apresurada frialdad desdeñosa contemplamos el trueque de lo inconsciente en consciente. Contra eso es necesario repetir frases del mismo Baudelaire: «es la infalibilidad misma del medio que constituye la inmoralidad, como la infabilidad supuesta de la magia le impone su estigma infernal». Rechazando por igual un método y una magia grosera, Baudelaire va superando el perfume reminiscente de su adolescencia por una soberanía espléndida en que las palabras que más asoman en su obra son ya gracia y pecado original.

No podía presumir Casal de poseer esas impurezas reducibles, esas vastas amalgamas, que tiene que detener el poeta para que su obra confine con la nada y con lo terrible sucesivo, pero resistido con una previa vastedad cuantitativa. Se había puesto Casal en contacto con una de las más peligrosas revelaciones de la cultura francesa, aportando tan solo las decisiones externas que lo impelían a apoderarse de un temario más que de un secreto. Rodeado de sus espías, de sus enemigos, de sus perfumes y de sus recuerdos de Ceylán, Baudelaire ofrecía una reducción, en la que alternaban las indirectas delicias de los olores con su devoción a la máquina pensante, conjugando los venenos más refinados y las más dogmáticas meditaciones acerca del pecado original. Ya él era deudor a vastos envíos de sensibilidades disímiles, con los cuales se había construido un oído y unas formas inauditas. Casal había sido embriagado por esas mezclas de Baudelaire, pero careciendo de una castigada servidumbre crítica para desmontar aquel delicioso organismo, había derivado tan solo un temario con aquel cansancio externo y ciertas devociones superficiales de Baudelaire —la ramera, las corbatas rojas, la Venus Negra, Satán Trimegisto—, con los cuales contestaba con propios signos las devociones románticas. Claro está que el Baudelaire del cual deriva Valéry la comprensión de su secreto, y aquel otro que gustaba de afirmar la creación como un éxtasis de Dios, permanecían silenciosos para Casal. Pero había de pasar casi íntegra a la obra de Casal la pervivencia del paisaje tropical, que en Baudelaire es eso y su *rayon macabre*. Ya que la crueldad, los martirios, la insatisfacción y el vocinglero apetito de los trópicos, forman como el paisaje de su obra y su color central. De una manera casi invisible receptaba Casal de aquel vasto organismo lo que podía incorporarse porosa y musicalmente. Me gusta rodearme de una amable pestilencia, exclama Baudelaire, y Casal glosa su visita a su médico, con tan fuertes toques que parece el relato de una excursión a Argel durante la peste: «Brillan ante mis ojos, nos dice Casal, las arborescencias que los herpes dibujan sobre la piel o el pus que mana, como crema de ámbar, de las llagas en putrefacción; y siento el vaho cálido de los organismos abrazados por la fiebre o la humedad viscosa de los miembros deformados por la lepra». Pero no sería tan solo en ese acercamiento demasiado inmediato en el que habitaría Casal. Con ese impulso natural, de ligero peso, o impulsado por esas voluptuosidades naturales, según decía el propio Baudelaire, se lanza a rodearse de una fauna y flora, de propia y exquisita pertenencia, entregando un trópico no totalmente habitado, pero sí rápidamente entrevisto.

La inteligencia lentísima, pero indetenible, de las plantas, de los insectos, de los estambres y pistilos, la inteligencia voluptuosa, se esbozan levemente, pero suficientes para revelarnos su entrevisto en la poesía de Casal:

> El olor resinoso del abeto
> Mezclado al de las rojas azaleas
> Que engendran la locura en el cerebro
> Del pájaro que llega fatigado miel
> A libar en los pistilos verdes.[22]

Baudelaire había encontrado entre otros improbables efectos, que el *haschisch* se tornaba numérico, reduciendo violentamente la melodía a una vasta operación. Pero también gustaba de señalar los efectos contrarios; cuando la inmóvil prisionera se rodea de una fauna de sátiros, monos y bufones, que le provocarían las variantes y acumulación de lo barroco. Eso parece persistir en Casal que convoca en algunos momentos de su poesía a una delicada fauna. En esos momentos, alejado de los pavos reales y juegos de agua de Versalles, que habían de insistir y dañar la poesía de Darío; Casal ve llegar lentos y correctos a la hora del baño, anima-

22 Julián del Casal, *Poemas*, Barcelona, Linkgua Ediciones, 2024, pág. 152. (N. del E.)

les que parecen ir integrando en su poesía un contorno y una circunstancia de total ajuste central, de propia impulsión:

Encajes invisibles
Extienden en silencio las arañas
Por las ramas nudosas de las vides
Cuajadas de rocío. Aletean
Los flamencos rosados que se irguen
Después de picotear las fresas rojas
Nacidas entre pálidos jazmines.[23]

Yo creo que a pesar de girar dentro de esa reminiscencia del paisaje tropical en Baudelaire, hay dos notas diferenciales en Casal que aportan nuevas matizaciones. Rodeado de sus voluptuosidades naturales, Baudelaire huía del vino y de cualquier forma de voluptuosidad solar, prefiriendo el opio lento y poroso; constituyen, decía, un lenguaje jeroglífico del cual yo no poseo la llave. Casal intentaba trasladar esas voluptuosidades a un centro de mayor energía. Lo sexual en Casal es perentorio y decisivo. Así el buitre, hijo de Tifón y Echydna, que le roe fijamente el sexo, cuando en el mito clásico era el hígado la víscera nutritiva. Un ardor más inmediato hace aparecer el trópico, menos invadido y laxo en Casal, en pocos momentos, pero muy significativos. Ya en sus primeros poemas aparecía la muerte y el titán que le destruye. «Cual si en mi pecho la rodilla hincara / Joven Titán de miembros acerados.» Las mayúsculas empleadas nos dicen que se trataba de un Dios.

Apartándose Baudelaire del concepto del mar en los románticos, o de colocación del tema a través de la fuerza de la evocación dejada por sus viajes para romper ciertos cris-

23 Ibíd, pág. 249.

tales, no llega a la identidad del tema, tal como lo vemos en Valéry, *el mar siempre sin cesar recomenzando*, aun allí, en Baudelaire, regazo romántico, el mar es espejo. El tema en fuertes cambiantes, busca una inclusión total, de imagen a imagen, buscando el secreto del inicio del oleaje. En Casal esa atracción radical de lo marino desaparece, así como cualquier intensidad derivada de una evocación natural. Pero el contorno de lo marino se puebla de cabelleras y de diosas que nos envían sus quebradizos ecos. Surge el tema de la Venus Anadyómena.

Impulsado por el romanticismo de la líquida vastedad —no hay la lejanía recordada o la atracción extensa en Casal— llega a las figuraciones del agua obligando a la tierra a forma y color, a lo necesario insular:

> Surgen de pronto del marino seno
> Ejércitos de oceánidas hermosas
> De garzos ojos y rosados cuerpos
> Que, con ramas de algas en las manos
> y perlas en los húmedos cabellos
> color de oro verdoso.[24]

Una de las mayores delicias que nos rinde Casal es cuando logra simultanear esas energías sexuales respaldadas por un paisaje líquido. En su soneto «Galatea» los contrastes del rosa y del verde adquieren un destello cegador. Mientras la mirada descubre y recubre la piel color de rosa, la lujuria logra vencer la lenta extensión de la mirada, oponiendo al rosa la fijeza de su ojo verde. En otros momentos la diosa marina queda sin contraste eficaz, pero adquiere la sola pureza de su figura. La diosa cabalga un pálido delfín al pie de rocas

24 Ibíd, pág. 152.

verdinegras. El contraste sexual desaparece, los colores se atenúan. Pero abandonado a su identidad adquiere el verso una plasticidad y una rapidez eficaces: *sobre la espalda de un delfín cetrino*. Pero la Venus Anadyomena está evocada en directo contraste con Galatea, huida la nota sexual y la figuración nítidamente marina.

Hay una nota que no aparece en Casal y que Baudelaire había situado como una de las primeras glorias del *haschisch*: la luz. La lluvia y el embriagado insecto aparecen y se reiteran en Casal, cada vez que surge el tema del trópico. Así si el mar en Baudelaire es espejo, el paisaje casi siempre es voluntarioso, intentando trocar sus *pensers brulants* en una atmósfera calmada (ver Paysage). En la manera de tocar el paisaje, por algunos vestigios parece Casal acercarse más a Poe. Al Poe de *El palacio de la dicha*. En el último círculo de Poe, de sus éxtasis, aparece siempre la isla: «aproximadamente, nos dice, en el centro de la angosta perspectiva que abarcaba mi mirada, una isla circular...», «la ribera y su imagen estaban bien fundidas que todo parecía suspendido en el aire». Existe una lejanía, una interposición que no es el paisaje como paraíso plenamente disfrutado. El viajero es atraído —como en uno de sus poemas— por *El palacio de la dicha*. Cuando mira en torno, la lluvia, en un remolino, es absorbida por la tierra. Lo que le comunica su deseo y movimiento, en otro remolino, desaparece, como una visión que no puede reproducir la fuga de sus compases. Y el enloquecedor zumbido del insecto en torno del hombre y de la flor, contribuye a trocar el sonido en total desvanecimiento.

No era que Casal no hubiese acudido a la cita con Baudelaire armado de valiosos atributos. A la deliciosa síntesis que ofrecía Baudelaire, Casal podía responder con una síntesis sanguínea igualmente deliciosa. Tenía ese vasto arsenal cuantitativo en el cual día a día el poeta esconde y distribuye. Sus contemporáneos, gráficos y groseros, solo le distinguen cuando se disfraza con babuchas orientales, o cuando adopta la vestimenta del eterno huérfano. Su síntesis sanguínea ofrecía unos contrastes ejemplares: exquisitos neuróticos, místicos, cardenales, viajeros vascos, padres arruinados. Asegurado así, puede llegar como Baudelaire armado de sus métodos, a los mismos resultados: hastío, ronda de la muerte, porosa voluptuosidad, secretos.

En aquel juego de secretos, el método de Baudelaire hubiese obtenido un incomparable resultado. Pero Casal se quedó en la etapa adolescente del primer Baudelaire, obteniendo de él temas y resultados aparentes. Hasta la llegada de Casal habíamos contemplado en nuestro siglo XIX, superficiales complementos, gratuitas recepciones poéticas, influencias porque sí y cómodas resonancias. Pero a fines de ese siglo se brinda con Casal una espléndida muestra de madurez poética. Casal tenía todos los antecedentes de sangre y de gusto, para receptar a Baudelaire. Nuestra crítica —tan absurda y municipal para juzgar el hecho poético— se contentaba con presentarlo como un afrancesado más o cualquiera. Pero ese reparo ofrecido en esa forma era radicalmente innecesario.

Toda la vida previa y misteriosa de Casal, cuando se encuentra con Baudelaire no lo abandona, aunque animado por este, convierte la externa queja en invisible secreto. Secreto donde vida y poesía se resuelven. El punto que vuela, la espada por doquier, invisibles en vida y poesía, resguardando, asemejando, llevando al ángel o al mar. Nadie lo sabe, lo pregunta, lo dice. Por eso Darío en la glosa que le dedicó a su muerte, pregunta: *¿Quién fue su confidente?* De mi vida, oirás contar una cosa que te deje el alma helada —dice Casal. Los incapaces de llegar a la tensión de la poesía creerían encontrar ahí un eco de aquel verso de Baudelaire: *Le secret douloureux qui me faisait languir*. Pero aquel verso en Casal era supremamente necesario. Por primera vez en la historia de nuestra sensibilidad, el poeta hace arrodillar, obliga a que se le crea. Está más allá de sus recursos voluntariosos, puede mirar su obra como un cuerpo desprendido o como un planeta muerto: sacudir la ceniza o mirar fijamente, ya nadie podrá verle ni preguntarle. Se justifica, se ha ido reduciendo a un punto visible por invisible, y el mismo es materia y su obra, materia firmada, como decían los escolásticos, oculto dentro de la forma formadora.

Aunque entramos en una zona cambiante y de muy peligrosas suertes, quizás creeríamos que los principales impedimentos de Casal para llegar al total logro, consistieran en una no profundización del análisis poético que ofrecía Baudelaire, a un desconocimiento de lo que el simbolismo entrañaba (él en realidad se quedaba con el Mallarmé que nos descubría Huysmans, pero no con aquel que desprendía un fuego helado en el misterio de la penúltima sílaba muerta, que era del que arrancaría lo otro, Valéry y todo lo demás). Sería excesivo exigirle a Casal que rehallase el hilo de nuestra tradición para lo exquisito, pero no el olvidar las poderosas adquisiciones verbales hechas en la corte de Felipe IV. Se alejaban de nuestra propia tradición para lo exquisito y se hundían en la adoración del rococó y de Luis XV. ¿No era eso una equivocación esencial y costosa?

De la estancia de Casal en el jesuita Colegio de Belén, derivó en sus primeros versos una tendencia hacia el pastiche de los clásicos. En esas primeras poesías —*Hojas al viento*— situadas dentro de los cánones del modernismo, nos extraña que sobrenaden algunos recuerdos de Garcilaso. Recordándolo Casal, con lo ingenuo y simple de un ejercicio de poesía escolar. Así en su primer libro, asoman versos que están dentro de las lecciones recibidas. «Sus labios de carmín, que afrenta fueron / de las fragantes rosas encarnadas», o estos otros en los que alude a la hora «en que se cubre el fresco prado / de blancos lirios y purpúreas rosas». A veces son más que versos aislados, logra una visión, una continuidad de la imagen no muy lejana de la cortesanía de los poetas italianizantes del renacimiento:

La rubia cabellera de la hermosa
En largos rizos de oro descendía
Por su mórbida espalda
Que hecha de nieve y rosa parecía.
Mientras al borde de su blanca falda
Asomaba su pie breve y pulido,
Como su cuello asoma,
Entre las ramas del caliente nido,
Enamorada y cándida paloma.[25]

De su estancia en aquel colegio de jesuitas derivó sus agrupamientos verbales resueltos trivialmente, su sentido sucesivo desenvuelto en una forma simplista, casi nunca con realización creadora. Y aquellos horribles textos —Martínez de la Rosa, Núñez de Arce, con los que se fabrican allí los ejercicios de composición. Alternando así ejercicios espirituales y ejercicios de composición. El sustantivo y su abrazado acompañante, disminuidos de estatura, parecen alcanzar allí un talle oblicuo de cultura decorativa sin creación, forma entre paréntesis, cuyo fondo no es la substancia, sino la justificación, el escoger constantemente entre los dos ejércitos, pero sin fiebre ni terrible reposo. Aquellos versos de Casal

25 Ibíd, pág. 38.

donde aparecen *olas diamantinas, cerúleos mares, rayo purpurino*, parecen tocados, muertos por aquellas perennes angosturas. Sustantivo jesuita y su acompañante dosificado, allí situado para ocupar un lugar que viene siempre, siempre presente, aunque, recostado y yerto. Los movimientos del lenguaje, sus cerrazones elípticas, sus peligrosos ritmos, nunca le habían rozado ni con fidelidad llevadera ni con ciega y total enemistad.

El salto de esos ejercicios a Baudelaire, solo podía verificarse por la exquisitez y seguridad de una sangre. La riqueza de una adolescencia, que concentrándose puede saltar y mostrar la parábola de su elasticidad. La elegante síntesis de la sangre, convirtiéndose en un *a priori*, y verificando la concentración poemática.

Aunque girando dentro de los grandes temas —mar, sexo— dentro del ambiente desalojado por Baudelaire, en el que señalamos diferenciales matizaciones, pero Casal, entrando definitivamente por ese resquicio en la poesía, logra trasladar la circunstancia como eco doloroso a propia obra. Esa extraña sensación, por desconocida e intraducible, de gozar un momento favorable de la poesía, hace que poetas como Baudelaire poseídos por un *rayon macabre*, no olviden fugarse en la ironía o en la dignidad de la inteligencia tierna. *J'ai senti comme une ironie*, dice Baudelaire, *le soleil déchirer mon sein*. La ironía solar, pero en Casal, eso se traduce en molestia, frustración, interminable silencio. En la piel, en el sexo, en el conocimiento, no la ironía solar, sino el enemigo que persigue, que se hace dueño de nuestra pesadilla. Motivan esa ironía en Baudelaire, el convencimiento de que si su poesía habita una tierra desolada, la posibilidad de diálogo reitera su promesa. Así Baudelaire hablándonos de una ciudad escogida: *Où jamais un soupir ne reste sans écho*.

Casal por el contrario, tiene que resistir los rigores de la poesía, su lejanía viciosa, su hastío demoníaco: tiene que trasladar la poesía, ya que no podrá alcanzar la felicidad de la obra, a una constante prueba de actitud poética, de vida poética. Así es posible reconstruir la lejanía que habitó su poesía, estrechándola con otras incomprensibles lejanías. En su poesía, en la atmósfera que se va desprendiendo de la palabra como cáscara o ruido, podemos encontrar bien visibles dos direcciones que son a su vez dos signos. Sigue a veces una línea de gustosa habitabilidad de una tierra única —tal vez el misterioso y refractado palacio de la dicha, del cuento de Poe—, como el viajero que llega a una ciudad abandonada la víspera por todos sus moradores. Allí existe un rasgado silencio, martirio que llega para todos los sentidos y el insecto enloquecido vaga por las dobladas columnas: «Más suave el canto del nocturno insecto / Más leve el ruido de la humana planta». En esa ciudad abandonada los gestos y los ruidos, el pie casi invisible y el invisible ruido del insecto muriendo en su campana de papel de China —van haciéndose inservibles para obligarnos a una constante evocación. Pero en esos confines abandonados por el hombre, ha quedado el recuerdo lluvioso de un trabajo bien hecho, hasta el último momento el hombre que allí habitó se entretuvo en que saliesen de sus fábricas la más exacta nieve y el más figurado fuego: «Donde al caer de erguidos surtidores / las sierpes de agua en las marmóreas tazas», es decir, el ambiente de alcanzada ceniza y frustración, va a gozarse en las figuraciones de altivo relieve, con la riqueza de lo nítido y su cobertura de respetable suntuosidad.

Pero ved a Casal sin tregua. En cualquiera de los momentos que hemos destacado no tendrá el respiro de lo irónico y de la buena acogida. En la desolación de su ambiente respirado, en la altivez de sus símbolos vividos, alcanzados, se ha vuelto todo contra él, que queda de ese modo, fijo centro de esa furia que vuelve una vez más (que es desapacible, que no la queremos, pero que después resulta la única compañía que nos salva). Aunque parezca solazarse en ser el único paseante de la ciudad abandonada, pasa por su más oscuro ser el silbido que convoca para lo inexpresable: *Oirás contar una cosa que te deje el alma helada*. En esa fatalidad final, que no está dicha directamente, pero que invade el reverso de su obra, es donde podemos situar sus mejores precisiones y su perdurabilidad.

Entre los espejuelos de plomo de Varona y la levita Gladstone de Montoro, Casal comporta entre nosotros un especial siglo XIX. Ese siglo ha estado hasta ahora en manos de profesores mansuetos y de pasivos archiveros. Las consecuencias de eso han sido unas entecas, fúnebres estadísticas de valores, que propagaban el ruido del afrancesamiento de Casal, que fue entre nosotros la poesía de su época, mientras día a día intentaban reivindicar a los pesados autonomistas, que fueron la antipoesía de su época. Pero ya a fines de ese siglo, como muestra de su madurez, existe la comprensión misteriosa y la amistad a la distancia. Yo he visto una preciosa dedicatoria de Maceo a Casal. Y Martí que no conoció a Casal, cuando este muere, le dedica unas páginas muy merecidas. Pero Varona que entre nosotros representa el laicismo sin violenta religación, siempre ofrecía sus reparos a Casal, que fue el antilaico, el fervoroso de la poesía. La imagen que aparece en un poema de Casal «tabletear del trueno», le molesta a Varona. Pero he ahí que un fenómeno de la naturaleza no empleado como los románticos, sino en forma de dos tablillas, que teniéndolas un niño al alcance de su mano puede provocar, será sin duda delicada. Casal respetaba a Varona, decía que los críticos tenían que ser como Taine y como Varona. Eso es una muestra de su esteticismo, de su cortesía. Pero plantea una posible enemistad que nosotros tenemos que dilucidar. Así podremos hacer con ese siglo XIX, *calembours, boutades, roulats*, descoyuntarlo, tomarlo en serio o reducirlo a irónica estampa, variarlo, ordenarlo, exigirle; esa es una posición que no nos podemos dejar arrancar, un nuevo siglo XIX nuestro, creado por nosotros y por los demás, pero que de ninguna manera podemos dejar abandonado a nuestros ponzoñosos profesores ni a los pasivos archiveros.

Resiste Casal en propio cuerpo los rigores de la poesía, su convocatoria y último remontar. No así Baudelaire que en cualquier momento sabe recubrir sus ojos con los vidrios azules que pedía en uno de sus más agradables delirios. No así en Rimbaud, de cuyos ojos decía Verlaine que eran de un pálido azul inquietante, amortiguando con el azul y la palidez su desatada inquietud. Como un ángel al que afeitan, nos dice Rimbaud, yo estoy siempre sentado. Así puede decir Baudelaire: *J'ai puni sur une fleur l'insolance de la nature*; castigar como un duende voluntarioso a la flor que va a decirnos el vencimiento del mundo colérico de los fenómenos. No podrá Casal depositar ese castigo sobre el halago de un mundo ajeno. Un poderoso castigo va cayendo tan solo sobre su intimidad resistente, con un ademán inequívoco que acabará por hundir su vida, obligándonos a encararnos con su poesía por lo que opuso de resistencia a lo incomprensible de ese castigo.

III. Esteticismo y dandysmo

La belleza se convierte en mal peligroso, puede encarnar, las manos la asen. Ni su llegada ni su despedida, existía tranquilamente, el dedo podía tocarla con acusadora levedad y el ojo moroso repasarla o reconstruirla incesantemente. En aquella irreconciliable sustancia, es posible situar la ligereza de nuestros dedos mientras se desprende un breve remolino de humo. Por eso el siglo XIX, después de ciertas brusquedades románticas, enarca y confunde los temas del esteticismo y dandysmo. Pero Casal y Baudelaire han de servirnos para establecer precisas delimitaciones. Determinados presupuestos puros, indivisibles ingredientes, caen en su violenta exclusividad y rechazo, para ofrecer después, olvidando la sorpresa de la trasmutación intermedia, una síntesis de anticipadas purezas. En otras ocasiones, terrible seguridad, establece una distinción peligrosa y el poeta conduce o mira fijamente. Las cosas están ahí en su imposible aliento de toro destruido, nos rodean mansamente, pero frente a ellas no un apetito cognoscente, que supone una furia y una resistencia, sino una distinción que establece en el mundo exterior o enemigo una preintencionada categoría, que establece no una fría diferencia resuelta, sino una falsa escala de Jacob, donde el lago romántico tiene más atractivos que la cloaca surrealista, o los chalecos rojos del buen Théophile nos resultan más tolerables que la endiablada pistola de Alfred Jarry.

Casal, en ocasiones distingue para ver, para prolongar su mirada. Para alcanzar la tregua de adormecer la mirada sobre las cosas que él distinguió o alcanzó. Casal es, quiere ser esteticista. Él adora la belleza como se decía graciosamente en aquellos días, convirtiéndola así en arquetipo fácil, en cosa cercana, burguesa y táctil. Desconociendo tal vez lo otro, a que tiene que ir todo poeta: el vencimiento de una sustancia que motiva en nosotros un incesante índice de refracción, mediante el cual las cosas revierten, se alejan o divierten. Propia pertenencia, tierra poseída. Y aquel invisible y tenaz rumor que le comunica a la sustancia que ha de ser vencido un leve fruncimiento, mediante el cual surge la forma, como un paseo y como un nacer. Pero sin distinguir, sin romper, sin nacer. De tal manera que en aquel vasto sistema de lo homogéneo y de lo indistinto, hay siempre la espera misteriosa, el silencio que se realiza y aquel afuera nuestro, mediante el cual el misterio de los enlaces, goza de un suave despertar, invisible deslizarse, donde distinguir es una enojosa espera o una grosera interrupción.

Esteticismo y dandysmo, Casal y Baudelaire, peligros y perdurables soluciones marcan en esos poetas totales separaciones. Si antes señalamos una zona de reciprocidades y confluencias en la temática de ambos poetas, ahora con respecto al modo de acercarse a la poesía, hay radicales disonancias. Desde Baudelaire hasta la poesía que se agita en nuestros días, conviene distinguir entre esteticismo y dandysmo, y conviene tener de esas dos posiciones poéticas una distinción tan precisa como los órdenes de los círculos infernales. El esteticismo llega a nuestros días, dándole vuelta entre sus dedos a la estética de la rosa, pero la brevedad de su tránsito, tema ético, y su misteriosa geometría, donde el misterio es mínimo y la geometría superficial, limitan las vastas agitaciones que tiene que domeñar el poeta y las resultas de sus totales y fieros dolores. Por eso el tema de la rosa se desenvuelve en el poema breve, en la *suite* y en el solo de arpas, y desde Horacio hasta la venerable figura de Juan Ramón Jiménez, parece olvidar que Dios y el hombre incluyen a la belleza sin nombrarla, porque solo ellos son infinitamente hermosos y están siempre desnudos.

Casal prefiere la cabellera teñida al trigo y el ópalo engastado a la tranquila atmósfera del astro. Pero, ¿qué nos interesa eso y por qué lo subrayamos? Él está rodeado de maravillosas hojas, de la fauna de un trópico breve y calmado, que parece querer retener las delicias y rechazar las abundancias. Pero Casal influido por la sinfonía de las flores que aparece en el *Al revés*, de Huysmans, detesta el maravilloso trenzado de la hoja que le rodea, y sus amigos señalan como sus flores favoritas los crisantemos, el ixon, amarylis, el ilang, los crolilopsis, que Huysmans había mirado y aspirado por él. El esteticismo tiene como principal enemigo una refinada cursilería, como la excesiva ambición poética tiene como remedo el ridículo, pero acaso no es la primera virtud poética huir del buen gusto cortesano como huye de sí y de todos.

Contrastemos ese esteticismo con el dandysmo de Charles Baudelaire que asoma siempre que se acerca al tema de lo bello principalmente en su «Hymne à la Beauté». De una parte, cielo, Dios, ángel; de la otra Satán, abismo, sirena, pero el dandy prescinde de una selección, pues ella, la belleza solo contribuye a hacernos el Universo *moins hideux et les instants moins lourds*. La terrible indiferencia del dandy —que estrena sus mejores jubones para un paseo solitario o instala sus candelabros en una mesa sin invitados— que todo lo reduce a la persona, que de ella parte y en ella se anega, están patentes en esas declaraciones de Baudelaire. El dandy es en realidad el último de los artesanos de gran estilo que carente de fe, termina convirtiéndose a sí mismo en piedra y se labra constantemente, con la misma indiferencia que si fuese labrado por el agua o por invisibles instrumentos.

Pero en la repulsa el dandysmo se muestra más decidido que el esteticismo. La poesía más hueca e insulsa estaba representada entonces por el señor José Fornaris. Pero Casal, ya en los años en que comenzaba su modernismo, se separa de él sin brusquedades, y con motivo de su muerte Casal se detiene. Hay en eso una exquisita cortesía, pero también una indudable vacilación. Señala los que subrayaban la inutilidad de Fornaris y de ellos, dice Casal: «no serían capaces de componer la peor de sus décimas». Pero no hay en eso una equivocación de Casal sino el que ve en el pobre Fornaris, el escondido detrás de otras pobrezas enmascaradas. «Hasta por los metros que emplea —dice de nuevo Casal refiriéndose a Fornaris— se conoce que su maestro ha sido Quintana, hueco, vulgarote e insulso rimador de lugares comunes.» Baudelaire se muestra irreductible, acompañado del hastío, solo reconoce a las nubes y su imprescindible innecesario, el dandy y la soledad. «Excepto Chateaubriand, Balzac, Stendhal, Merimeé, Vigny, Flaubert, Banville, Gautier, Leconte de Lisle —nos dice Baudelaire— toda la chusma moderna me da horror. La virtud, horror; el vicio, horror. El estilo fluido, horror. El progreso, horror.» La cantidad de su hastío, sus crecedoras cifras, le permiten aislar las negaciones del mundo exterior con el tiempo distribuido en días favorables. Ocioso mandarín, ocio y hastío, le burlan las cosas al hombre, para hacer de este un juego de cartas y de hombres, y encuentra al fin en el tiempo empleado en consagrar cada uno de sus movimientos, la propia y mejor distribución de la distracción de sus miradas. El hastío del dandy le impulsa a prescindir de las cosas y queda así posesor poseído, infinito en su interminable línea de puntos; por eso confunde, mejor iguala, un rey y un criado, pues distraído le dice Lord Brummel a Jorge V: «Gales, toque el timbre». Y aunque no le dé mucha importancia tiene que fugarse a Bolonia, desterrado. No ha querido ofender, estaba abstraído, y tiene que irse al destierro casi igual tiempo que un tirano cansado. Pero he ahí que Charles Baudelaire, dandy perfecto, pretende entrar con la misma poesía en el destino, la gracia y el pecado original. Pero en sus últimos momentos, los esenciales, el dandy se puede trocar en un solitario perdurable. Incapaz de ser abuelo o de despertarse con el trigo en la mañana, el dandy dedica sus últimos años a los sorbos teologales. Ved a Baudelaire coincidiendo con Santo Tomás de Aquino en el rechazo y condenación de lo que los escolásticos llamaban el progreso necesario.

IV

Las últimas crisis del láudano, las más soberbias, se truecan en grandes invasiones de agua. Interminable juego de curvas, despeños, palacios submarinos van propiciando una interminable extensión. Ya los maestros antiguos veían en el agua la materia y en el fuego la forma. Los tejidos del agua y la forma comprobada que crece y se reconstruye, se esconde, reaparece, en una exquisita simultaneidad, se tornan en cuerpo intocable. He aquí el dandy apoyado en el láudano, como en un bastón invisible. Proporción, peso y sonido se van borrando ante la furia de lo extenso. Queda así el dandy reducido al hombre y al terrible dominio del agua, de la planicie, de lo lineal absoluto. Las cosas, borradas, han comenzado por no existir para huir de una forma dañada que no sería otra cosa que una incomprensible detención. Por eso irá a sumirse en temas teologales, encontrando en el paraíso y en el ángel, esa vasta zona de lo indistinto y de lo interminable homogéneo.

Desde su esteticismo Théophile Gautier afirmaba que una piel de pantera era más bella que el hombre. Lo primero que nos atrae del dandysmo y su reducción al hombre es su coincidencia con el antropocentrismo católico. El esteticismo que no puede negar su línea de continuidad con los helenistas alemanes del XVIII, un Winckelmann, un Lessing, nos plantea directas relaciones entre el hombre y el sentido de las apariencias. Del antropomorfismo esteticista al antropocentrismo dandysta hay la diferencia entre dos culturas, dos actitudes que conducen a dos finales poéticos de distinta enemistad. Mientras el dandysmo termina en Charles Baudelaire, buscando el paraíso revelado y las reducciones del pecado original, el esteticismo culmina en las vitrinas, en las colecciones de ídolos muertos, de materia que no quiere ser firmada, que no marcha hacia nosotros. Ved a Casal sigiloso, de manos del cronista teatral Conde Kostia penetrando en el camerino de Sara Bernhart, Casal inquieto le arranca de la túnica un pedazo de encaje. Sorprended a Casal en las opulentas y graciosas cámaras que gustaba de habitar, cuyo repaso constituyen unas valiosas estampas finiseculares y cuyo trazado me complazco ahora en evitar —colocando como imágenes de su gusto en las paredes, desnudos del Moulin de la Galette envueltos en las espiras de la serpiente. El encaje está ya hoy amarillento, su polvo no desatará ninguna mariposa, y el desnudo son los que ya se han convertido en estampa finisecular, en postales de imposible pornografía.

Rodeado de sus ídolos, el esteticista sufre de hastío, pero ¿acaso el dandy no se aburre también? Pero he ahí dos clases de hastío. El esteticista sufre el hastío de la riqueza artificial, pero igualmente el dandy está ganado por el hastío de la riqueza natural. Solo que el hastío del dandy está engendrado por la imposibilidad de la pareja. Por eso Baudelaire nos dice: «La mujer es lo contrario del dandy. Debe horrorizarnos. La mujer tiene hambre y quiere comer, sed y quiere beber. El bello mérito. La mujer es natural, es decir, abominable». En el soneto «Castidad», de Casal, no resuelto artísticamente, pero muy significativo para subrayar cómo este dandysmo de Baudelaire se filtra a través de su esteticismo. Ni con voz de ángel ni lenguaje obsceno, logra en mí enardecer al torpe bruto, dice Casal, refiriéndose a la mujer.

Queda así sujeto el dandy a las líneas que parten de él y que en él vuelven a confundirse. Es amarga esa almendra de perpetuo destierro, y una enumeración de dandys literarios, Lawrence Sterne, Villiers, Barbey, Baudelaire, Nerval, lo comprueba alternando el suicidio, con el insoportable tedio y con el lluvioso emigrar. Contrastemos esas enumeraciones dolorosas con el regodeo esteticista: Gautier, los Goncourt, Montesquieu-Fezensac, los chalecos rojos, los salones y las joyas, les ocupan tanto tiempo que su poesía termina en mera verba y exteriores opulencias. El dandy, Baudelaire lo demostró a cabalidad, es el enemigo del snob, el esteticista cuenta con los demás, con sus cegueras para despreciarlos y con sus deslumbramientos para atraerlos. El dandy no tiene que ver nada con el snob. A los esteticistas les faltó no solo propio pozo, sino también trágica objetividad, terrible conocimiento de lo indistinto.

Las categorías del mundo exterior es una de las gustosas fruiciones del esteticismo. Gusta de suponer más bella la rama del almendro que la corrupción del pez, del hambre o del zapato. Las excesivas reducciones del dandysmo al hombre le llevan a crear lo natural excesivo. Esta tensión propuesta por Baudelaire es la enemiga del sueño gobernado dirigido por los surrealistas. Lo natural que se excede, que impulsa al globo de fuego, reducido después a vellón o a paloma. No el sueño convertido en ganancial y alquilado palacio subacuático. Casi toda la poesía contemporánea arranca de ese natural excesivo. Lo maravilloso táctil es otro de los guiños del esteticismo que antecedía ciertas caras, o momentos de la materia en que esta nos hablaba. Pero lo natural excesivo, cuenta con los primeros recursos que después se transforman en un prolongado balanceo entre los orígenes y el Juicio Final.

Esas violentas reducciones llevaban la poesía a su destino y al del ser. Se convertía la poesía en la comprensión de la sustancia y su reflejo y la mentira primera coincidía con el más castigado artificio, llegando en ese juego de timbres a una fatal y desdeñosa coincidencia entre la vibración y el eco. Lo natural excesivo engendraba en el ser una tensión que el análisis podía receptar, uniendo lo inefable provocado a los instrumentos receptores. Ese inefable provocado se prolongaba, junto con lo natural excesivo, en la sustancia que no refracta diabólicamente el pensamiento, no coincidiendo, como en el sueño de Claudel, el conocimiento con el nacimiento de las cosas. Ese mundo de reducciones, de tensiones y de provocaciones, se iba sumergiendo en las delicias de una porosidad maravillosa, cuya sorpresa residual era el hastío de una coincidencia esperada. Lo natural excesivo se transformaba en un nuevo destino, o para decirlo con palabras de Baudelaire, en una fatalidad de nueva especie. Claro está que las reducciones al hombre podían ser reemplazadas por las reducciones a un punto y enclavar la poesía entre el fenómeno de la creación y la nada. En esa caída del ángel no podía prolongarse la etapa de una posición retadora. Entonces Baudelaire que nunca ha dejado de ser un cristiano jansenista descendiente de Racine, como le ha llamado Thibaudet, comprende que cuando la palabra se libera de toda gravitación y logra total nacimiento y pureza, surge entonces por rara adquisición de su reverso, el irreemplazable verbal, igualado con el tema del destino, y el trabajo de su mágica insistencia, adquiere entonces como el residuo de toda libre elección, la más inaudita dignidad. Baudelaire, en esto también como en todo, dandy perfecto, comprende lo que los católicos llaman deliciosamente la buena intención asidua, que resuelve las bruscas agresiones o armonizaciones entre el destino y la dignidad. Lo natural excesivo se ha tornado en un gracioso movimiento del hombre, que ahora lucha irreconciliablemente con los grandes y únicos temas, eliminada toda fatalidad de nueva especie, con la gracia, destino y pecado original. Ahora Baudelaire que ha alcanzado su ambiciosa madurez, habita el ámbito de Racine, y el paraíso revelado está radicalmente escindido del paraíso comprado o sustitutivo. Desaparecen los excitantes, y Baudelaire une la evocación a la inspiración, como Claudel une la evocación y la creación. Eso ha sido el aporte más cuantioso de Baudelaire a la poesía, la más perfecta e inaudita trayectoria de poeta, la más gananciosa y absoluta de todos aquellos poetas que han pretendido que su conciencia domine su ser; después de él, evocación, creación e inspiración y consecuente método, marcan el inicio de toda poesía que aspira a un absoluto nuestro.

Impedido por el esteticismo no llega Casal a esos grandes temas de la poesía de Baudelaire. El catolicismo de Casal procedía de declaraciones cabales y de comprobaciones en la introducción a la muerte. «Me encuentro muy enfermo, le dice en carta a Darío, tan enfermo que, desde julio a la fecha he recibido dos veces los santos sacramentos.» Después de haber recibido a la poesía en la misteriosa propiedad de la carne, esta se apegaba a la salvación, insistencia ciega de la carne. De su estancia en el jesuita Colegio de Belén había derivado el frío del sustantivo y de su acompañante, pero ahora, tema jesuítico, las postrimerías le rondan. Casal conserva nítidamente el resguardo adolescente de su fe. Sin embargo, el catolicismo no está en su obra, ni mucho menos los temas del Trento jesuita. Sin embargo, en Baudelaire la desesperada brusquedad y tenebrosa angustia, con que se incita cada una de las integraciones de su obra, se agitan en la desesperación o clamor del catolicismo. El grito con que cierra su obra fundamental: sumergido en el fondo del golfo, cielo o infierno, qué importa. Al fondo de lo desconocido para encontrar lo nuevo. Ya aquí no presenciamos a Baudelaire y su acompañante método. Lo desconocido, clamor o rumor, qué importa, la única novedad tiene que salir de ese desconocido, que huye de la falsa paz de que nos habla Pascal. La época del método de Baudelaire la podemos reconocer en las ediciones con tablas devariantes de *Les fleurs du mal*, allí donde había puesto *porte toujour le châtiment*, rectifica y pone *porte souvent le châtiment*. Un siempre sustituido por un frívolo a veces. Pero en ese desconocido para alcanzar lo nuevo, Baudelaire tocó la más inaudita integración de poeta moderno conocida. Ya en esa frase parece Baudelaire tocar la zona del *speculum per enigmate* de San Pablo, enigma del espejo. De esa manera su poesía que había utilizado el reflejo de los sentidos, los envíos del perfume, y que alcanza los grandes temas de la gracia y el paraíso revelado, se cierra deslumbradoramente con una postura de desesperado catolicismo, de contracción y clamor.

V

Cercano al paraíso revelado, la tentación se ha convertido en perfume. Con una grosera pasividad el perfume mueve sus ondas, gozándose en dos impedimentos sucesivos, en dos sucesivos hastíos. Fijo rocío, cristal, el conocimiento no puede penetrar la sustancia y el perfume se recubre de un tiempo inerte, donde un indetenible girar, propone invariables absolutos distintos. El otro hastío, quizás hoy el más aprovechado, va recogiendo y rectificando en cada uno de sus detalles el misterio que se apodera del matiz o de una prolongada diferencia. *Le ennui, la claire, ennui de son nuance*, dice Valéry. Hasta que Baudelaire no logró habitar en su poesía el paraíso revelado, el perfume y el hastío, los reflejos de los sentidos solo lograban habitarlo. La poesía de Casal que no logró llegar a ese último y dilatado ámbito de Baudelaire, más cercana todavía, se demoró como un San Esteban paciente en la mera imploración de los sentidos, en sus creencias, en sus abandonados deseos.

Hasta la última etapa de Baudelaire y la maravillosa alianza de Claudel, la poesía se abandonaba a los sentidos o a los perfumes y el hastío. Después de esas dos palabras, que son las más repetidas en poesía, después del continuo y un tanto monótono oleaje de Hugo, podemos observar que a la despreocupación laxa de los sentidos, al perfume, la frase que ha venido a reemplazarla es *olvido*. Olvido y hastío, porque en aquella confesada impedimenta para el apoderamiento, ha venido a reemplazar un total absoluto negativo.

Casal había gozado alguna de las perfecciones de ese hastío, llegando a las delicias del hastío inmóvil:

Siento sumido en mortal calma,
vagos dolores en los músculos.[26]

26 Ibíd, pág. 378.

Pero sus sentidos, en mera imploración, no habían de gozar de la destrucción primera que es lujo de todo verdadero poeta. Sus preferencias esteticistas le impedían llegar a las lentas invasiones del perfume.

A pesar de su presencia incompleta no sería excesivo señalar en los momentos finales de Casal, cuando su esteticismo prolonga una definición tan clara en un poema que no me decido a citar por sus extremas deficiencias, Casal escinde belleza y sentido de verdad y muerte. Claro está que en ese hastío rodeante la rebeldía o la separación luciferina pueden esbozarse, ese momento, roza siquiera sea levemente su poesía:

> Oh ninfas de la mar no hagáis que acate
> de Zeus el cobarde poderío.[27]

Pero antes de llegar a esas imploraciones sensoriales, recordemos algunos juegos en los que los sentidos se aglomeran como danzantes alrededor de un invisible punto central o en que logran detener la corriente de la sangre, en innumerables respuestas y correspondencias.

Esa acumulación de los sentidos es una de las variantes de las reducciones al hombre, logrando una sorprendente suma que ha de descargarse en un punto. Pero no lo hace, quedando de esa impulsión y de ese no realizarse, la comprobación de sus furias. Góngora arracimaba sus sentidos, como todos sabemos, provocando ese leve remolino verbal, quedando en la fuerza de esa convergencia su delicia principal. Pero los sentidos que han de girar entre la incitación de su insatisfacción y la de su cumplimiento, presto adquieren por cada uno

27 Ibíd, pág. 153.

de sus apetitos el convencimiento de que está frente al vacío. Góngora ofrece ejemplos incansables:

> El ardiente sudor niega
> en cuantas le densó nieblas su aliento.

Baudelaire en la continuidad de una nítida tradición, podía prescindir de esos mosaicos de Rávena y de sentido superpuesto. En él la música ofrecía un peligro inminente, pues no está lejos de hablarnos un poco desdeñoso de la perversa música. Lo sucesivo de la onda, sus dilatadas sugerencias y la provocación constante de su arco, habían sido reemplazadas no solo por las grandes invasiones de agua, de las últimas crisis del láudano, sino por un cambio correspondiente de ecos y reflejos:

> Les parfums, les couleurs et les sons se répondent.

En esas respuestas en las que cada sentido más en desprendimientos lentos, en misteriosas evaporaciones, que en rápido suceder confuso, como en toda coincidencia, había un tiempo voluptuoso. Pero esa voluptuosidad del tiempo sensorial, del tiempo de la evaporación y su llegada a nosotros, decantaba el hastío del paraíso comprado o sustituto, cuando Baudelaire fascinado por sus propios recuerdos, por las evaporaciones de Ceylán, decidió abandonar el paso lento de las voluptuosidades, la correspondencia de los sentidos. *Je croyais*, dice Baudelaire, *respirer le parfum de ton sang*. Sus creencias, la sanguinosa corriente, como los cuatro ríos del paraíso le ayudaban a entrar en el paraíso revelado.

Respirar el perfume de tu sangre, dice Baudelaire, deseoso de superar el perfume furtivo, el paraíso verde, el que está más allá de la India y de la China.

Frente a esa abundancia acumulada de los sentidos y a sus danzantes sucesivas respuestas, Casal queda como un primitivo implorante. Ellos —sus deseos— se quedan en el intento de ese primer momento de la belleza. Apetito y diferenciación que son tan solo las apariencias de lo que la poesía tiene que atraer y respetar. A esa imploración en Casal se aunaba la creencia primitiva también, de que los sentidos podían reaparecer, mostrarnos algo que no existía cuando se prolongaban. Dice Casal:

> Muere al fin, creadora ya agotada,
> O brinda algo nuevo a los sentidos...
> Ya un color, ya un sonido, ya un perfume![28]

Esas sagradas invocaciones tienen un especial sentido; vienen a ser como la más exquisita comprobación de nuestro siglo XIX. No se llega a una trasmutación total pero lo entrevisto, el filtro voluptuoso, las conjugaciones nocturnas de los insectos, de las plantas, aparecen, se agitan y retornan. Puede realizar una sorprendente y porosa presencia: utilizar todos los cansancios y síntesis anteriores, no obstante mostrar, como un primitivo, la imploración de sus sentidos. Ya en él, en forma de insinuación, lo voluntarioso propio busca y se resuelve en lo resistente impropio. Contaba tan solo con sus sentidos y no pudo mostrar una soberbia y decisiva reducción. El espejismo y respuestas de todos los sentidos eran

28 Ibíd, pág. 221.

con lo único que podía contar para su natural excesivo, para esas imprevistas reducciones. Ya en él las lentas evoluciones acrobáticas de la voluptuosidad, ocupando, girando en el ser, postura opuesta a la sola acomodación estoica, aparece siquiera sea como ramal o hilacha de los grandes y totales elementos. No es postura voluptuosa, esos batimientos, esos negros bastiones. La voluptuosidad inane o contemplativa, en primera llegada. No la voluptuosidad ocupante resuelta en exacta medida en el ser. Ni la última voluptuosidad casi siempre terrible, resuelta en breve remolino, pero en total muerte. La de San Juan, digamos. Aquí el secreto está resuelto con buen ocultamiento de pastor que convoca escondido detrás de un árbol. Brazos y órganos de comunicación verá en esos árboles, pero no podrá interpretarlos, quedando al fin sin tregua, pues muerto se ha quedado asido de ellos.

VI

Ya sabemos que Baudelaire por una intensificación de la distancia y por una genial concepción de las tentaciones de ese tiempo en forma de perfume, quería liberar el verbo en sucesivas evaporaciones, de la fuerza que le comunicaba la caída o sus comprobaciones excesivas. El matiz y el hastío, dos lebreles que chasquean sus góticos rabillos, en ese ámbito laxo que los envíos del perfume terminaban por transmitir en una plúmbea atmósfera de ópalo, de un vapor gris perla y negro. Casal, distó mucho de alcanzar esa cumplida distancia donde los sentidos sobrenadan sin ninguna exigencia del tiempo. Pero Casal viene a cumplir en nuestra literatura lo entrevisto de los sentidos, que permiten ver la noche acurrucada en una hoja y a esa misma hoja trocarse en oído o en concha marina. Lo que se esconde detrás de un cuerpo, y que apenas muestra sus orejas como dos índices groseros.

Esa posición ante la poesía a fines del siglo XIX se cumplió entre nosotros por obra de Casal, ¿cómo no agradecérselo? Pero quedaba otra posición que también se iba a cumplir. El perfume iba a ser reemplazado por el sabor. Y una gravitación, una severa gravedad iba a ocupar el sitio de la anterior evaporación. El poeta, dice Claudel, en su boca sin hablar siente las palabras por su sabor. Tenía Martí, el sabor de las palabras, aunque en ocasiones masticaba demasiado deprisa. Había llegado por esa salvadora pesantez del verbo a una danza, más tumultuosa que de ballet, en que el paladar intervenía directamente en la sabiduría. Claro está que así como Casal no llegó a una total recepción entre la imantación y la onda como Baudelaire, Martí tampoco había de llegar a la total rumia, salvadora gota de plomo o buey junto al establo, de Unamuno, Claudel o Péguy. Ya que el sabor no es una prueba deliciosa, como el desprendimiento de la sustancia, sino poema incorporado, como lo es también la respiración. Y esa danza nocturna en que la palabra en una innumerable ley de gravitación gira sobre el secante de la lengua que absorbe con una lentitud que es casi un irradiar. Y el cielo del paladar cayendo, triturando casi la oscura ley del verbo, muy semejante al otro cielo sobre nosotros mismos.

Pero quedaba otra posición no cubierta aún. La que en el siglo XIX desempeñó un Lautréamont; se ha hablado a propósito de este de dinamogenia primitiva, de acto impuesto como un universo. Ya sabemos que todo acto implica la justa desenvoltura del punto como reducción, un sitio punto donde descargar un golpe brutal. Entre nosotros las fronteras de agua, reducidas, bruñidas, parecen irse reduciendo a un punto terrenal, punto que puede ser un demoníaco resorte o una sobresaturada tensión. Ese acto que incluye como el agua, rechaza como el fuego, todavía en nuestra poesía no ha sido presentado. Poesía que más que un acto, es una meditación sobre la sustancia, engendrada por el rencor de la especie y por el maligno uno indiviso. Sería tan imprudente su existencia como el provocarla. No se trata de la poesía de los innumerables pequeños absolutos, sino tan solo esa eternidad aprovechamiento, ese punto como infinito receptor que después se diversifica y ondula. No se trata de un universo poético, cosa poetizada, que sería después de todo candorosa reducción. Más allá de la distancia recorrida por la evaporación de la sustancia y más allá de la rumia de la gravitación, todo parece dirigirse, imantarse o provocarse alrededor de una sustancia que suprime toda incoherencia y aún continuidad invisible, pues cualquier fragmento repetiría cualidades mayores no concebidas ni desprendidas, sino eternas participantes impulsadas a su correspondiente progresión y espejo, pero de esta última posición poética, ¿cómo podría hablar yo ahora?

Final

Cuando Casal muere leía a Amiel, repasaba el Kempis... ¿Volvía a la adolescencia? Se encontraba en ese retorno a las primeras figuras del que solo puede derivarse paz y dimensión. Se iniciaba una seguridad, una tregua. Iba a sumergirse en delicias o en refinamientos más profundos. Situado ya en la más perdurable posición: entre la tregua de Dios y la flauta del Maligno.

En todo símbolo hay concupiscencia, nos previene Pascal. Ese añadido que una sensualidad para lo perdurable, gusta de poner en el tiempo hecho, hacia atrás como una línea límite de la propia insuficiencia. Ese vacío actual que no se resigna a ocupar una forma, busca señalar vestigios, posibilidades, como una comprobación de la extensión de sus miradas. Por eso encuentra en la frustración de una búsqueda pasada, una temerosa justificación de la posible plenitud que anhelamos. Gusta de suponer frustraciones, rupturas, violentísimas imposiciones del destino, como si se sintiese dueño de una unidad de medida, la que mueve a su antojo, procurando colmarla de parte de los que él pretende bienaventurados. Esa consideración de frustración se ve obligada inútilmente, a compararse proporcionalmente con los que muestran como acabada la continuidad de su curva y termina abandonándose a los antojos, a los más pasadizos caprichos. Supone que esa unidad de medida se va colmando con la extensión de una serie de puntos, olvidando que ese pasado puede ser interminablemente movedizo. Y que por lo tanto no estamos obligados a prolongar para cerrar, añadiendo tiempo para formar después la figura que se sitúa en el espacio.

Y que una frustración puede ser voluntaria, por situarse con un salto elástico fuera de las circunstancias. Puede ser involuntaria... Lo primero será siempre una virtud. Lo otro, reducido el tiempo, nos parece que todo transcurrir ocupa su posición más legítima. Ya aquí la imaginación se hunde en el barranco por inútil, por sobreañadida. No tiene ya que añadir más nada, ningún nuevo fragmento puede ser aclarador. ¿No veis en la frustración de Casal, en su sacrificio, el cumplimiento de un destino armonioso?

1941

Sobre Paul Valéry

I

En el período alejandrino-apocalíptico, que podemos situar en la circunstancia intelectual de un contemporáneo de Proclo, el ojo humano no se contenta con su categoría de *pastiche* de Helios fulgente. Si las antiguas teogonías gustaban de afirmar que el conocimiento se integraba siguiendo la curva de desarrollo del ojo: desde el ojo del insecto, facetado para el espectro, hasta el ojo como pura radiación. El ojo del insecto que tiene que luchar contra una impulsión insensata y una suspensión muscular, tiende a descomponer en giraciones infinitas, en paisajes que proliferan y se agolpan, lo que su propia impulsión acabará por asimilar en linealidad destructora. Esa impulsión le servirá para ir viendo, penetrando en su propio ojo. Para luchar con el aire y su incesante refracción mostrará la multiplicación de sus córneas y cristalinos. El ojo del pulpo necesita nutrirse de su comprobación por el tacto, y los ojos que luchan con una resistencia opaca se ven obligados a dejar sus tentáculos en suspensión, como una excesiva seguridad en la carnosa oscuridad que le circunscribe. Como el ojo del pulpo se desenvuelve despacioso, los tentáculos se obligan con una rapidez fascinante a acariciar el objeto adquirido. El tacto y la visión se refuerzan en una forma que corrobora la atrofia de algunos sentidos, y esa colaboración hace pensar que ninguno de esos sentidos sería capaz por sí solo de llegar a su destino. Así un poeta, refiriéndose al período que en el conocimiento representa el ojo del insecto y el del pulpo, nos dice:

Todo soy boca de cintura arriba,
Y más muerdo sin ellos que con dientes.
Tengo en sitios contrarios dos guerreros,
Los ojos en los pies y en los ojos los dedos.

La fluencia de las tentaciones rivales, su multiplicación y entrecruzamiento, su ruptura de la independencia de los sentidos, para otorgarnos una nueva nebulosa sensorial, provocaban el ojo facetado del insecto. Los cordones nerviosos le impiden alcanzar una fijeza representativa. La incesante refracción del ojo que lucha con su impulsión demoníaca y con la aguda resistencia del aire, le permite cierto goce cuantitativo. La aparición del estado crítico es consecuencia de esa proliferación del ojo, que viene a actuar así como la estable contracción de los cordones nerviosos. El antiguo paraíso de una sensación para un sentido, se destruye, por la ausencia de las exigencias plásticas de la representación, y en esa divertida esgrima la memoria de la ameba se atreve a pesar en el ala del ángel.

Entre el ojo del insecto y el ojo del pulpo se encuentra nuestro actual período alejandrino-apocalíptico. ¿Acaso no ha mostrado Valéry preferencias en sus símiles por el insecto? ¿No lo utiliza como un alfiler *en el borde de la siesta? Cuando el porvenir es pereza*, como en la estrofa en *El cementerio marino*, araña el insecto la sequedad líquida del estío. ¿No ha colocado en su soneto «Baignée», en el momento de la rápida delicia, la cabellera húmeda capturando el oro sencillo del vuelo embriagado de un insecto? Una siesta, unas tentaciones rivales que si soportan la llegada del insecto se debe a la penetración giradora de su ojo, producto de la luz impulsada por sus burdas interrogaciones. Hay aquí otra divertida esgrima entre el zumbido del insecto y los ojos del búho minervino.

Usufructuaba Valéry esos aportes y tentaciones, que se habían desplegado en su formación en fáciles y oportunas llegadas, y que forman un tipo de escritor apocalíptico-alejandrino, equidistante por igual de una desacompasada penetración de la sustancia o de una acompasada habitabilidad de las esencias. Había disfrutado de las experiencias que se derivan de rodear y de ver por dentro y de cerca la paciencia de Stéphane Mallarmé, cuyo trato se mantendría para él en los *imanes de un mito, evitando una cercanía demasiado* comprometedora para ambos. *Un recurso esperado de palabras*, le oía decir en su adolescencia a Mallarmé, *bajo la comprensión de la mirada se coloca en rasgos definitivos, silenciosamente*. Valéry no olvida esa lucha de la idea con la mirada, planteada por Mallarmé. *Bajo la mirada*, nos dice Valéry en grano de madurez, *la idea se convierte en sensación*. El cientificismo del XIX se mostraba ya a fines del siglo en cómodos resúmenespara la curiosidad sensual de un poeta. Había oído en días frecuentes el trabajo y la teoría de un artista plástico que le comunicaba así a un poeta una geometría carnal y apasionada. *El dibujo*, le oía decir a Degas en su adolescencia, *no es la forma, es la manera de ver la forma*. Y sobre todos los recursos poderosos que se derivan de ver la materia que va a utilizar la poesía en algunos prosistas anteriores, que el simbolismo disfrutaba con respecto a la prosa de Flaubert, donde según el decir de un crítico agudo, la prosa había alcanzado en *Coeur Simple*, añadiéndole página a la página, una intensidad comparable a la *Heaulmiere*, Villon. Al comunicarnos los románticos sus externas preocupaciones personales, la sustancia de la poesía había comenzado a expirar, en tal forma que un prosista como Flaubert, había intentado rescatar esa sustancia poética, para comunicarla licuada y ofendida a la prosa. Si recordamos el principio de *Salambó*, «En Megara barrio de Cartago», nos damos cuenta de que este Tetrarca honorario, como le ha llamado Thibaudet, utilizaba una sustancia brillante pero corrompida; metálica, pero que tenía que acudir a desarrollos que le alejaban de la poesía, sin poder comunicarle por una especial condición de la prosa francesa esos reflejos inversos.

Había también encontrado, por ese sortilegio de los encuentros de los que se vale un poeta para eliminar ciertas visibles influencias, una destreza aportada por los *lirici medicei* y cierta poesía cortesana, que estudiando a Voltaire, iba a actuar en una dirección inesperada y aún opuesta. Voltaire había aparecido con respecto a Corneille, como un polvo épico para sacar la poesía de la violenta sacudida corneilliana, para traernos una poesía seca y empolvada como un reloj del siglo XVIII. Esa sustancia seca, pero extremadamente atildada, que se había constituido en un soporte de supremas garantías, iba a ponerse en contacto, hablamos de influencias menores, casi invisibles, con el simbolismo finisecular, una forma de desarrollo circunspecto, pero que guardaba un recuerdo de la mordedura en el conocimiento y en el seno de la mujer despreciada. La seguridad del arte volteriano, que fluctuaba entre Corneille y los epigramas en latín para la Marquise Pompadour, se iba a unir también, seguimos hablando de influencias menores, casi invisibles, a otra poesía menor, pero cortesana y de correctas y líquidas volutas como la de los *lirici medicei*. Acaso no podemos situar como esperado antecesor del verso espléndido de Valéry, uno de los más fascinantes de la literatura francesa,

Comme le fruit se fond en jouissance, aquellos del *Ambra* de Lorenzo Magnífico,

> Como le membre verginale entorno
> nell acque brune e gelide, sentio,
> e mosso del leggiadro corpo adorno.

Se había también frotado con el significativo contenido de la voluptuosidad en Baudelaire. Este había derivado de sus demoradas excursiones sensuales una especie de voluptuosidad natural que era como una larga y fabricadora espera por la imposibilidad de hacerse un nuevo destino. Esa voluptuosidad natural gozaba de una gobernada alegría, ya que corría por entre los objetos, los que intentaba raptar no por posesión sino por atmósfera y estado. Valéry actuaría también aquí por reducción: frente a esa voluptuosidad natural de Baudelaire, derivaría y opondría su concepto de la voluptuosidad particular. En esa voluptuosidad se buscaba una identidad en que podía prescindirse de los tentáculos para apoderarse del objeto o para demorarse en cada uno de sus poros o celdillas. Partiendo de ella lograría expresar su intento desde un punto muy opuesto a la poesía. Venía a anhelar para la poesía en su *Amateurs des vers* un pensamiento singularmente acabado. La identidad voluptuosa o voluptuosidad particular aparecía especialmente definida al enfrentarse con la sustancia de la poesía. No anhelaba el pascaliano pensamiento singularmente sentido, ni la dulce artesanía de un sentimiento acabado con rigor, sino que un dualismo innecesario para la poesía, prefería elaborar con artificio, tal vez con cada uno de los sentidos, un cosmos conceptual. Con esos apoderamientos previos, con esas sumas sutiles que la poesía revestía de invisibilidad, aparecía la cantidad regida por el acto voluntarioso, se mostraba entonces como primera característica del período alejandrino-apocalíptico: el ojo facetado.

II

Para un trabajador mediocre y oficioso como Joseph Marie de Heredia, tenía que parecerle incomprensible el silencio de Valéry. Había olvidado que la pereza teje su dorado a fuego lento a la sombra del árbol del conocimiento. El silencio como forma, pero en el fondo la impulsión insensata, enloquecedora del deseo de comprender. El silencio como héroe inmóvil, y el conocimiento dentro del contorno de la piel, tema estoico que en aquellos años anhelaba soportar. Las numerosas referencias al cuerpo que aparecen en las obras de Valéry, inspiran lástima pascaliana: el cuerpo, su límite y conocimiento, el vacío como halo que rodea el contorno del cuerpo. La pereza nos une a la serpiente, la serpiente el conocimiento. Pereza terrible. En aquellos años Valéry no podía oir música, porque la sucesión de sus compases, o bien se debilitaba por los envíos posteriores, o bien el nacimiento de esa sola sugerencia, colocada en extraña vigilancia, evitaba la continuidad de las posteriores. No podía tampoco en aquellos años leer, porque las condiciones de la lectura eran incompatibles con una precisión excesiva del lenguaje. ¿Por qué en aquellos años Heredia encontraba perezoso a Valéry?

Esa precisión aguda, insensata del conocimiento se detiene. Es por ahora una acometida inexistente, un ardor. Creía Heredia en el rigor de ciertas transmisiones, y por eso rodeaba las lentitudes metálicas de su voz con las impúdicas inquietudes adolescentes. Ignoraba que las circunstancias eran parcas, divinidades enemigas o invisibles hilado marino. Ignoraba que desde Mallarmé y Valéry toda prosa tenía que ser *comandada*, es decir, dirigida, y todo poema *demandado*, es decir, pedido desde las sombras, fatal y en punto, de la misma manera que un paseante de jardines suspendidos detiene su marcha para justificar con su muerte instantánea las inoportunas osadías de un gimnasta que anhela ser un flechero. *Solo la fatiga me exalta*, decía Valéry, apartándose de la tradición voluptuosa del *bienêtre*.

Esa concepción de la poesía como un impulso externo hace que Valéry obligado a darnos un álbum de versos antiguos, haga fotografiar los versos de su primer período simbolista, antes que copiarlos de nuevo, lo que sería crearlos de nuevo al pasarlos por esa sangre ligera que mantiene su fidelidad al primer impulso cambiante. Valéry ripostaba a la acusación de esa pereza hecha por Heredia, considerándola la *consecuencia exterior de una modificación profunda*. Se enfrentaba con lo que pudiéramos llamar la etapa erótica del conocimiento poético: los temas de la oscuridad necesaria y la incoherencia necesaria. La oscuridad como tema plástico que pudiéramos llamar Apolo surgiendo de la espuma, tema del nacimiento; y la incoherencia, simbolizada en el caracol y las fidelidades a sí mismo que no permiten traiciones, desasimientos, fragmentos deshabitados.

Luchaba Valéry con la *durée*, favoreciéndola. Procuraba agudizar la resistencia para alcanzar la tensión despierta, desesperando a la voluntad. Una voluntad oficiosa, par ingrato de aquel sueño oficioso de los surrealistas. La mezcla de sueño y realidad, y en el extremo, la voluntad ejercitando el cuerpo comprendido. Para qué más preguntas si domino mi cuerpo y domino mi sueño.

No eran todavía los años en que Valéry, entre el ojo y la noche, como en su poema, se anclaría en el cuerpo. Eran los años de su adolescencia en que se detenía en las *convenciones*. Estas convenciones lo han acompañado siempre desde los primeros intentos de *Monsieur Teste*, cuando intentaba definir a la poesía o a los que la habían definido en el siglo XVIII. Fundaba entonces sus puntos de vista en las convenciones, cortesía de la cultura, y en la estética de lo arbitrario, puro dominio, libertinaje del arbitrio. Si añadimos al concepto de las convenciones, de lo arbitrario establecido, el de las propiedades del lenguaje y su sola necesaria reducción, contemplamos el tránsito de Valéry al grande y único tema del estoicismo: el cuerpo frente a la nada.

Nada más opuesto a una convención que una convicción. La primera usufructúa un tejido, nacido de sus comunicaciones, nos hace pensar que a una descortesía responde la caída de la lámpara, a un fruncimiento inoportuno la ruptura de los candelabros. Esas convenciones le llevan a Valéry al rechazo de lo que él llama las ideas monstruos. Ya tenemos a Monsieur Teste brindando la primer copa de su bandeja: la razón solo debe preguntar lo que la verdad le puede responder. Esas ideas monstruos son las del primitivo o las del que pregunta a destiempo, constituyen *un ejercicio inoportuno de nuestras facultades interrogantes*. Pero he ahí que coloca esas convenciones dentro de lo posible de un ejercicio dentro del espacio. Pero algunas cosas imposibles, como Monsieur Teste y la misma poesía, Valéry las coloca dentro del demonio de la imposibilidad y de la apetencia infinita.

Teste es un germen que tiene que vivir por cuartos de hora. Valéry gusta de contemplar el germen independientemente, a través de un cristal, al instante sobre el instante. ¿Se pueden ver a través de un cristal el germen y el instante? Es decir, el nacimiento pero sin el camino ascendente de la pasión. El Sol levantándose, trasunto del momento creador intelectual, conciencia de lo inconsciente ¿pero considerando a la noche y a la mañana como monstruos o impuras abstracciones?

Valéry acaricia su monstruocillo Teste, germen sin desarrollo, nutrido de problemas y de *durée*, quimera, hipógrifo. No llega a ser monstruo como Euforión, no tiene por qué precipitarse en el abismo, porque no intenta vivir. Euforión que se pregunta ¿son ahora la melodía y el compás lo que deben ser? Pero recibe constantemente la invitación de sus padres para que sea el ornamento de la llanura. Euforión cultiva la violencia y el rapto y se desprende ligero para perseguir la ascensión de la llama que se levanta de las rocas. No así Teste, que ni siquiera le interesa comprobar sus instrumentos, ya que considera que estos le son entregados por la diosa fortuna en el instante en que le teje su nido.

El punto se sucede, la línea; la célula o germen se multiplica, el cuerpo. Se crea por ruptura, como Satán; o por desprendimientos, como los cientificistas del XIX «desprendimiento de anillos en fragmentos, siguiendo el impulso que les envía el centro». O estamos, que es el caso de Valéry, en la creación del germen, instante punto, de la pureza absoluta del fluir del tiempo que al fin se inserta en la figura geométrica, en el cuerpo humano, en la palabra naciente. ¿Cuál es ese momento?

Valéry mantiene su incertidumbre con respecto a los fines y derivaciones de ese germen. ¿Cómo realizar la integración de ese germen hasta el órgano, prescindiendo totalmente de su derivación en instrumento? Es decir, cómo resolver que la poesía en su inicial sea un germen y en su desarrollo sea un instrumento y se deba a la artesanía. Y luego, si la poesía es germen o creación, cómo no aislar a la imagen, considerándola unidad distinta de su absoluto y ver esa imagen tan solo como prefigura, viéndola tan solo como un fragmento inconcluso. La capacidad del germen para crear el cuerpo está en razón inversa de la que tiene para producir instrumentos.

Y si la poesía tiende también a la figura, cómo es que no llega a considerar el cuerpo como un instrumento y lo considera como *la medida del mundo*. He ahí una momentánea solución, ya tenemos una escisión entre ser y cuerpo, que es el fondo movedizo de Valéry, ya que el germen en el momento espléndido en que es creación, está resuelto como la total poesía. El traslado de ese fuego por medio de aparatos y máquinas, le coloca en una categoría de residuo abandonado, en un instrumento al servicio de la disciplina estoica. Pero el germen nos entrega la poesía, el cuerpo y el ser totalmente indistintos, resueltos, pero en su aplicación establece un trágico distingo entre servicio y destino.

He ahí la raíz del planteamiento poético que Valéry ha entregado a nuestra época para confundir, aclarando. Encerrado en sus ajustes, en sus comprobaciones infinitas, la influencia del movimiento o del pequeño torbellino, provocan las contracciones o los rapidísimos fruncimientos de su superficie. El germen perfecto atesora en la sucesión de sus instantes, la seguridad de su cuerpo asistido, y sus potencias que no acuden al acto, mantienen su don ecuestre, soportando las comprobaciones con desprecio, pero con una alegría sombría.

Así como Valéry aconseja mantener el lenguaje como una acusación, la extensión soporta el movimiento, o si se quiere, soporta la llegada de Dios sin necesidad de ninguna Anunciación. La llegada del movimiento provocaría la dispersión del sentido o del reparto de sus átomos, que así se ven precisados por su ceguera a reunirse en un punto, donde tenemos que soportar un asalto secreto. Esa tensión hacia el mismo centro del cuerpo, provoca la ruptura del cuerpo homogéneo por sus perfecciones, que así se ve obligado a repetir lo perfecto como un diedro espejante. Esta creación que multiplica lo perfecto se nutre de su hastío. Es atractiva la insistencia de Mallarmé por el espejo, como en Valéry, por el hastío. La atracción del espejo sigue insistiendo después que dejó de ser tocado por la presencia, se crea entonces una tensión donde el símbolo tiene que recobrarse, que mantener su halo. Pero esa creación por escisión, por sucesivas contracciones centrales y lentos desprendimientos del límite, impulsan una causación esperada, provocando una suerte de ley de herencia de las ideas o de la sensibilidad. Nos encontramos ya con un valioso suicidio controlado y el hastío del reencuentro. Pero, antes que Monsieur Teste extienda su manta y sacuda la ceniza de su hastío, recojámosle algunos de sus más valiosos cuartos de hora.

A la salida de la ópera, los discípulos de Monsieur Teste creen que él haría un gran dramaturgo. Colocaría su teatro en el extremo de todas las ciencias y en el principio de todas las negaciones. Estas adulaciones de sus discípulos son presto rebanadas por un cortante: *Personne ne medite*. Se habla de incoherencias, pero la fidelidad del que escucha, le obliga a mantener la desconfianza de la coherencia frente a la incoherencia. El espíritu está construido de tal forma que él no puede ser incoherente para sí mismo. Los discípulos continúan su cortejo, van buscando la solución miserable: *sensaciones abstractas, figuras deliciosas de todo lo amado*. Los sentidos que habían vuelto las espaldas a lo arquetipo, termina nutriéndolos, nutriéndose. Y en terminada *mélange*, un *pathos* bien graduado en escalas mercuriales al alcance de la mano. He aquí una trampa que los discípulos van presentando y que algunos divertidos paseantes aconsejan, aclaran, distribuyen y vuelven a empezar. Todo lo que se concibe es fácil, aclara. El hombre sabio ignora lo que dice y el yo es irreductible. En el desarrollo de sus ideas, Valéry ha hablado en ocasiones como Teste, en ocasiones como sus discípulos. No contemplemos ahí un dualismo: todo hombre habita el borde de su yo y escucha a su discípulo, pero que puede ser grotesco cuando la figura mayor y la menor avanzan, bien señalando un cometa, o cogidas de la mano, se convierte en contemplación angustiosa tan pronto en nuestro interior, inseparables, se embisten y acusan. Uno al borde de nuestro yo, en el límite de la piel, saltando al vacío; otro, el discípulo, que pudo disfrazarse de diablo y aconsejar las cosas extraordinarias, pero que sustancialmente duerme y olvida. Teste sabe que tiene que reducirse a su yo, de la misma manera que el germen se reduce al punto para emitir el nuevo cuerpo perfecto. Se mostraba aquí Valéry poco cartesiano, ya que este se había alejado de Isabel del Palatinado, decidiéndose a escoger camino y presenciar la coronación del Emperador de Alemania. Acudiendo al paisaje y al estudio del mundo, alejándose del propio país y cerrando los libros, todo esto según confiesa Descartes, con un espléndido resultado. Este anticartesianismo de Descartes suele ser delicioso.

La salida del teatro en la medianoche y el paseo han apesadumbrado los párpados de Monsieur Teste. Ahora entra en el sueño saboreando con los dedos la caída de las arenas. Entremos en el sueño del que le interesa estar siempre despierto. La bujía se extingue y el cuerpo es invadido, rodeado. El discípulo utilizará también la bujía para descender. El discípulo conoce su cuerpo al descubrirlo, Monsieur Teste lo reconoce de memoria. Nos cogemos, dice Valéry, el pie derecho con la mano derecha, y colocamos el pie frío en la palma caliente. El sueño se pliega, desaparece o se nos avecina apretándonos torpemente, pero nuestro cuerpo rodeado de arena le ofrece un límite. Frente a esa corriente del sueño le ofrecemos momentáneamente un pensamiento que al convertirse en objeto desciende también. En la muerte el alma se siente incompleta y añora la prisión desprendida, pero en el sueño el alma se pasea, continúa, se prende a un pensamiento difícil de trazar, que nos gobierna con despotismo invisible. Así desposeído, el cuerpo ha de continuar una idea ¿cuál? He ahí el sueño duro e inflexible: continuar sin saber, responder precisamente aquello que no nos atrevemos a preguntar, que no podemos desanclar de nosotros mismos y que el sueño evapora en claro rocío. Es el sueño tan solo para Valéry un movimiento inmenso. De pronto sentimos que *eso* va a venir, hacemos el conjuro y nos apoderamos de una idea inconclusa o de un retorcido problema. Un grito que se espera como un reloj. Ya nos envuelve, la idea entonces convertida en objeto, portando aún su bujía, baja a la vida interior.

Después el enemigo se aleja, el objeto que ha descen-dido, se devuelve en clara respuesta a una idea que desconocemos, invisible, que no puede ser nuestro amigo.

III

Para los estoicos el cuerpo era un espectáculo, existía como un objeto, pertenece al mundo exterior. Para ellos adecuar la sensación era el fin del artista. *Pour tenter les demons ajustent bien leurs bas*, dice un verso de claro ajuste estoico. Sin embargo, Valéry parece inclinarse a la católica tomista solución unitiva. En algunas páginas sobre Leonardo así lo confiesa. No hay, no puede haber, la menor analogía entre el espíritu de los hombres y el cuerpo de los ángeles. Pero he ahí que es extraño e irregular mantener como Valéry, desde el punto de vista de las sensaciones, una actitud estoica y mantener acerca del cuerpo un criterio católico tomista. Observo ahora que Valéry no emplea el clásico uso del logos *spermatikós* que es base fundamental del estoicismo, sino el de *germen*. Si añadimos a esto el empleo de la palabra *durée* al igual que Bergson, cuya influencia él siempre se ha negado a aceptar, tenemos ya a Valéry dentro del bergsonismo más que dentro del estoicismo. Otro distingo, el estoico se gozaba en el empleo de la *forma sustancialis*, que podía llegar a incluir lo inerte, sin embargo el católico tomista emplea el *esse sustancialis*, el ser que es siempre sustancia, que es sustancial. Por eso en el estoico la voluntad puede estar al servicio de esa *forma sustancialis*. La voluntad en el estoico está dirigida hasta su piel como un límite. A esa impulsión, tenemos que añadir la fuerza regresiva de lo inerte sobre nosotros, las radiaciones del mundo exterior, con el que procuramos adecuarnos. Esa impulsión y esa adecuación es cierto que brindan un universo habitado totalmente por una sustancia y que siente como un error o un bostezo el temor de una pausa vacía. El estoicismo en arte ha hecho que el límite tenga una posible acepción de dignidad. Cuando Goethe decía con orgullo, nosotros los patricios de Franckfort; cuando él creía que el maestro se distingue porque trabaja dentro de límites, es sin duda el mundo de los estoicos el que habita, el de su *forma sustancialis*.

IV

Así como el cuerpo soporta la nada rodeante, las figuras se ven obligadas a contrarrestar el flujo de las imágenes. Valéry no ha querido alcanzar una distinción esencial entre imagen y figura, como dos vías distintas. Ha visto a la imagen en su marcha, cree que la finalidad de las imágenes es alcanzar las figuras. Las imágenes, nos dice, son prefiguras. No podía soportar que mientras las imágenes empañan su espejo, las figuras tienen que soportar también la negación del movimiento. Tenía que trazarse una escisión violenta, como la que había alcanzado el tomismo, al considerar la forma como etapa última de la materia. La imagen contenía una presencia enojosa, cuya finalidad parecía huir hasta perderse o hacerse indetenible. En esto Valéry parecía separarse de Mallarmé en quien la progresión verbal estaba impulsada por un murmullo, de tal manera que la suma de las imágenes producía una resultante tonal, pero sin que su desesperada paciencia creyese en el virtuosismo de las figuras.

Esa había sido la posibilidad aristotélica de las figuras, es decir, la posibilidad desprovista de forma, en este caso las imágenes, que nos traería como consecuencia el espacio vacío de los platónicos. Pero esa posición es inadmisible para la poesía, que por desconfiar de la fijeza de la percepción, desconfía de todo lo categorial. Tanto en Lucrecio, como en Valéry, esa lucha del movimiento y el vacío, quieren resolverse en el símbolo de la marcha del pez que al avanzar por el dictado de sus impulsos instantáneos, desaloja un vacío ¿será tolerable el vacío como huella de la marcha? Mientras Pascal dudaba porque creía que la naturaleza no sentía vivamente el horror al vacío. Pero la marcha del pez provoca un impulso en la onda para custodiar el arbitrio de su movimiento infinito. Así en Lucrecio:

> ...los peces relucientes
> les abre el agua líquidos caminos,
> que después el espacio abandonado

se ocupa por la onda retirada.

En Lucrecio parece aceptarse momentáneamente la existencia del vacío, pero para contrarrestarlo con el cuerpo: solo nos queda cuerpo y vacío. Así el movimiento parece como un desenvolverse del cuerpo en el vacío. Valéry reproduce el problema de la marcha del pez tal como lo había planteado Lucrecio, «por sí mismo sentía, nos dice, cómo la forma favorable de estos peces, de la manera más rápida llevaba de la cabeza a la cola, las aguas que encontraba en su camino, y que para avanzar tenía que echar hacia atrás». Si los estoicos ejemplifican la lucha del cuerpo y el vacío en la marcha del pez, para los cristianos el problema aparece en forma de rudo combate. Es necesaria, inaplazable, la lucha contra el pez. Su simplista y elegante conciencia vertebral, destruye el arbitrio. Su instantaneidad pasa fría por nuestras manos como un recuerdo de la indetención del tiempo. Al mismo tiempo que el pez no siente la presencia del vacío como una angustia o comprensión, resuelve totalmente con el paso de sus escamas la nietzscheana felicidad en el terror, y llega a sentir como una seda a su presión instantánea los infinitos puntos muertos, como la larga soledad de Satán entre las rocas, esperando la ruptura.

Se busca la figura no como un elegante entresacar, destejer, tejer, asegurado recomenzar, ella no se libera, no rompe con nuestro cuerpo, no se atreve a rodar ante la mirada. Se busca, se ansía, por el dedo que toca, por suerte de penetración, por potencia circular, porque nos asegura contra el devenir, ya que si no la expresión, el arte, el existir, sería una escala en un pozo, los ojos del gato en el centro del pozo. Si no quedaría, al no aceptar la figura, la boca reabierta, el gesto en el que se muere, el devenir, suprimida la tierra a nuestros pies; un largo soplo que pasa y que no encuentra a la tierra. La figura que no lucha con él *a priori*, la figura espacial es inútil o útil cartesiano. Pero lucha la figura contra el devenir, porque lo que lucha con el tiempo es la esterilidad, el disfraz de lo estéril, el coro de rocas, lo *insensible abstracto*, fósforo o yeso del encerado, pie sobre la orilla, nombre sobre la orilla. Es por eso que dentro de la figura están Pascal, Cézanne y Valéry. Las sensibilidades más disímiles en esa angustiosa detención y seguridades de las figuras.

Ah, pero en Pascal separemos figura de símbolo. En Cézanne, figura finalidad de figura secreción. En Valéry, figura de acto puro.

Para Pascal no hay la tregua de las figuras: las hay demostrativas, pero también las hay indubitables y apocalípticas. ¿Sería inadmisible para Valéry la figura apocalíptica? Pasan e insisten, se divierten o se diversifican: claras y serenas, o pueden tirar de los cabellos, sonar como cometas. La figura es un aguijón de las furias, un humo de la sangre. Si se va a ellas es para no tener el orgullo de crear un orden nuevo, más allá del heroico y del sobrenatural. Figura de la causa, es decir, la gracia; símbolo, figura sin fin. Subrayemos la antítesis sobre el pascaliano símbolo, figura sin fin, y la frase de Valéry: las imágenes son prefiguras. En Pascal, más allá de la figura, empieza el símbolo; más allá de la ley, la nueva ley; más allá del signo, la ruptura de la servidumbre y la nueva alianza. La justificación de la figura no es un orden distinto, es la mirada que recibe y el ojo que impulsa, es la visitación, visibilidad de la gracia. La figura, como la forma de los tomistas, lucha con la gracia porque no la puede contener toda. La figura no puede abarcar la gracia, no capta el instante punto; está entre el murmullo de la existencia del símbolo y su expirar; entre la imagen que se inicia y la que se pierde. No prevé las imágenes sucesivas, ni la imagen que se resume en la imagen, es decir, el cuerpo poemático. Surge y se mantiene por la lucha entre dos apariencias o dos esencias, y entre ellas traza el sentido de sus diseños. Dos naturalezas en Cristo, dos advenimientos, dos estados o naturalezas en el hombre: reconocimientos de las criaturas e imposibilidad para acercarse a ellas. Surge entonces la figura frente a las contradicciones. Rebasa y gime. Pero en el otro aspecto, en lucha contra el devenir, agradan y desagradan a Dios, que ve siempre en ellas un sitio de tentación y de guardia. Por el contrario, en Pascal, el sitio prestado a la figura está trazado sobre una arena lastimera y gemidora.

Que todo artista siente la vacilación y la atracción de la figura, lo revela Cézanne cuando nos dice: *L'aboutissement de l'art c'est la figure*. Citamos ahora a Cézanne porque su contraste natural con Valéry es extremadamente significativo para alcanzar puntos referenciales. Ese *aboutissement* que puede ser finalidad, viene también a significar supuración. La forma supuración en Cézanne opuesta a la forma-objeto de Valéry. Claro está que Valéry intenta aislar la figura de su proceso abstracto. Admite un espejo en las figuras del acto naciente, ya que las figuras al desprenderse de nosotros intentan reproducir ese acto. Claro está que el distingo previo de Valéry no es satisfactorio, él opone inspiración a mecanismo, y la frase análisis comparado del mecanismo, es, dicho con propiedad, una figura, según él nos afirma. Llegamos a la conclusión de que la figura se realiza como una convención que puede prolongar el acto naciente, pero que evaporada de nosotros se mantiene en la atmósfera de una mecánica analítica del lenguaje.

En el estoicismo el apetito de la figura se debe al concepto de la tensión de la piel, consecuencia de la proporción de la sustancia y su total ocupación, pero no a la artesana insistencia sobre la materia, ya que un artesano medioeval ve en la materia la probabilidad alegre de un combate con el enemigo que se repite, que no podemos alejar. La figura supone la rama pura, el fruto puro. Pero el árbol solo nos muestra su imagen: la sombra. La sombra es la imagen vegetativa de la figura, pero la imagen recepta el árbol puro, a la necesaria pura sombra, aliento, humedad, brisa, crecimiento invisible y visibles humaredas. Por eso el artesano creaba el hábito frente a la materia, la continua vigilancia y ejercicio, ya que si no la decisión retadora de la materia podía encontrar al creador adormecido. Encontrándose, por falta de hábito, frente a la materia, obligado a acudir a la violencia y a la recuperación súbita. El rapto y la ruptura presuponen una circunstancia amurallada por el hábito para alejar el sueño que se avecina cuando nos encontramos en un asedio prolongado.

En sí la forma puede existir, pero de un árbol o de un amigo, lo que tenemos es su imagen: su insistencia es, como ya lo vio Santo Tomás de Aquino, la transmisión de la forma de un ser a otra. Primogénito de toda criatura, al considerar la patrística que solo el Hijo podía ser imagen, nos libra del peligro de una tregua intelectual. Así el Padre goza de figuración; el Hijo es imagen, y el Espíritu Santo se expresa a través del Hijo, imagen de imágenes. Y el Hijo, que es la imagen se expresa por el Verbo. En toda palabra siempre contemplamos el aliento del segundo nacimiento, el contorno de la sombra en el muro. El ojo crea la figura; la noche se expresa, cae sobre nosotros por imagen. El ojo siente un orgullo pasivo cuando se extiende en la figura. Nuestro cuerpo siente un orgullo posesivo cuando penetra en la imagen de la noche. Queda aquí nuestro estudio, como una glosa a los versos aludidos de Valéry:

> Y rompiendo una tumba serena,
> me reduzco inquieto y aun soberano,
> ya que mis visiones entre el ojo y la noche,
> los menores movimientos consultan mi orgullo.

1945

La imaginación medioeval de Chesterton

I

El *homo faber* y los *five o'clock tea men*, que habían contrastado a Chesterton y a Bernard Shaw en la piscina del primer *avant-guerre* del siglo, gozaban en hacerse un Chesterton brotado de una salsa condimentada con una pimienta locuaz y una incontenible generosidad. En la gran piscina de lo cotidiano y de lo secular un hombre abundante se precipita, sin prescindir del exceso de sus paños y capas, mostrando al salir la manzana que se había mecido en los dos árboles. Después, en la misma piscina, con aguas de cotidianidad y de siglo XIX, otro hombre semejante a un esqueleto vegetal se sometía a la misma prueba, mostrando al salir del chapuzón, la manzana sin el recuerdo de los dos árboles, pero reducida a semilla, comunicando la misma locuacidad, tirando la misma semilla contra el suelo, hablando de las hipocresías y afirmando que si las semillas han sido lanzadas violentamente contra el suelo, el gusto de todos hubiera sido el de soplarlas, confundiendo así la sinceridad con ese gesto torvo del viento aplicado sobre el árbol que ya no puede conocer el otoño.

El inglés, que ya se había acostumbrado a contemplar el paraguas de Bernard Shaw golpeando los duros paños de Chesterton, solo entresacaba el sólido espectáculo que se deriva del encuentro de una vitalidad del siglo con la vitalidad de la secularidad. Se acostumbraba a que esas dos posiciones se encontrasen en su sitio en perfecto estado, extrayendo la peor de las consecuencias. Quedaba el trazado de un tinglado que el inglés estaba dispuesto a repetir y cuya única riqueza estaba en la predisposición para recibir ese espectáculo. Construía así un Nietzsche de la cotidianidad y otro de la secularidad, y entre un gigante que todo lo destruía porque el mundo no era sincero, y otro que todo lo reconstruía, porque ese mundo no era después de todo tan hipócrita; el inglés que amaba el artesanado francés, y el otro inglés, que quería ser hombre libre a la alemana, se sentía repantigado, asegurándose la entrada libre a un espectáculo.

La doctrina de la participación en directa relación con la *felix culpa*, a la cual pertenece por su tipo Chesterton, es un *quattrocento*; la de la justificación engendra la escuela de los moralistas españoles, que tuvo como última manifestación los grandes gritos de don Miguel, que preludiaban el vestido de su carne en el valle de Josafat. Chesterton no había sentido como fuerza temporal el dogmatismo tridentino y su catolicismo era el de la gran piscina participante. Es necesario subrayar esas diferencias entre estos dos grandes cristianos, convertidos por la crítica a los gentiles y a los hijos del siglo en los dos más agudos moralistas de su tiempo. Chesterton veía el catolicismo no como un *retour*, tal como aparece en la nostalgia de algunos profetas eslavos contemporáneos, sino en la forma de un eterno nacimiento. Ese nacimiento justificaba el catolicismo y si existía el catolicismo tenía que justificarse en un constante nacimiento...

La vuelta al medioevo inglés representaba para Chesterton la gran claridad histórica que lo llevaba a prescindir de la Reforma, de la época isabelina y de la era victoriana. En Unamuno la tesis de algunos teólogos protestantes lo llevaban al moralismo de esparto de la justificación, puesto que había que destruir la no salvación por las obras. Así en Chesterton, la paradoja se trocaba en la contradicción primera; lo agónico, lo *gémissant* en lo sobrenatural constante; la paternidad, en una paternidad de mayor tamaño y en lo absoluto, en la participación furiosa. Sentía como en la sangre el *hic et nunc* evangélico, el aquí y ahora, y en la taberna o en la barca solitaria soplaba el nacimiento de las mismas verdades. Pero, a la postre, nos encontramos que en el español, para usar su propia dialéctica, la metaerótica ilumina de la única forma posible la mitología de ultratumba, en la prueba de huesos abrillantados de Josafat. Chesterton que se ha sometido a todas las pruebas de la cotidianidad no culpable queda como angelote, bienaventurado gordezuelo.

He aquí una alusión de Unamuno que utilizamos para contrastarla con la ruptura que se establece con más facilidad en lo sobrenatural. En el proceso embrional del hombre de carne, decía Unamuno, el esqueleto nace de la piel. Pero para el tipo del catolicismo de Chesterton, la voluntad milagrosa está rigiendo cada una de las creaciones desde la eternidad. No hay un proceso embrional, sino cada huevo que se casca está ofreciendo la constante de su milagro. Así el milagro no es el hecho excepcional, la oportunidad de la gracia, sino un hecho tan cuantiosamente repetido que su repetición incesante es su propio milagro. Así como un griego repetía que el trabajo era una excepción del ocio y no el ocio una excepción del trabajo, así para el cristiano el orden de lo natural es la ceniza de lo sobrenatural. Lo sobrenatural[29] es lo cotidiano y al participar el hombre se crean los símbolos aun en el concepto pascaliano de lo concupiscible que entra-

29 Siempre me ha sorprendido cómo los símbolos bíblicos rehusaban cualquier dualismo o trampa conceptual. Ni los veinte siglos de cristianismo han hecho de esos símbolos instrumentos dialécticos *ad usum*. Así cuando nos dice de su raíz nacerá una vara, después no cae en error de decirnos que de esa vara brotó una flor, sino que esa flor brotó de la misma raíz. Es decir, no cae en reconocernos la inutilidad de la flor como un preludio del fruto.

ña todo símbolo. Para que el hombre pueda actuar en el embrión y en la eternidad, su participación tiene que verificarse en el mundo de los símbolos. Pensar que los objetos tienen que ser poseídos para su definición, engendra un mundo categorial y circunspecto; pensar que los objetos puedan ser iluminados es cosa del catolicismo. «Veía, dice Chesterton, el crecimiento de la yerba como el de las barbas del gigante.» Si yo digo *portero, buen sentido y araña coja*, son palabras en el mundo contemporáneo de eco mate y arenoso. Borrar de las palabras su transparencia y su eco es característico del hombre contemporáneo. En el catolicismo cualquier palabra está nutrida de piel, hueso y eternidad. Si yo digo «portero» es el hombre encargado de recibir la primera llegada de la sobrenatural; aquel que al preguntarle a San Francisco el santo y seña al regresar de la porciúncula, es lanzado hasta el techo por la mirada nueva del santo; buen sentido es para el católico la sustancia de la unanimidad; si digo «araña coja» puede ser el vestido momentáneo de los ángeles para ver cómo anda la caridad. Haber constituido nuestra simbólica, la encarnación de los objetos y habernos entregado las historias inverosímiles de la temporalidad y las historias verosímiles de ultratumba es su mayor claridad y la decapitación definitiva del *horror vacui*. Esa participación en el mundo de los símbolos, al cual pertenece el catolicismo chestertoniano, comprende el injerto de nuestra culpa en ese orbe, para suprimir toda categoría fría e inmóvil.

Chesterton no solo reaccionaba contra la solidaridad plúmbea de la era victoriana sino contra el individualismo finisecular. «Cuando yo creía andar solitario, toda la cristiandad me empujaba por la espalda.» Sentirse deudor es el preludio carnal de toda participación; presupone que el hombre al actuar, al participar, lo hace con una fuerza desenvuelta desde los orígenes, con el sentido aportado por veinte siglos de catolicismo. Pero ese deudor que participa, rodeado por la creación sobrenatural, sabe que siempre se recostará en el sentido. Tanto en el catolicismo de Chesterton como en el de Unamuno se presupone un esplendor tan vasto y un sentido tan iluminado, que cree que el catolicismo puede sumar todas las interpretaciones, viendo como desviación momentánea otras posturas brotadas de sí mismo. La ingenuidad de los ultramontanos del XIX veía a los socialistas como malos cristianos, pero ni por un momento pensaban que podían constituir reino aparte, sino que cuanto más se dilatase el catolicismo en profundidad y comprensión, más reducido se vería el otro campo. Esa actitud buscaba la manera de dilatar salvadoramente nuestro campo visual, nuestra comprensión hasta abarcar el momentáneo contrario. A esa actitud se retorna, no para aceptar con facilidad que frente a la interpretación total e inacabable de la historia católica, se pueda tolerar el lujo de una caprichosa discrepancia. Contestaba el catolicismo —uno de los secretos de su permanencia— con un absurdo mayor, y no brindaba una simplista interpretación sino el más fuerte de los alimentos misteriosos para que el hombre no enloqueciera. Chesterton fue uno de los más convencidos de la necesidad de esa comprensión sobrehumana para un mundo organizado para la criatura sobrenatural. Así, siendo tan católico, fue tan amante de su pueblo cuando llegaban las auroras de las revoluciones. Sabía que todo eso se llamaba cristianismo y cuando se le daba otro nombre, aportado por la confusión post-renacentista, su única reacción era una participación tan frenética, una comprensión tan sobrenatural, que la discrepancia quedaba triturada en su postura de ridículo fragmento, abochornada de su pequeñez aislada.

¿De dónde brotaba esa libertad católica que conviene subrayar para comprender la impulsión de esa participación de Chesterton y su estilo impetuoso, tan apartado del paradojo modo, en contra de la opinión del primer vulgo que se acerca a su obra? La obra toda de Chesterton, lo que le nutre incesantemente es el concepto popular teológico de la contradicción primera. Pero el hombre ridículamente contemporáneo que ha intentado hasta una justificación óntica de la *poiesis*, no puede acercarse a esta contradicción que es la que mantiene vivaz la unanimidad posterior. Afirmaba Chesterton que la libertad en el hombre de dudas le sirve para rehusar sus dioses; pero, en los períodos agnósticos esa misma libertad le ayuda a creer en ellos, que el hombre de dudas acepta las dos verdades y su contradicción, por lo que esta última pierde su potencialidad inicial. Por eso es necesario distinguir la contradicción que nutría a Chesterton del paradojo modo. En Chesterton se entiende porque es imposible entender, se conoce o comprende porque la sustancia sagrada que le hostiga es irreductible. De ahí deriva la salud plenaria del cristiano y Chesterton creyó siempre que en cuanto se destruía el misterio empezaba la morbosidad. Por eso en su novela de debate incesante, *La esfera y la cruz*, la máquina voladora de Lucifer lanza y engulle a los hombres, volcándolos sobre las calles comerciales o recogiéndolos de los manicomios.

Para huir de esa morbosidad, Chesterton prefirió iniciarse partiendo de esa contradicción primera, pero huyó también de la paradoja por considerar que esta pertenecía a la expresión individual. El griego ya sabemos que las consideraba, como una desviación de la *doxa* en su mayor agudeza, como otra broma que podía surgir de la broma lógica de los megáricos. Unamuno las utilizaba porque las creía el momento más rojo de sus tensiones, olvidando que en ciertas rupturas del temperamento individualizado, la paradoja se asimila como la fruta de todos los días cuyo pecado esencial es no participar en la unanimidad.[30] Y Nietzsche aconseja su empleo para atrapar a ciertos temperamentos que necesitan una excepción menor asimilable, pero que huirían ante la paradoja central, el ordenamiento sobrenaturalizado. La contradicción primera, que se extendía hasta la salvación, era uno de los más poderosos mantenedores de la esencia medioeval; la paradoja, más renacentista, era una vuelta a la desviación, a la elegancia que es preferible no convertir en estilo de vida. En Chesterton esa contradicción no surge como valor de oposición: su gran pureza de creación lo

30 Distinguir entre la sustancia de la unanimidad del católico y la simpatía universal de los estoicos. La primera presupone un cuerpo oscuro donde la catolicidad armada de sus símbolos y figuras, de los símbolos concupiscibles y de la adquisición de los caminos temporales para llevar el hombre a la Jerusalén celeste, han organizado una vía comunicativa donde todo el pueblo de Dios está proyectado por una iluminación que lo acoge. Pero esa iluminación recibida por el pueblo de Dios para adentrarse en lo oscuro le da a la muerte un sentido creador grandioso, como nacer para una segunda muerte, puesto que resucitamos ¿y después de la resurrección? Esa sustancia de la unanimidad resume el nacer para una segunda vida y el nacer para una segunda muerte. Su epicidad se logra en el sentido temporal de vivir para una segunda muerte y de morir, como una paz ardorosa, para la vida. La simpatía universal de los estoicos como no está regida por lo oscuro tiene que contentarse con las apariencias, que necesita ver el dolor ajeno para penetrarlo, la *naturae similitudo*, cuya fórmula es, tu dolor es mi dolor. Pero en el catolicismo, como el dolor de cada uno no admite segunda edición, tenemos que iluminar el dolor ajeno por el orden sobrenatural de la caridad, tengo que formar con el oscuro que hace una sola sustancia la diversidad de los dos dolores. No es precisamente la apariencia dolorosa, buscada por los estoicos para su simpatía universal, sino la oscuridad la que hace de una participación, figura dolorosa diversa en encarnación unánime.

lleva a actuar dentro de la consideración de la vida como «privilegio excéntrico», como si esa monstruosidad que le rodea y en la cual está alojado como criatura única, lo obligase a una excentricidad frente a toda encrucijada. Sentimos una dilatada emoción cuando Chesterton nos recuerda un símbolo medioeval que aún nos hace temblar: al suicida se le encajaba un palo en el tronco y se le enterraba en una encrucijada. Se le estructuraba con una madera que venía a reemplazar la levedad de sus huesos y se le zarandeaba bajo tierra con la diversidad de los vientos.

Para descifrar el orbe conceptual en que se movía Chesterton tenemos que reducir a figuras o símbolos los motivos de sus cuentos o novelas. Tomemos uno de sus cuentos: Sir Owen Cram aparece asesinado a la orilla del mar y solo unas huellas se precisan, las de sus propios pasos hasta esas orillas. Se rodea de Amos Boon, misionero en los Mares del Sur, con una Biblia al brazo y una curiosidad incesante, lo que le vale comentarios progresivos por el interés que demuestra por las costumbres más íntimas de los indígenas de los Mares del Sur. Un joven pintor combate con un joven biólogo, Wilkes, sabio colorinesco, dispuesto a ver en todos los seres anillos y radios y cuyos días transcurren en la mansa disecación de un tiburón. El misionero se limita a afirmar que en los Mares del Sur se le rinde hiperdulía al tiburón. El tiburón lleva a su lado el mar y desprende, como el ceño de Júpiter, el rayo colérico. En esos Mares del Sur se le llama a la nube, la sombra del tiburón. Con esas convicciones el misionero es expulsado de la reunión. Ah, era el culto griego de Poseidón, que los israelitas convirtieron en el de Dagón, cuyo símbolo era un pez. Pero Chesterton al preferir el culto al pez del misionero, y al no creer con el biólogo Wilkes que un pez es menos que un pez, parte para las resoluciones posteriores del cuento, que por haber partido de un gran símbolo se puede ir resolviendo en deducciones de un rigor fascinante.

II

Todo preludio crítico a las obras de Chesterton tiene que partir de sus presupuestos de sobrenaturalidad, de la misma manera que su cotidianidad polémica está exhalada por su estructura de la nueva y vieja historia de Inglaterra. Y todo estudio que pretenda penetrar en la vastedad de su obra deberá captar sus seguridades cuando se abandonaba a la polémica y en qué forma y estilo soplaban sobre él los veinte siglos de cristianismo. En su adolescencia, cuando ya comenzaba a intuir con fuerza y fineza la secularidad, para huir del decadentismo finisecular se obligaba a escindir los actos inmotivados de los inútiles. El decadentismo finisecular había trazado que nuestros mejores gestos eran los inútiles, que nuestras palabras más valiosas se desprendían de su propia inutilidad, y que el arte era lo inútil y que la vida podía exorcizarse fumándose un cigarrillo egipcio con una displicencia estatuaria. La corpulencia generosa de Chesterton tenía que decapitar esas humaredas, y así agredió bravamente ese inútil, golpeándolo con su acto inmotivado. Si me froto las manos porque estoy contento o tengo frío estamos dentro de una pragmática; pero la inmotivez empieza cuando sin causa justificada comienzo a frotarme las manos ¿es eso inútil? Cuánto más actos inmotivados puedo realizar mayor es mi plenitud, porque esos actos sin causa atestiguan la paz y la riqueza extraterrena de un cumplimiento. Significan la felicidad mayor, apartada de toda satisfacción fragmentaria, y quien los realiza puede estar mejor dentro del misterio para asegurar esa oscuridad de la fuerza que acompaña. Cuánto más actos inmotivados se realicen mayor es la altura del signo y de la misión. Así, el acto inmotivado nos otorga la salud, y de ahí tiene que desprenderse la verdad. Chesterton pertenece a los que creen católicamente que la verdad y la realidad son residuos de la salud. La delicia que habita lo jerarquizado y su camino hacia la salvación, engendra la salud.

Armado de esa alegría que le apartaba del acto inmotivado destacaba sus recursos de polemista. Sus polémicas tenían que brotar no de dos intensidades que se entrecruzan, sino de una serie de bastiones tan alegremente diseñados que al final el contrario con los ojos aún irritados se encontraba en el castillo jerarquizado que Chesterton le mostraba. Su alegría polémica consistía en la desenvoltura con que él penetraba en lo que podemos llamar los tres círculos concéntricos de la historia de Inglaterra. Un primer círculo de Esteban de Blois a Ricardo Corazón de León, era la Inglaterra reminiscente, la más profunda, la que alimenta la imaginación de los mejores desde Shakespeare. Era el archipiélago desconocido que estaba en las antípodas del archipiélago conocido, del griego. Y que se presentaba para un grecolatino con las incitaciones de un *absurdum*, que engendraba curiosas derivaciones en su sensibilidad. A Chesterton le interesaba radicalmente que de esa imaginación reminiscente quedara siempre en pie ese disparate inglés trazado frente «a la pesada docilidad del germano y a la agudeza trivial del galo». Ese disparate había que mantenerlo en el pensamiento del inglés y en el lenguaje del irlandés. Casi toda la obra de Chesterton ha intentado presentarse dentro de ese disparate del que se parte, el cura detective o el policía metafísico para llegar a las más sutiles comprobaciones, el arquero de su cuento, que mata desde la torre de Londres. Chesterton era también de los que pensaban que esa reminiscencia, ese disparate, al aliarse a lo romano viviente, había engendrado el esplendor del discurso de imágenes del inglés, visible en el símbolo dejado por los romanos en el archipiélago británico: la fila de álamos.

Al caer el Imperio Romano, nacía para Inglaterra el encantamiento medioeval. Los daneses, «los que pelean contra todos», van introduciendo el primitivo disparate inglés dentro de los encantamientos del bosque. ¿No recordáis el bosque en Lady Macbeth? Los guerreros portando ramas de árboles para que se cumpla la profecía del bosque en marcha. Y la sangre suprema, el Santo Graal, llegada en el vaso sacro para constituirse en guardia de una sangre inexistente, el cáliz volador. La llegada de San Patricio que no era irlandés, para constituirse en patrón de Irlanda. Cuando van tratando de aunar el santo propiamente dicho, Eduardo el Confesor, al héroe semimitológico, Ricardo Corazón de León, que representaba la unión con Francia, pero no como la veía en los momentos de peligro Rudyard Kipling, sino como la integración de la salud de dos burguesías resueltas en la batalla de Coutroi. La unión con Francia, que era también la formación de un solo espíritu con el de Provenza: la cortesía, la cultura trovadoresca, la mariolatría, y todas aquellas delicadezas que constituían al paso del tiempo la única antítesis que Inglaterra tenía para oponer al sentido común, a las certezas más limitadas de la era victoriana, cuando ya la imaginación inglesa inicia su proceso de congelación.

En el segundo círculo concéntrico el encantamiento medioeval va a ser manchado y destruido definitivamente por dos asesinatos. Cuando unos sicarios se fueron con puñal sobre el Arzobispo Becket y cuando el hacha decapitó a Tomás Moro, el inglés tuvo que restregarse los ojos y convencerse de la forma en que había salido de su encantamiento. El pueblo, que había formado la sociedad espontánea de gremios y parroquias, iba a sentir tan lastimada su alegría, que extraería su apoyo a la monarquía, y se apoyaría en una tiesura, tan reñida con la gravedad española, que lo llevaría a convertirse en el fúnebre centro oficinesco de la política internacional. La sociedad al perder la riqueza de su espontaneidad y aparecer entonces las concesiones, ya que la iglesia y el pueblo le borraban su apoyo a la monarquía, irrumpiendo los barones feudales que pacto tras pacto demostraban que consideraban extinguida las creaciones de la sociedad espontánea, ya que creían que esta se podía nutrir de sus concesiones. El pueblo de Dios que había creado el estilo medioeval, es decir, «la democracia proyectada en el tiempo», y que mantenía el estilo fluido de la tradición recorriendo la sustancia de la unanimidad, empezaba a refugiarse en la sequía puritana, pero ya exhausta su imaginación se apoderaba de él lo que Chesterton ha llamado «un fastidio hereditario». La imaginación inglesa carente del *pondus*, de peso, iba a sustituir la reminiscencia por el opio y la fila de álamos por la homogeneidad gaseosa, de esencia discontinua, del discurso poético de los románticos. La poesía se convierte en un camino de humo desenvuelto como un tapiz y el nirvana reemplaza a las mil puertas de Dante o Milton. El fastidio se ha convertido en la tonsura puritana y como el bosque medioeval permanece mudo, su exceso consiste en detener la respiración el mayor tiempo posible dentro de la suspensión en que habita, mientras Shakespeare, nutrido del encantamiento medioeval, se agita como un tiburón dentro de la sustancia de la unanimidad.

Pero llega ya la época sobre la que ha descargado Chesterton sus mejores tiros de jabalina: la era victoriana. El inglés que ya no es claro porque no puede ser oscuro, que ya no es cristiano porque no puede ser anticristiano, que no es católico porque no puede burlarse del catolicismo, se limita a la fabricación de los capciosos productos de su certeza, queriendo habitar la prehistoria con la seguridad alegre de un día de Noel. Su fuerza no está en su esencia sino en la realización de una aventura geográfica, es el momento en que a través de Cecil Rhodes, empiezan a unirse la certeza inglesa con la infinitud teutona, producto del siglo XIX. La gran tradición inglesa que bajaba desde la tomista corrupción de las formas hasta el abismo pascaliano, que había sido la estructura oscura de lo mejor europeo se convierte en el hombre geográfico para el inglés victoriano. Los prehistoricistas, que afirmaban que algunas tribus mataban a sus padres viejos, no podrían interpretar a la Doctrina del Padre. Y los voluntaristas, que enarcaban los valores del hombre geográfico, no podían comprender la mayor voluntad que crea la criatura ni la voluntad de gran estilo que le lleva a participar en la esencia que ciega. Como la imaginación se encontraba obturada para esperar el germen del *no era*, el ruido de nubes y espirales de fuego del *no eraquedaba* encerrado por una casualidad etnográfica, donde la gran voluntad que consiste en oponer a ese *no era* un *fue*, era reemplazada por la voluntad de tamaño menor que cree que la naturaleza saca una mesa de un árbol, pero que la suprema esencia no puede borrar con su voluntad ese camino que los costumbristas de la prehistoria llenaban con unos huesecillos soldados lastimosamente, pero rotos siempre por ese fuego que se escapaba de la contradicción primera.

He aquí al profesor Huxley empeñado en demostrarnos que el hombre fue un primate arbóreo. He aquí que pensábamos ingenuamente que el hombre desde su aparición había llegado lleno de sentido, nutrido de misión y de espíritu. Puesto que era una imagen, sus ideas y cuerpo buscarían la forma de una encarnación o un gran esplendor para iluminar su cuerpo. Encarnaría sus ideas y haría su cuerpo misterioso. El hombre que en la catedral medioeval cantaba *el pan de los ángeles se ha vuelto vianda del viajero*, fue en un tiempo un animal arbóreo que los diestros profesores Huxley hacían subir o bajar de la copa de los árboles para darle más riqueza en los centros superiores del cerebro. El hombre no había oído ninguna voz, no había recibido ningún mandato; la copa de los árboles, ascenderla o descenderla, había sido el centro enriquecedor de su sensorialidad. El hombre que había incorporado a su sustancia el *vista, tacto y gusto no alcanzan, pero el oído confirma, el Sed auditu*, que lo había mantenido en vigilia para oír la Anunciación, era entonces un ser indigno que no justificaba su soledad. El profesor Huxley lo tiene bien amaestrado, ese primate arbóreo asciende a la copa de los árboles a una de sus llamadas. Así la extremidad superior se convierte en una mano y la vista se afina sobre el olfato. Como está sobre la copa de los árboles adquiere una visión binocular, pero como después, ser gregario tendrá que hablar, Huxley lo hace descender, y ya no es un ser solitario. Pero como el hombre tenía que ser erecto, Huxley lo obliga de nuevo a descender, y así las manos se truecan de órganos de locomoción en órganos de manipulación. El hombre tiene ya su clava y en este itinerario diseñado por una mano de cera, el hombre volverá algún día a ascender a la copa de los árboles, el día que se canse de su memoria conceptual o se aburra de su lenguaje gregario. El fastidio hereditario del inglés, de que tanto se burlaba

Chesterton, hará que el hombre vuelva algún día a sentirse solitario y a habitar la copa de los árboles.

Chesterton, imbuido del encantamiento medioeval, reaccionaba contra el evolucionismo y los profesores de religión comparada. Apegado a las esencias negaba el prehistoricismo de las cavernas. Pensaba que aún entonces el hombre intentó pintar el ciervo tomando agua y mirando recelosamente hacia atrás, tal como se ve en algún cuadro del Pisanello; pintaba el orgullo engendrado al diseñar su sombra en el muro, como Leonardo, o musicalizaba sus pasos sobre la nieve con el mismo sentido de los reflejos que Debussy. Desde el principio el ser había nacido con el hombre ¿por qué nacía? He ahí la tortura de su dialéctica. Porque aún en la época de los cazadores, el hombre aclaraba el recinto de las cavernas con algunos símbolos, el ciervo que abreva mirando hacia atrás, que era la expresión de un sentido de la vida que habitaba símbolos. Nunca la inconciencia que preludia la metamorfosis, sino la claridad ofuscadora del ser penetrado en el misterio del cuerpo, y desde el principio un refinamiento, una complejidad o complicidad que se resolvía en la transparencia más sutil. Y desde el principio una conciencia que se avergüenza y un bochorno que tiene que resolverse en sentido. El hombre que en la caverna, símbolo de la huida, de la oscuridad tras del fuego, traza el ciervo que se acerca a la líquida fluencia, que desconfía mirando hacia atrás antes de hundir su hocico en la madrugada del río, no podía ser un primate arbóreo, tenía ya que instalar su ser en la gruta o en el cuerpo, como el más severo de los ejercicios puesto que era una sustancia para el éxtasis de la caridad infusa.

Resolvía Chesterton su acercamiento al siglo XIX en una escisión de lo grotesco y lo esencial. De lo grotesco consistente en un acercarse pintarrajeado a lo prehistórico, y en lo esencial que era la vuelta a la plenitud medioeval. En esa escisión presentaba al Pitecántropo y a Dickens. El Pitecántropo fue siempre una nebulosa presentada en forma de esqueleto reconstruido. Esa conversión del mono en hombre y del bárbaro en civilizado engendra una carroza de polvos de arroz y de celofán: el Pitecántropo. Donde se situaba el clásico *quiero* del demiurgo, el evolucionismo inglés había situado un esqueleto erecto apoyado en un árbol y en trance de saltar hasta la copa del árbol. En ese momento de tregua, de ruptura soldada en forma de esqueleto, Chesterton subraya la aparición de una frase exhalada por la paremiología burguesa, considerándola como origen de una servidumbre: el hombre no es nada solo, su obra es lo que vale. Confunde así la obra del hombre con el fruto de la tierra «El hombre, decía Chesterton, es una verdad inverosímil y real». Valéry ha subrayado cómo después de hecha la obra por el creador, este se convierte en un objeto, dejando la continuidad de la misma en suspensión. He ahí la confusión intelectualista del hombre individual. Los sarcófagos y las pirámides son muestras de ese objeto desprendido que el hombre quiere habitar, pero incorporándolo tan solo a su sustancia destruida. El hombre medioeval no quiere habitar la voluptuosidad de la obra, sino en cuanto esta expresa para él una jerarquía, ser en un orden. En la expresión «hijo del hombre», espléndida en el orbe católico, se presupone hombre como esencia y obra como hijo. De la misma manera que situados en ese orbe, expresiones como *corporis misterium*, presuponen el cuerpo como derivado de un misterio. Del nacimiento del hombre, del fruto o del cuerpo, engendraba la sustancia de la unanimidad definida como el sentido en el tiempo que une el nacimiento como contradicción con la oscuridad, como testimonio perdurable de la salud.

Chesterton mantenía en la raíz de su obra dos actitudes muy esenciales para unir de nuevo el siglo XIX con la tradición. Unía la más decisiva inverosimilitud y esa ponderación[31] que se hace gravedad en el católico, gravedad con la que anda al lado del temor de Dios. La negación de las dos contradicciones en su método que se resolvía en la plomada del *pondus*. El hombre surge de una verdad inverosímil, pero adquiere sentido como realidad. Verdad inverosímil y real. De que ese sentido actúa frente a lo oscuro derivamos su inverosimilitud que anda. En cuanto suponemos que siempre un ser ha habitado un cuerpo, ser como sentido y cuerpo como misterio —ser también como sentido del pueblo de Dios— actuando en el tiempo como eternidad, estableciendo una realidad coloquial entre la criatura derivada y el creador. Pero no podemos creer en el hombre sin ser, sin sentido, en la existencia del hombre salvaje, en el prehistoricismo, porque entonces el hombre errante corresponde a lo que Chesterton llama la chismografía de los dioses. Así se pasa de lo fálico a lo totémico, de la ceremonia de la recolección del trigo a la de la eterna purificación de los metales. Frente a ese Olimpo charlatán, el hombre cree que puede descargarse en el instante, que la fugitividad solo puede ser enlazada por la violencia de la acometida. Ese hombre del prehistoricismo tiene estrechas relaciones con el hombre libre a la prusiana. Porque la libertad solo tiene sentido en Dios, para Dios, en acto para el acto y en cuanto el hombre quiere actuar sin ser regido por el sentido en el tiempo, se desconoce el tejido sutil de la historia secreta, lo que podemos llamar el silencio que se realiza.

31 Ponderoso de acuerdo con su étima, *pondus*, peso. En el sentido en que San Agustín habla de la alegría como peso del alma.

Chesterton no rehusaba, se precipitaba siempre en la piscina de la participación frenética. Sus flechazos al hombre libre a la alemana y al salvaje de la prehistoria, lo rodeaban de una alegría enemiga de la sonrisa, pero desde la Edad Media es preferible la alegría gorda a la sonrisilla pirrónica. Fue desde el renacimiento cuando la sonrisa se convirtió en una encrucijada sodomítica. Ofrecía Chesterton la solución clásica de la alegría despedazando la sonrisa enigmática, rodeada de las rocas leonardescas. Trabajó dentro de la gran tradición del sentido común revolucionario. Cierto que adoleció más de una espesura líquida, de peso central, que de la sutileza que se despierta en las oscilaciones de la llama, quizás porque quiso huir voluntariamente del consejo de Leonardo: pinta la sombra con pincelada fina. No sé si en el trance de buscar sangre inocente hubiese degollado a sus hijos. Ni sé si lo hubiese hecho, si la voluntad de Dios se los habría devuelto en milagro de salud, como en los tiempos medioevales de los caballeros Oliveros y Arturo, que constituían la sustancia áurea de las evocaciones de su niñez. Pero si algunos de sus amigos, los que lo habían oído en las horas de la cerveza y en la hora de recibir la noticia de la muerte de su hermano, luchando al lado de Francia en la otra guerra, afirman que él tiene que estar en el cielo; nosotros lo seguiremos viendo en la preparación de esa revolución lenta, constante, invariable, secreta del catolicismo. Buscó apasionadamente la sustancia unánime y se apuró en la alegría opulenta del manto de los bienaventurados, recibiendo una ponderosa salud de la divina unidad contemplada. Y *qualibet parte itineris de Deo, copited actu.* Y conocedor del itinerario de Dios, conoció en acto para el Acto.

1946

XX

X.— Partir de un verso. *Tout en moi / S'exaltait de voir / La famille des iridées / Surgir à ce nouveau devoir*. Una iluminación para la familia de las iridáceas: azafrán amarillo, la piña, flor del tigre. Aun las cosas más oscuras y lejanas tienen sus deberes. Así se trata de superar ciertas limitaciones en que habían caído los griegos. Las respuestas ya no eran de Apolo, después de su muerte conversaban en la cueva los demonios y la sacerdotisa de Apolo. La familia de las iridáceas, no es sentencia gratuita de Mallarmé, sino causación eslabonada de sus reminiscencias. Su procedimiento de iluminación y suspensión, de blancura continuada por una ausente longitud de onda, va persiguiendo: isla, cargada de vista y no de visiones: flor, flor tan inmensa que se separa de su lúcido contorno, jardín, pero antes, otro guión: laguna, por ahí los deseos. Vegetales creciendo como nuestros deseos, flechas sobre los flamencos.

XX.— Para no caer en el simbolismo y su proceder cada vez más conocido: una palabra como un metal, suspensión, y después, isla de Pascuas, Paraíso. Partir de precisiones. De fórmulas de pintores. En obeso concierto de seguranzas, Rubens propone (*De Coloribus*) dos tercios de medias tintas, un tercio solamente de luz y de sombra en total. Pero esas fórmulas solo sirven —cerbatana soplada contra André Lhote— cuando tocan su delicia, en el fondo, tienen una fragancia primitiva, de sortilegio o conjuro.

X.— Como me da la razón, por cortesía, voy a rectificar. Borramos los griegos demasiado pronto. El rayo de Sol tiene facultad de adivinación, en quien esta naturaleza solar puede tocar claramente vida o muerte. Cuando Apolo no se utiliza contra Júpiter, tiene el rayo de Sol de presentir. Cuando va contra Júpiter se ve obligado a ser rey de pastores, a inspirar templanza. Pero más allá de la isla de Mallarmé, enclavada entre una frase y una suspensión, está también la brisa. Los griegos le otorgaron a la brisa todos sus merecimientos y extensiones. El Céfiro frío cuando toca en la boca abierta de las yeguas, engendra caballos ligeros que viven muy poco. Exactamente igual que Euforión. Los desniveles de temperatura se vuelven creadores por la velocidad del viento que reciben. Como en el Génesis: un gran viento rizó las aguas. Eso nos sirve para colocar las sentencias poéticas de los griegos y la de los posteriores a una altura desigual. En la otra tradición, que ya no es griega, llamarle al viento *pugna de donceles*, es violencia de culterano. Pero para un griego, cuya mitología le entregaba los doce vientos encarcelados por orden de Júpiter, era una frase gráfica, sin resonancia alguna.

XX.— Más allá del simbolismo y de la mitología, de la reminiscencia y del metal mate de cada palabra, solo nos queda el sueño rasante, esas piedras aun mojadas que sentimos despiertos cuando recordamos que estuvimos acompañados en la homogeneidad tinta de esas aguas de posible acero fosfórico. ¡Qué pesadez y qué brillo! Tripulo un enorme toro. No lo cabalgo en paseo dominical, ni es tampoco el toro negro del destino imposible. Por el tamaño me parece que voy en un hipopótamo, pero más veloz; un enorme toro, hinchado, pero no con ensanchamiento pasajero, sino con infladura que va a durar tranquilamente muchos años. Mi cuerpo lanzado hacia los cuernos por la impulsión frenética del animal, se asoma al abismo, un tanto frío, pues las rocas parecen grandes y geométricos trozos de hielo. Doy un salto en el momento en que el toro hinchado se precipita, y ya no solo me aseguro en terreno frío pero firme, sino que contemplo con frialdad el lento descenso del animal. Ya tiene todo el cuerpo sumergido en el agua, y la boca, desesperada, busca una ventana para el aire; se va acomodando, haciendo su muerte más posible. Yo arriba, frío y contemplativo.

Ahora el toro empieza a rodearse de su propia sangre, el pobre animal ya acepta los hechos. De vez en cuando me asomo, y me horroriza el que yo también podría precipitarme... Se va reduciendo a un punto de sangre vivaz que queda como un ojo, testigo o eternidad bestial.

Es todo lo que he podido recoger de mi último sueño, que me horrorizó con una frialdad que era una de las formas más acusadoras de lo terrible.

X.— Por ese sueño que me relata, debe, despierto, aprovechar el tiempo en leer y releer a Descartes.

XX.— Para seguir su consejo le diré otro sueño (me relatan, sonriendo, esta humoresca onírica conmigo). En la Sierra de Gredos estamos ella y yo, vestidos de pastores. Me entretengo en lanzar flechas. Ella me insulta, mi puntería es pésima. Disparo nubes de flechas sin dar en el blanco. Sigo disparando flechas, sin mejorar la puntería. Una de las flechas va a clavarse en el lomo de un cordero. Ella, furiosa, me injuria desesperadamente. Aconsejado por sus gritos me esfuerzo en arrancar la flecha del moribundo cordero. Insisto, no puedo, sigue increpándome.

Pasa entonces otro cordero. Empieza a frotarse con el animalito moribundo. Logra arrancarle la flecha. Los dos corderos se van alegres en un posible diálogo imposible.

X.— Prefiero al sueño individual, aventura que no podemos provocar, el sueño de muchos, las cosmologías. Un tegumento ablandado, coloidal, donde podemos presionar con el dedo momentáneamente y abandonarnos. La poesía viene hasta en auxilio de sus enemigos. Cuando un Empédocles de Agrigento define la visión como la coincidencia del eflubio que exhala la luz y el rayo ígneo que emana del fuego contenido en el ojo. Así la física matemática actúa posteriormente sobre las cosmologías y todo el mundo de los jónicos, pero después en su oportunidad de delicias, las cosmologías vuelven a actuar sobre las ciencias. La autofagia, los átomos como planetas, la hipertelia, en el centro de la física matemática.

XX.— Entonces usted cree que en el sueño una divinidad extraña tiende sobre nosotros un paño, nos amarra, y se divierte presentándonos frutos para el paladar más oscuro, pero colocando entre nuestros deseos y su forma, una corriente espesa que no podremos atravesar nunca. Mientras que en las cosmologías interviene una voluntad oblicua pero poderosísima. Muchos sienten unas obligaciones no visibles, hasta donde las llevamos decide la voluntad de penetrar con la forma de la persona en ese cuerpo oscuro que ya no es el cuerpo nuestro. A propósito de la voluntad, ¿cómo no saludar a Julián Sorel? Recuerda usted sus palabras cuando regresa de Londres. Afirma que lo que le da la seguridad al inglés es que aun el más prudente está fuera de razón una hora cada día, esa hora recibe siempre la visita del demonio del suicidio. Sin demorarnos en una glosa obvia, podemos afirmar que aun en las voluntades más exquisitas, hay un momento de desazón, de manos caídas, pero de cómo salgamos de ahí, en qué forma de inocencia logremos rehacer un hilo que vamos ganando hasta el final, dará pruebas si nuestra esponja fue a líquidos o se recostó en la arena. En el Trópico todo depende del estilo de la siesta. Y que en la misma siesta piense usted en el suicidio. Después sale de esa siesta con sus sentidos iluminados. Todos los días en la siesta, como ejercicio de ascesis, piense en la muerte. Eso fortalece su sensualismo, lo hace más verdadero. En la poesía, en su sustancia, es como la voluntad logra manifestarse con más dignidad, se hace totalmente invisible. Hay allí una lucha entre los retiramientos y los números concordes. Un poema va avanzando en la concordancia de los números, es decir, el ritmo, pero de pronto aquella impulsión gratuita vacila y ya nada más que percibe que no puede continuar, porque para esperar el nacimiento de una palabra hay que aislarla con una violencia desusada de su impulsión anterior, de su eco y del metal con que se apuntala momentos antes de extinguirse.

X.— Pero yo creo que antes de partir de la voluntad pascaliana de Sorel, una voluntad que utiliza el suicidio como punto de partida y como fuente de nutrición, o el retiramiento, también abismo pascaliano, que se encuentra al lado de cada palabra para lanzar el nacimiento de otra palabra entre tenazas y soplidos negros; podemos antes de caer en eso tocar a la palabra en una forma más evidente.

XX.— Su caer *en eso*, dicho en esa forma es doloroso. Parece como si señalásemos una presencia, alguien que avanza hacia nosotros. Caer en eso es también una expresión oscura, algo que no nos atrevemos a tocar. Avanzan las palabras hacia nosotros con una rara evidencia y no nos atrevemos a nombrarlas. Cuando esa evidencia ha atravesado nuestro cuerpo, cuando esa reunión de los dos cuerpos ha formado la dimensión del poema, el tiempo que dura su extensión, lo que rodea al que está agitando las palabras hasta que estas cierran sus ojos. Pero no quiero ahora abandonarme a ese desarrollo. Prosiga.

X.— Para el griego que ve como un carro a la aurora, el caballo es el rayo de Sol. Los efebos que domaban potros a la orilla del Eurotas o del Crisorroa, tenían la sensación dual, ya que habían unido la existencia del caballo a la de un símbolo, que era al mismo tiempo una existencia que pesaba sobre sus ojos. La reacción provocada en nosotros por un caballo, no saltando ante nuestros ojos, sino saltando escapado de otra palabra o sensación. Y no solamente la palabra, sino cosa más delicada, es el tiempo el que va bruñendo sin posible persecución a la palabra, comunicándole otros deseos que el primer pulso que la rigió. La manera de Cervantes nos plantea las más sutiles cuestiones del escritor como producto invariable y las edades sucesivas como producto variable. Nos ha enseñado cómo las frases se liberan, por el tiempo, de la primera extensión que las traza. Quizás sea Cervantes de nuestros clásicos mayores el que con más frecuencia ofrezca este curiosísimo milagro. Emplea casi siempre frases de originalidad media e incorpora lo que sería sin duda en su época, frases hechas. Pero qué delicia en esa trasmutación aportada por el tiempo a la frase de Cervantes. Me encuentro en sus *Novelas ejemplares*, frases como esta, en su tiempo frase hecha, hoy difícil elegancia: *bebió un vidrio de agua fresca*. Eso nos lleva a pensar en el alcance comunicado por el escritor a cada una de sus frases. El pulso lentamente va dejando de gobernar su extensión, y nos extrañamos, pues no podemos precisar si fue una frase vigilada, maliciosa, o por el contrario nos obliga a volvernos contra el tiempo como burlador de la voluntad primera del escritor. El tiempo como aliado de los buenos escritores, no en el sentido respetuoso que siempre le atribuimos, sino mejorando sus frases, poniéndoles un nuevo sentido que tal vez le fue extraño, ha de engendrar una crítica de más exquisitos detalles, las vicisitudes históricas de cada frase, su muerte y su resurrección.

En cada frase de un escritor se borra la pertenencia, y el espectador, aún siendo contemporáneo, establece distancias y recorridos que mantienen toda impedimenta de escultura-ción de la palabra. El recorrido que se nos tiende es reversible, si es un contemporáneo podemos adelantarle la sonrisa de los descendientes, y juzgarlo como un clásico. Con eso nuestra presunción es infinita, pues nadie puede prever los meandros del gusto. En pleno siglo XVIII, en las valoraciones de los salones cultos, en plena *flatterie* de la Ilustración, se prefería Crébillon a Voltaire. Si es un antiguo que no nos atemoriza, un Petronio o un Longus, podemos situarlo en la cómica cotidianidad de la piscina en la que los coevos sumergen sus delicias. Esa sencillez también recubre una presunción inaudita, pues en todo contrapunto literario el tiempo va extrayendo las distinciones de un instrumento desigual. Y es extremadamente riesgoso en el *crescendo* de todo organismo literario, establecer una detención por la que aislamos en un poema la cara de una imagen, una pareja de plurales o encarnamos el movimiento en un verbo afortunado. Bien pronto se convierte en un islote resistente a la comprensión total del texto. *Vicetiple del húmedo pescado*, es verso de un gongorino de Granada; durante mucho tiempo seducido por su especial atracción, me impedía llegar a la conclusión de que en el barroco cansado de un Soto de Rojas, había un regreso a la atmósfera de ciertas églogas de la manera italianizante. Otras veces, en la *Epístola Moral*, entresacaba golosas preferencias de momentos de aciertos verbales, en poema cuyo gran regusto depende de una total acomodación con su sentido de la muerte incesante y de la nostalgia *cum dignitate*. Como esa dignidad se engendra porque tiene que morir. De la inamovilidad del hombre, se desprenden lentísimos gestos que tienen que ser cuidadosamente subrayados hasta adquirir un trazo grabado que podemos reproducir por una voluntad lujosa y una creación provocada. Y cuando un reconocimiento sensual se demoraba en versos como: *...usó como si fuera plata neta / del cristal transparente y luminoso*; cómo teníamos que pagar su deleite en el oscurecimiento de aquellos otros que aparecían arrastrados por el sentido del poema en el cual nuestros gustos querían extraer o subrayar. Aquel verso nos salía al paso para el paladeo de otros: *¡Oh! si acabase viendo cómo muero / de aprender a morir...*, que son momentos de diamantina evidencia en el estilo con que un pueblo concurre a la muerte. Y que son imposibles de aislar, como una corriente que penetra en lo oscuro uniendo el paso apesadumbrado y la voz rumiada la noche de la vela de armas.

XX.— Mientras hablaba del nuevo sentido que el tiempo le regalaba a las frases, yo me fijaba en una coincidencia donde el misterio se hace delicia y juego. Piense usted: los labios que se acercan al agua, y el intermedio del vidrio, donde el agua y el aire han hecho una síntesis. Cada uno saborea las frases a la manera de sus labios, o al menos, necesita que el tiempo se le vuelva sensación en la boca.

X.— Claro, ese eco, esa resonancia es una pervivencia del simbolismo de mi adolescencia. Me tengo que obligar para desprenderme de la niebla, de lo que las palabras nos regalan, y más que su evidencia cristalográfica, me obligan a una derivación o modo oblicuo. No es como algunos simbolistas que para aludir al caballo tienen que referirse al cisne (Proust le llamaba al caballo de circo, cisne de gestos locos). Pero siempre me llevan a una suspensión, a un retiramiento donde suelo colocar una posibilidad que ya no alcanzo ni como palabra. Hipérbole de mi memoria, diríamos siguiendo las sugerencias del mayor de los simbolistas. Cuando la memoria no es solo la reproducción guardada del mundo exterior; cuando va más allá de la memoria prenatal, más allá de recordar las cosas que no han sucedido; todavía excluida de esas provincias sigue atesorando la memoria. La memoria, más que el inoportuno existir, más que la homogeneidad sin causaciones de los orientales, es la semilla cuya flor se va destruyendo sucesivamente al pasar del germen a la forma.

XX.— Prefiero no seguirlo. Esa memoria que prescinde de lo prenatal y que quiere ir más allá del recuerdo de las cosas que no han sucedido, me temo que pueda engendrar un rito bárbaro, algo así como un banquete en el limbo para los corderos porque nos encontramos fastidiados. Dispénseme. Me temo que ese simbolismo que usted alega sea una astucia suya para asediar el tema de las islas con más desenvoltura. Cuando usted le presentó ese tema a uno de los grandes poetas de la época, este pareció negarlo. Todo es isla, decía, la tierra, la Luna, los planetas. Después mostró más interés. Cuando ya ese tema solo registraba mi cansancio, quiere usted convertir la isla en nueva interrogación para la cultura. Es decir, ¿qué surge cuando el hombre provoca ese vaciado?, ¿cuándo la extensión como coordinadora de su propia memoria se rompe?,

¿cuándo el secreto de las pausas parece imponerse a la seguridad de los enlaces de palabra, de recuerdos o de miradas? Usted hablaba de una hipérbole de la memoria, en realidad es una hipérbole de la curiosidad, que se decide a levantar por propia convicción de orgullo, pero no por necesidad de edificación, riesgo sobre riesgo, pero sin demorarse en una comprobación, en una tierra poseída. Yo sigo fiel a la manera clásica, es decir, un hallazgo, una creación, y después una religión para convertirlo en un alimento que pueda ser de todos. Por eso creo que cuando un poeta tiene dos aciertos sucesivos de metáfora, el primer acierto fue muy pequeño. El primer acierto tiene que ser sinónimo y tener la extensión del resto del poema. Cuando encuentro una palabra, no tengo que poner a su lado un abismo, sino otra palabra.

X.— Las civilizaciones minoanas o insulares hacen la síntesis del Príncipe de las Flores y la Dama de las Serpientes. ¿Por qué la fea palabra síntesis? Mientras en los continentes la síntesis tiene que ser superada por el concepto de sentirse deudor; en las islas, la suspensión que hay que vencer para llegar hasta ellas, no hacen la síntesis continental de lo blanco y de lo negro, sino de raíces oscuras, cambiantes y ligerísimas; no de Oriente-Occidente, no de mundo antiguo y nuevo, sino del Príncipe de las Flores y de la Dama de las Serpientes. El mundo antiguo era devoto de situar más allá de lo hialino del límite —entre los griegos una gran claridad rodea siempre al límite— un río cuya madre es de carbón; más allá de unas columnas una oscura corriente cenagosa busca un incierto destino. Pero los estilos de imaginación varían, solamente en la cultura persa se le puede antojar a una emperatriz fletar a sus cazadores para que en el almuerzo le brinden un ave que solo se nutre de rocío. En el renacimiento el hombre ya no ve más allá del límite una oscuridad, sino su esfuerzo está por estrenar, su voluntad deseosa, y entonces donde hay un límite, su apetito se enarca, encandila sus tensiones y coloca más allá de lo que conoce, islas.

XX.— Pero veo que empieza a tocar un diseño demasiado evidente, y nos había prometido lo insular como tema de cultura. Es decir, lo que en la esfera de pensamiento se llama paradoja; lo que en lo moral es una aventurera desviación, en lo terrestre se llama isla. El griego utilizaba la costumbre como un telón de fondo, pero le reconocía al sujeto la facultad de desviarse, de un opinar desviado con respecto a la cultura. De tal manera que si hablaban de una teoría de peces, en el sentido de desfile, aludían a la forma de pensamiento que más querían. Pero otra de sus formas de conocimiento, es el furioso o erótico, es decir, cuando Sócrates se tapa la cabeza con un paño para poder evocar libremente a la Venus Urania. Ese otro pensar paradojal es más de lo que se cree una fuente de seguridad. Presupone en primer lugar, un macizo de opiniones, una costumbre que opina como salud. Esa desviación se está refractando constantemente con respecto al hábito. En cuanto a esa otra desviación de la moral carnal, me convenzo que nace de la pureza, del buscar la pureza como nacimiento. Esa aventura es la fuente en el aislamiento, es la pureza como un producto aislado. Alguien hablando de los griegos subrayaba que en ellos la ciencia se presentaba como conocimiento de la cantidad real de placer, es una frase de una poderosa gravitación. Parece una ecuación, *cantidad real de placer*, pero después se va trocando en un cuerpo, como una cantidad de materia necesaria para la delicia de nuestra visión. Para no separar la ciencia de la sabiduría, ni la sabiduría de la santidad, conviene tener presente que el conocimiento actúa sobre una cantidad que no es simple extensión, sino extensión de materia limitada, cantidad real. Y que el placer no es como una sombra o una lluvia que vuelve o cae sobre el cuerpo. Así el placer no es como una excepción o enfermedad del cuerpo, sino que es el cuerpo convertido en magnitud y actuando con la gravitación sorda de las cosas.

X.— Ah, veo que simpatiza con la *doxa* como peso vertical de los cuerpos. Si existe la paradoja, parece desprenderse de sus afirmaciones, es porque con relación a un cuerpo, irrumpe el desvío. Si existe esa posibilidad, es porque existe la imposibilidad de transformarse, de hacer un segundo nacimiento corporal, mientras los sentidos previos, los de siempre, permanezcan invariables. Existe, todo lo que no es yo con relación a un instante, la fría extensión espacial y la fría continuidad temporal. Usted ve, paralelismo tiempo espacial, que la continuidad se va a construir en una sustancia histórica; que esa continuidad se va convirtiendo en una resistencia. Y que las asimetrías y las desemejanzas entre nuestro cuerpo y esa extensión —sus acercamientos son imposibles porque si en ellos puede aparecer la voluntad de semejanza es solo como máscara voluptuosa de la muerte— constituyen la gran masa de la continuidad. Es viciosa cuando el paralelismo entre nuestro cuerpo y esa extensión es perfecto. Pero lo que siglos después de los griegos tenemos que entender por *salud*, es liberarse del peso muerto de la masa de esa extensión, la ligereza para emprender el segundo nacimiento. Así nuestro cuerpo cuando entra en la vida y cuando muere está sorprendido, sus sentidos no están adormecidos por un paisaje anterior. Así la paradoja consistía en una adaptación a lo conocido, a lo caído que ya ha ido formando una sustancia horizontal. Claro que desde ese punto de vista la adaptación es imposible, porque el sujeto pulverizaba al objeto, o al revés. Sus acercamientos, los nuevos acercamientos o rechazos, constituían un espacio vicioso en el que el yo trataba de ir de espaldas a una extensión que al hacerse continuidad se trocaba en sustancia histórica. Por eso el español no puede ser paradójico, sino contradictorio. El español cree que el aumento o la penetración intensificada entre el yo y la extensión hecha sustancia, está reñido con su agudeza para la resistencia. Por eso Cervantes nos dice: *no te asotiles tanto que te despuntarás*. Prefiere ese instrumento punctiforme con el que toca la extensión; en su resistencia, que sabe que el costado tiene que ser iluminado por la punta de la lanza. Sabe que el hombre de violencia tiene que penetrar en el cuerpo doloroso. Acto que verifica con una carnalidad oscura, con una violencia oscura. No intenta prolongar la oposición entre el yo y la extensión, sino ir hacia ella, como una punta tiene que ir hacia un fuego.

XX.— Por eso hay un momento en que coinciden el continuo de la esfera, tal como sentía ese tema un contemporáneo de Aristóteles y la esfera que aparece en la mano del Niño Divino. Claro está que la discontinuidad tiene la misma raíz que la esencia perfectible, es solo el arco tenso. Es imposible representarse la corriente del devenir que choca con la discontinuidad. La *poiesis* es la forma o máscara de esa discontinuidad, es la única forma de provocar la visibilidad de lo creativo. Una de las esencias más pertinaces captadas por el catolicismo, es haberle entregado ese devenir, ese continuo —para que tenga su alegría—, al pueblo, para que forme la sustancia de la unanimidad. En el mundo antiguo esa discontinuidad era operante en relación con el devenir y el continuo. El mundo iluminado que le sustituye, el orden sobrenatural cristiano, colocaba a la criatura dentro de esa conciencia de la unanimidad, pero como su trayectoria era desde la oscuridad hasta la paz, la discontinuidad no tenía necesidad de aislarse, era un atributo indeclinable de la persona. Pero para no caer en el mundo *charmant* de lo teologal, lo llevaré de nuevo a los poetas simbolistas que tanto nos placen. Yo sé que oyéndome usted no hay peligro que la palabra simbolista disminuya su poderío, pues para usted, como para mí, simbolismo es esa gran corriente poética que viene desde el poderoso Dante hasta el delicioso Mallarmé. Me parece feliz la frase de Valéry, aristocracia discontinua, hablando de Mallarmé. Así como Platón no pudo llegar en el *Parménides* a una definición de la unidad, podemos seguir pensando en la continuidad misteriosa, casi diríamos anteriormente resuelta de la poesía. Discontinuidad aparente; enlace difícil de las imágenes. Continuidad de esencias; prolongación del discurso y solución incomprensible de los enlaces, que nos hacen pensar en que el papel en que se apoyan desaparecería, seguiría trazando los signos en el aire, que de ese modo afirmaría su necesidad, su presencia incontrovertible, ¿es entonces el papel una red?; pero añadamos ¿el pensamiento pescado tiene que ser un pez muerto?

¿La poesía tiene que ser discontinuidad o un ente? ¿Es lo más valioso de ella el momento en que se verifica su ruptura? ¿Es posible una adaptación al no ser y después constituirse en ente? Si acaso existiera una proliferación incesante de lo discontinuo, no sabemos si tendríamos la suficiente fuerza óptica y si ello pudiera nacer con una imantación coincidente. O tal vez pudiéramos integrar un cuerpo de semejanzas cuando uno de sus extremos se humedece en las desemejanzas más laboriosas. Por eso creemos que algún día tendrá una justificación óntica el tamaño de un poema. Es decir, el tiempo que resiste en palabras la fluencia de la poesía, puede convertirse en una sustancia establecida entre dos desemejanzas, entre dos paréntesis que comprenden a un ser sustantivo, que hace visible en estática momentánea una terrible fluencia, limitada entre el eco que se precisa y una coincidencia en el no ser, con los enemigos de nuestro cuerpo y de nuestra conciencia, que están prestos a destruirse en un ruido arenoso, pero que es la única nube que puede trasladar la piedra del río al espejo asustado de nuestra conciencia, despertada en el amanecer de lo desconocido incorporado como soplo.

X.— Entonces es difícil, pero ávidamente existente, la relación entre el tamaño de un poema y la forma como caemos en la muerte. Si la poesía se nutre de la discontinuidad, no hay duda que la más lograda y gravitante discontinuidad es la muerte. Se habla de la muerte propia, pero hay en eso el protestantismo de enfatizar los fragmentos. Una vanidad siniestra que quiere detener los instantes para extraerle una espiga de trigo. Es un viento morboso lo que nos lleva a reclamar una muerte diferente. Sabemos que no podemos constituir en estilo la muerte de cada uno de nosotros. Sabemos que en ese acto de morir solo hay soledad de actor y espectador. Es cierto que Rilke tenía a su favor —cuando habló de la muerte propia— el que perseguía la más total diferenciación entre la sazón de la muerte (sazón de vida o de muerte fue expresión muy gustada por los estoicos) y la desarmonía del ser destruido. Si nuestra desenvoltura ha sido armoniosa, la coincidencia con el no ser quisiera crearnos un propio estilo de muerte. Pero la muerte que quisiera ser propia es en realidad sucesiva. La forma en que la muerte nos va recorriendo pasa desapercibida, pero va formando una sustancia igualmente coincidente, actuando como el espacio ocupado como un poema, espacio que muy pronto deviene sustancia, formado por la presencia de la gravitación de las palabras y por la ausencia del reverso no previsible que ellas engendran. El tamaño de un poema, hasta donde está lleno de *poiesis*, hasta donde su extensión es un dominio propio, es una resistencia tan compleja como la discontinuidad inicial de la muerte. Es decir, no hay el poema propio, sino una sustancia que de pronto invade constituyendo el cuerpo o la desazón sin ventura. La forma en que hay que tocarla o respetarla, abandonarla o poseerla, descarga en lo inmediato una cuantía tan inefablemente contraída que es imposible revisarla por el propio sujeto. El poeta es como un copista que al copiar prefiere hacerlo en éxtasis. Al desaparecer ese estado perentorio y resolver una forma de escritura, crearía entonces estilos ajenos con mano propia. Mientras que si copia, es tan misterioso reproducir una letra, un número. Al crear, al intentar hacerlo, la discontinuidad se hace tan desmesurada que es ya imposible la potencialidad coincidente.

XX.— Poe que abrió las posibilidades de la imaginación simbolista, más que las coincidencias geométricas de sus protagonistas, utilizaba un recurso contrapuntístico de extraer de la marcha de sus relatos, un momento muy plástico, transmutado rápidamente en un eco. Quizás al paso del tiempo se nos borre la trama del *Arthur Gordon Pym*, pero determinados recursos plásticos son inolvidables por su fuerza para transmutar una sustancia que nuestros sentidos comprueban en su llegar a ser. Así los vapores del aceite de ballena, en la bodega del barco, son soporíferos, y eso produce la somnolencia distraída del Capitán para no prever la tripulación insurreccionada. Augusto está escondido en el cuarto secreto: *escribo con sangre, tu vida depende de que continúes oculto*. Augusto, borracho, después de la presencia del buque maldito, creyendo que se ha convertido en pez, pide un peine para quitarse las escamas antes de desembarcar. La extrañeza de Too Witt, jefe esquimal, ante la huida de su imagen en el espejo cuando él huye. Se encuentra en la isla un agua semejante a la goma arábiga, y que solo muestra su calidad de limpidez cuando cae en cascada. Si esos momentos están en los recuerdos se debe a que su plástica de nacimiento entrañaba una resistencia para no extinguirse en lo temporal.

En general detesto la imaginación de Poe, me recuerda a 1830, cuando en la gastronomía se consideraba al nido de golondrinas como un plato exótico y reparador de excesos. En Cantón las ciento treinta y tres libras del de primera calidad valen noventa dólares, nos dice horrorizado. Olvidaba que ya Montaigne, viejo de buena boca, nos recuerda que Carlos V, en trance de halagar al rey de Túnez, le preparó con unos clavos odorantes un pavo real y dos faisanes, con un costo de cien escudos, entreabriendo nubecillas balsámicas por toda la vecinería.

X.— Esos efectos, esos desprendimientos de blanca vaporosidad, escapan a nuestra vigilancia y dependen de la capacidad del espectador para remover lo recibido. La lejanía en que está guarnecida la reminiscencia, le impide acompañarnos cuando la necesitamos. Pero si nuestra voluntad no es decisiva para penetrar en la reminiscencia, constituyendo una sustancia o un espacio propicio a las iluminaciones, está tocada por una gracia o receptividad especial para apreciar los detalles de nuestra huida. Qué olvidados estaban los realistas cuando creían que la huida era asco del objeto, impedimento para descansar la mirada. La huida es decisión para penetrar en el reverso del hilo, en la otra cara que no existe de la medalla que no se toca. Casi siempre cuando oímos una voz es que estamos huyendo. Pero el terror no puede ser otra cosa que una espiral en los dentros de nuestra capacidad para recibir la tentación. Huyendo desarrollamos un espacio ciertamente que no iluminado, que aunque tampoco responde a las exigencias visibles de nuestra voluntad, constituye en su carnalidad la única precisión posible de nuestra gravedad y resistencia. La gravedad del que huye, del que tiene miedo y busca una claridad que le provoque un ámbito de compañía, está formando una sustancia exteriormente devoradora, pero que transporta la necesidad del silencio para preparar el trueque de la espera en la llaneza que se despereza y recobra su funcionalidad para los sentidos. Ninguna vida en potencia le ha comunicado a su espera una profundidad tan simbólica como Simón y Ana la profetisa. Habían vivido nutriendo su espíritu con el Hijo, adivinándolo a través de una capa densa de oraciones. Habían vivido en oración para el Encuentro: el silencio se realizaba. Simón habla con Ana; José y María con Simón y Ana la profetisa. Los griegos tenían su día del encuentro; pero en la dogmática católica es la Purificación de la Virgen, el día de las Candelas, en que el cuerpo del Hijo está largo rato lanzado de Simón a Ana, a María y a José. Según el Cardenal Berulle, citado por Helio, la Ceremonia de las Candelas es la fiesta del secreto de Dios.

Así como la espera, la resistencia y la huida, pues la huida no apacienta sus recuerdos, sino los convierte en una punta con la que el miedo cósmico reactúa. Ataque y defensa innumerable en esa punta del miedo que aparece siempre felizmente para llevarnos a ganar el mejor espacio de la huida.

XX.— Hay que evitar una antítesis irreconciliable entre lo predicho y su cumplimiento. Una imposible acidia es la consecuencia de las escalas gratuitas *ante rem*. Claro que no se trata solo de registrar la presencia de las cosas, pero no nos abandonaremos a las ausencias sin tener un sentido para ellas. No es un lujo de la inteligencia zarpar unas naves para contemplar unas arenas no holladas. Que nuestra demoníaca voluntad para lo desconocido tenga el tamaño suficiente para crear la necesidad de unas islas y su fruición para llegar hasta ellas. Un demiurgo se goza en fabricar la refinada coincidencia de un nominalismo y de la sigilosa evaporación de lo que tenemos que remontar después de la reminiscencia. Ya para nosotros lo que surge de la más brutal discontinuidad es la única iniciación para comprobar la necesidad real del tamaño de un poema; la legitimidad de una sustancia que después de una calmosa pausa líquida tiene que reaparecer. La discontinuidad es la única manera de aproximarnos a la reaparición incesante. Si nuestra impulsión se decide a preocuparse por su propio esplendor más que por su finalidad, al menos que esta ocupe una lejanía capaz de movernos la más desesperada de nuestras tensiones. Entre nosotros perderse significa morirse. Lo he perdido... quizás sea frase hecha por el no quererse morir, y soportarlo como perderse. Recuérdese a Pedro Antonio, el chocolatero, personaje de Unamuno, ante la muerte de su hijo. Quiere decirnos que entre nosotros la más decisiva discontinuidad, la muerte, es como extravío, como si nos decidiésemos *au fond de l'inconnu*, pero al mismo tiempo una impulsión indetenible para reaparecer, para diseñar islas después de la paradoja que más nos cuesta, pero que es la única forma que puede preludiar la segunda muerte.

1945

Las imágenes posibles

I

Apesadumbrado fantasma de nadas conjeturales, el nacido dentro de la poesía siente el peso de su irreal, su otra realidad, continuo. Su testimonio del no ser, su testigo del acto inocente de nacer, va saltando de la barca a una concepción del mundo como imagen. La imagen como un absoluto, la imagen que se sabe imagen, la imagen como la última de las historias posibles. El hecho mismo de su aproximación indisoluble, en los textos, de imagen y semejanza, marca su poder díscolo y cómo quedará siempre como la pregunta del inicio y de la despedida; pues cuanto más nos acerquemos a un objeto o a los recursos intocables del aire, derivaremos con más grotesca precisión que es un imposible, una ruptura sin nemósine de lo anterior. Ni es posible que un orgullo desacordado al enarcar la red de la imagen pueda prescindir de la constitución de los cuerpos de donde partió. La semejanza de una imagen y la imagen de una semejanza, unen a la semejanza con la imagen, como el fuego y la franja de sus colores. En realidad, cuando más elaborada y exacta es una semejanza a una Forma, la imagen es el diseño de su progresión. Y es cierto que una imagen ondula y se desvanece sino se dirige, o al menos logra reconstruir un cuerpo o un ente. Ninguna aventura, ningún deseo donde el hombre ha intentado vencer una resistencia, ha dejado de partir de una semejanza y de una imagen; él siempre se ha sentido como un cuerpo que se sabe imagen, pues el cuerpo al tomarse a sí mismo como cuerpo, verifica tomar posesión de una imagen.

Y la imagen al verse y reconstruirse como imagen crea una sustancia poética, como una huella o una estela que se cierran con la dureza de un material extremadamente cohesivo. Pues solamente de la traición a una imagen es de lo que se nos puede pedir cuenta y rendimiento. Todo lo que el hombre testifica lo hace en cuanto imagen y el mismo testimonio corporal se ve obligado a irse al pozo donde la imagen desperezа soldando sus larvas. Y la escisión de semejanza e imagen presupondría un cuerpo bordeado como un ejercicio en sus límites imposibles. Límite que sería un ejercicio, no la inocencia ni el don órfico del canto. Y como la semejanza a una Forma esencial es infinita, paradojalmente, es la imagen el único testimonio de esa semejanza que así justifica su voracidad de Forma, su penetración, la única posible, en el reverso que se fija.

De ese mismo testimonio, el desdoblamiento de cuerpo y ser se sitúa en esa interposición de la imagen. Cómo concurre el nacimiento de ese ser dentro del cuerpo, sus sobrantes, las libres exploraciones que cumple antes de regresar a su morada. Cómo ese ser puede contemplar el cuerpo formando la imagen o el mismo ser reocupando el cuerpo para formar un objeto. Pero tanto el nacimiento de ese *ser* dentro del cuerpo como sus vicisitudes, o en ocasiones su oscuro desenvolvimiento, solo puede ser testificado por la imagen; pues si el ser tomase proporcionada posesión del cuerpo o si el cuerpo fuese su justa y absoluta morada, la imagen desaparecería o habitaría una planicie sin cogitación posible. Ya que el viaje incógnito de ese ser hasta posarse en nosotros y su posterior definitiva despedida, forma un ente, el cuerpo de la imagen, ¿nadie podrá volver a pasar por allí? Las interposiciones entre lo sucesivo; las pavorosas distancias entre una y otra ventana y la tropa en que cada guerrero estrena un distinto uniforme, y que forman las espumantes, indetenibles metamorfosis. Cada objeto hierve y entrega sucesión.

La jarra suda su agua estancada, y de esa podredumbre estática, donde se sientan los insectos a esperar, la flor conduce su testa en la frialdad aconsejable para su frente. A la maravilla de que entre esos saltos se establecen interposiciones, imágenes, queda esa distancia vacía evidenciada en la metáfora. Las vicisitudes de un hombre que se desplaza y las vivencias de ese desplazamiento llegan a nosotros como un todo que ni exhala ni absorbe, pues la red de las imágenes forma la imagen, y aquel desfile de guerreros de distinto uniforme se convierte ahora en el primero que llega a la puerta o en el que se aleja desmesuradamente. Tanto una brutal cercanía como el más progresivo alejamiento, forman un inmediato capaz de endurecer y resistir la imagen, y a pesar de esa distancia será siempre *lo primero que llega*. De cada metamorfosis, de cada no respuesta, de cada súbita unidad de ruptura y de interposición, se crea esa imagen que no se desvanece, y las palabras que vamos saltando, despreciando su primera imantación asociativa; la otra cohesión que exige de la palabra la metáfora ofrece en su contrapunto, la formación de ese otro cuerpo integrado por la sustancia poética que ha logrado el ente de creación, el germen sucesivo, ya que lo primero que llega es el siempre que se va quedando.

En el período mítico helenístico, siglo VII a. C., el concepto de revelación encarnada se verifica con una ingenua desenvoltura. La causalidad se borra y lo primero que llega toma agudeza y precisión. El arte en el período mítico, en aparente paradoja, aparece gobernado y como una entrega que se ha hecho a totalidad. Encontramos la misma destreza, y como la eterna ocupación de algo que le fue entregado al hombre. La misma sensación de posesión, y no de tierra desconocida, encontramos en el período esquiliano que en la física jónica. Mientras se revuelve en las rocas del Cáucaso, no obstante la incomodidad de su postura y de su hígado, nos entrega la noticia de que algo le fue regalado y que el hombre puede alcanzar por el conocimiento poético un conocimiento absoluto: «Enseñé asimismo la lisura de las entrañas y el color de ellas que agrada a los Demonios, y la cualidad favorable de la bilis y el hígado, y los muslos cubiertos de grasa. Quemando los luengos lomos, enseñé a los hombres el arte difícil de prever. Les he revelado los presagios del Fuego, que, tiempos atrás, eran oscuros. Tales son las cosas. ¿Y quién puede decir que ha encontrado antes de mí todas las riquezas ocultas para los hombres debajo de la tierra: el bronce, el hierro, la plata, el oro? Cierto estoy, a menos que quiera gloriarse en vano. Escucha, en fin, una sola palabra en compendio: todas las artes, Prometeo, se las he revelado a los Vivientes». Es decir, en pleno período mítico, el arte no es un misterio, siempre alcanza la proporción del hombre, pues el griego estuvo convencido que al poner las cosas en la luz, en su develamiento, adquirían un logos por la palabra. Los dioses portaban la claridad hasta el hombre y el teatro para la aparición no era el misterio. En los pensadores del período jónico, en Empédocles, por ejemplo, encontramos la misma formulación: «enseñaron los dioses al mortal todas las cosas ya desde el principio», nos dice. Las contracciones de la Moira devuelven a Orfeo, Proserpina o Polidoro. El hijo del rey de Príamo, ejecutado por Polimnestor, abandona las cavernas y después de haber reconocido «al alma soberbia de Aquiles, gravemente suspirando por su hermana Polixena», se aposenta en el aire venturoso para contemplar los despojos de Troya. Hay un escamoteo o sustitución, en vez de cumplir un destino espantoso, surge la mentira primera ¿la mentira primera es la unidad primera?, ¿es la mentira primera el símbolo primero de que hablaba Nietzsche?,

¿hay en la raíz de esa mentira primera una sustitución o una contradicción? La maldición de la raza de los Atridas que llevó a Orestes al asesinato de su madre, en lo que Nietzsche llama «la primitiva teogonía tiránica del espanto», y el hecho de que la familia de los Atridas, los mejores, tienen que soportar un espantoso destino, son las revelaciones recibidas de Prometeo Piróforo, el que porta el fuego. Ya en ese período mítico, el hijo después que la madre ha envenenado al padre, y al tener que destruir la matria, desea una sustitución, una mentira primera, un destino revelado. Un destino espantoso, el horror, tiene que engendrarse en el pedir cuentas a las traiciones de la matria, y ante eso se busca una adecuación tan miserable como la adecuación celular, pero el hombre chilla y huye como un grotesco medioeval ante esa realización, ante el asco de la criatura frente al creador, y aunque en algunas de sus frases el griego introdujese el compás quedaba siempre rondado de un signo. Así vemos al griego en el período de los mitos, tratando las artes dentro de la revelación interpretada, pero el griego volvía a angustiarse en el período socrático o dialéctico al enfrentarse con el nacimiento del ser. La era mítica lo había enarcado hasta su destino, su espanto valía tanto como la sustitución que él hacía. La metáfora impulsando al hombre hasta su destino lo fortalecía. Ahora las metamorfosis del ser en su cuerpo al desconcertarlo lo debilitaban, preocupándose no ya de la unidad primordial, sino, en el período parmenídeo de la definición de la unidad por exclusión.

Rodeado de los mitos contemplamos la entrega, y después en el período perícleo la indecisión comienza a doblar las rodillas y a enarcar la semejanza. Pero siempre en la imitación o semejanza habrá la raíz de una progresión imposible, pues en la semejanza se sabe que ni siquiera podemos parejar dos objetos analogados. Y que su ansia de seguir, de penetrar y destruir el objeto, marcha solo acompañada de la horrible vanidad de reproducir. Aquella posesión de secretos, la seguridad de la tierra revelada, cuando el mito es reemplazado por el ser, se torna en la semejanza, objeto de vacilaciones y esperas. Había recibido de los dioses y gozaba de un mundo interpretado. La semejanza en Aristóteles, va siendo ya para nosotros un concepto tan enigmático como el de imagen. ¿Qué es lo que imita el bailarín? Que la imitación ha de verse en el tiempo, lo prueba que su acompañamiento es de flautas y de cítaras. La imitación cobra su inapresable en relación con el aristotélico concepto de interrupción. La imitación cuyo concepto se precisaba en las épocas que subrayaban la importancia de toda convención, dándole total importancia a la imitación espacial de objetos o de modelos. Un modelo era un objeto realizado en el espacio y liberado de las corrosiones del devenir. Se congelaban las obras maestras que destilaban unos residuos fijos y unas cualidades igualmente espaciales que se asemejaban al oro. En el período mítico, el coro ondulaba y seguía al entonador, que marcaba una medida, indicaba y era el individuado, el actor. El coro vislumbraba al entonador, no al objeto. En la época períclea, los dialogantes son sucesivamente objetos, oyen como estatuas y al hablar trazan un modelo, no una entonación. Nos estaba revelando esa entonación, la medida para el hombre de cada una de las progresiones de la metáfora, al mismo tiempo que una penetración en la imagen, pues el que entona busca en las analogías de la conversación, los diálogos de las metáforas.

Va la metáfora hacia la imagen con una decisión de epístola; va como la carta de Ifigenia a Orestes, que hace nacer en este virtudes de reconocimiento. Lleva la metáfora su carta oscura, desconocedora de los secretos del mensajero, reconocible tan solo en su antifaz por la bujía momentánea de la imagen. Y aunque la metáfora ofrece su penetración, como toda metamorfosis en la reminiscencia de su claridad y cuerpo primordiales, y desconociendo al mensajero y desconociendo su penetración en la imagen, es la llegada primera de la imagen la que le presta a esa penetración, en penetración de conocimiento. Cada vez que Orestes reconoce a Ifigenia se ve obligado a subrayar cada una de sus metamorfosis encarnándolas en metáfora. Pues en la penetración o conocimiento de metáfora no se verifica una ocupación o saciada inundación, ya que en esas provincias, conocimiento y desconocimiento, se convierten en imagen y semejanza.

En toda metáfora hay como la suprema intención de lograr una analogía, de tender una red para las semejanzas, para precisar cada uno de sus instantes con un parecido... La lucha fratricida de Atreo y Tiestes, representada por Ifigenia en telas tejidas. Los retrocesos del Sol representados en esos paños con hilacha fina en el primor. La cabellera situada en el sepulcro en lugar del cuerpo de Ifigenia. La lanza de Pélope colocada en el aposento de Ifigenia, mientras mantenía su virginidad, son momentos donde el conocimiento poético logra su reconocimiento. Y mientras se cumplen las progresiones del conocimiento, cada una de las metáforas ocupa su fragmento y espera el robo de la estatua que se despliega como imagen. Lleva la metáfora su epístola sin respuesta y en la espera se preludia el rapto. ¿Cómo es que el rey orando en el templo desconoce el misterio del traslado de la estatua? La estatua había contemplado las esquiveces de Ifigenia y fraguaba los castigos de Orestes en la aventura del robo de la imagen aumentada por la decisión final de Pallas Atenea. Y el conocimiento por cada una de las metáforas que son como develamientos de las posibles coincidencias de las metamorfosis de Ifigenia, terminado su reencuentro en el robo de la estatua, como la imagen que prepara su nuevo desconocimiento para recorrer la ciudad.

Entre la carta oscura entregada por la metáfora, precisa sobre sí y misteriosa en sus decisiones asociativas y el reconocimiento de la imagen, se cumple la vivencia oblicua. El momento de la metáfora se puede cumplir en un símbolo que encarne la misma persona: la relación entre el monarca y la imagen de la suerte de su poder llegaba a ser de tipo metafórico. Luis XI vivía frente al pueblo como una metáfora, y la imagen, favorable a los reyes medioevales, formaba la sustancia donde el pueblo veía su jerarquía interpretada. La metáfora y la imagen permanecen fuertes en el desciframiento directo y las pausas, las suspensiones, que entreabren tienen tal fuerza de desarrollo no causal que constituyen el reino de la absoluta libertad y donde la persona encarna la metáfora. El hombre y los pueblos pueden alcanzar su vivir de metáfora y la imagen, mantenida por la vivencia oblicua, puede trazar el encantamiento que reviste la unanimidad. El bosque y las ciudades no son el infinito paredón donde la interpretación otorga la cerrazón o el encantamiento, sino la penúltima, la suspensión, de donde brota la nueva cabalgata, el interminable ejército de diversos uniformes.

Así en las pellizcadas relaciones que se establecen en los egipcios entre el campesino y el intendente, se abren aquellos templos y empezamos a caminar con luz granizada las salas hipóstilas. Dehuti-Necht se dirige lentísimo y maestoso a una rama de tamarindo y va a azotarle todos los miembros al agricultor. Qué luz de topacio de esas puertas al abrirse en otras puertas y engendrar en las últimas sucesiones un gran navío. Asomémonos y veamos detenido con gracejo ese grupo escultórico que se esboza. El campesino está ya curvado pues en cualquier momento pueden descender los azotes. Supongamos que prolonga su espera curvado: como la relación no es inmediata, aquí los golpes no nacen de la cólera sino de un estilo lentísimo, entre el doliente y el intendente; el campesino se mantiene tieso mientras el intendente yerra por el bosque buscando sin apresurarse el ramo de tamarindo para golpear todos aquellos miembros que esperan. Al adquirir esa imagen las puertas van cayendo sobre las puertas, como en nuestras resurrecciones, donde un centurión va cayendo dormido sobre otro centurión, viéndose a hora adecuada para el milagro como la siesta cae intempestiva sobre un gran ejército. Si adquirimos que esa imagen puede hacerse precisa como una cronología leída en un papiro por Champollion, podemos ver aún las más contrapuntísticas y sutiles asociaciones que puede ofrecer la lenta dificultad egipcia. Cortamos así ese estado de evaporización, acercándonos a toda posibilidad de cristalización. No nos asombra así que en sus relaciones contractuales usasen las monedas más eficaces y poéticas. Un velo, por ejemplo, podía ser adquirido por una medida de incienso y cien manojos de ajos. Pero ¿cómo el incienso podía ser medido, podía ser convertido en una moneda? Cuando el monarca otorga su benévola confianza a un súbdito le asigna como pensión «mil panes, cien jarros de cerveza, un buey y cien manojos de ajos». Así el egipcio en el esplendor del período Dypilon llegó a mezclar su propia imagen con el limo y el tejido de su complicadísima historia era fácilmente descifrado por el intendente o el labrador. Llegó a creer que todos los ríos del reino confluían en la boca del monarca. Y el poeta no tenía que ejercitarse, pues lo mismo el mozo de cuerdas que el traficante en maderas para la barca de Amon-Ra, cuando moría el monarca todos lo anunciaban con igual plañido: se hundió, decían en la línea del horizonte. La tumba natural de un rey era la línea del horizonte. Heracles desaparece también en una puesta de Sol; recibe la túnica fatal y en fuego asciende de la tierra a las nubes, de las nubes al asiento de los dioses. Cuando su amante es Yola, como en un ballet, se truecan las nubes del amanecer, coloreándose de tintas violetas. Ese deleite subsiste aún para los filósofos. ¿Si pudiéramos ver siquiera cómo se ha trocado la aurora en laurel, pregunta Curtiss? La aurora es la ardiente; el laurel, de madera combustible, es también el ardiente.

En el período Fou Hi, según el decir de un historiador, el feudalismo chino se convirtió en un sueño. En el período Topsó, en el ceremonial del 15 de agosto llamado La Luna de Antes, sentados en la terraza, exigiéndose para la verificación la compañía de dos incurables viciosos en los placeres de la conversación y de un poeta especializado en el verso de treinta y una sílabas; penetra la Luna hasta las ofrendas, la bandeja y la mesa, y se espera en las terrazas el hilo que la Luna debe alcanzar para el comienzo de las danzas. Y en las conversaciones entre el rey Shan y el Marqués de Khi se trazan los principios invariables del método celestial, que comprende desde el uso armonioso de los cinco divisores del tiempo hasta el tratamiento adecuado para el pago de las deudas. Así aquel pueblo extendía, como el inmenso desfile de las chirimías de sus bandas, su sabiduría como la sierpe de sus murallas. Llegó a habitar el humo y el sueño, el rostro ante el estanque y la Luna fría, que iguala al estanque con el desierto.

«Lo que moja y desciende se convierte en sal; lo que arde y asciende se convierte en amargo; lo que se curva y se endereza se convierte en agrio; lo que se ablanda y cambia se convierte en acre, y de la siembra y la cosecha procede la dulzura.» Eran suaves consejos adquiridos con una porfiada amargura. Khwan, rey, tiene que luchar con las inundaciones, represándolas. Khwan sufre prisión hasta su muerte, y al ascender su hijo Yu, el Cielo le entrega el Gran Plan y los principios invariables del método celestial. Rodeado de sus inmensas colecciones de proverbios, el chino se recuesta en el sueño, pero sin adquirir la imagen. Los dioses reemplazados por los proverbios, depositan los sentidos en el reverso del no ser.

De la soberbia escayolada de los romanos, si la cronología se interrumpe o falsea su juego, por entre las columnas truncas, se pueden obtener las más plásticas distribuciones de elementos de composición y de fondos. Podemos levantar falsas antorchas en la celebración, en casa del pretor, de la fiesta de la *bona dea*, a la que solo es lícita la asistencia de mujeres. La prefectura romana ha tenido la confidencia de que algunos jóvenes libertinos se proponen asistir disfrazados. Y los centuriones enmascarados con túnicas como si fuesen ciudadanos, registran cuidadosamente a los asistentes al festival. De pronto, el asombro de uno de los prefectos, se encuentra delante de Julio César que ha asistido disfrazado de mujer. Cicerón que está disfrutando de un ocio en su finca de la Tesalonia, recibe de su partido la orden de acusar a Julio César ante el Senado romano. Pero César le envía con un liberto una esquela interesándose por su salud, y aconsejándole, día señalado para la acusación, que deberá continuar en su finca para su total restablecimiento. Y Cicerón decide quedarse un día más en su finca de la Tesalonia, meditando acerca de la compra de otra finca en Dyrrhachium. Ese relato absolutamente falso, me hace propietario de esa mentira. El asistente disfrazado de mujer no fue César, sino Clodio; este no mandó ningún billete irónicamente amenazador como César, sino gimió, compró a los jueces y consiguió el apoyo de Hortensio, florido enemigo de Cicerón. Las asociaciones posibles han creado una mentira que es la poética verdad realizada y aprovecha un potencial verificable que se libera de la verificación. Y no se falsean esas posibilidades que engendran otras asociaciones, que en nada destruyen las que se pueden crear después, pues Clodio era amigo de Julio César, fue nombrado tribuno por él, hizo que se aprobaran las leyes para desterrar a Cicerón. Cuando César pactó con Pompeyo, antes de sus desavenencias posteriores, le envió un billete enérgico, no irónico, ante imprudentes pronunciamientos de Cicerón que venían a recluirlo de nuevo en su granja.

La gravedad de las termas o del foro, fabrican de lo romano el rostro cejijunto, sobre el que se posa el moscardón. Para quedarse con el nombre de las fundaciones, Rómulo va al Monte Aventino y Remo al Monte Palatino. Que sobre la cabeza de Remo trazasen seis buitres y sobre la de Rómulo circulizasen doce buitres, nos dejaría mansos al conjuro, si no sirviese para quemar en forma segunda la verdad segunda. Están, seis y doce, los buitres sobre la cabeza de los fundadores, ya Rómulo queda con su nombre, y ahora empieza a librarse otra batalla que hace que los mismos signos espaciales concurran a otro escamoteo. Nos permitimos, impulsados por esos conjuros que nuestro tablero dé las señales para el comienzo de la gran batalla de Lutzen. Separados por esos campos de Brueghel el Viejo, una llanura de trigo o un río que podemos impulsar con las manos, Gustavo Adolfo y Richelieu, en filas contrarias, meditan y oran. Sobre un cojín gualda, como la sortija rojo y azul de los adolescentes pintados por Rafael, Gustavo Adolfo ve el paso de los cirros, pero la presencia de una nube bermeja se precisa hasta parecer un capelo cardenalicio, y como una muestra en su vitrinal de una talla de alta dignidad, hace que lo habite su enemigo de más peligro, es decir, el otro que también está rezando antes de la batalla, separado por un río o por una llanura de trigo. Al despertar, después de un desayuno con los ángeles, «de otro es el mundo», exclama, tiene el convencimiento que la suerte de la batalla le será desfavorable. Pero mientras un guerrero con un conjuro desventurado, encontraría en fuga justificable, Gustavo decide batallar como los mártires, donde cualquier posibilidad de triunfo es una falta de atribuciones, una desconfianza en el otorgamiento de los poderes. Pero aunque en realidad Richelieuno asistió a esa batalla y el único implorante fue Gustavo Adolfo, ni el conjuro llegó a atemorizarlo en una forma tan vehemente como para disfrazarlo de San Mauricio del protestantismo. Las colecciones de buitres recibidas en la infancia seguían agitándose como para dividir en los ejércitos que aguardan la misma necesidad de imploración.

En la contienda de Eumono y Aristón, al quebrar una de las cuerdas del instrumento de Eumono, vino una cigarra a reemplazar el volado traste, comenzando a cantar. En el mismo conjuro cuando la causalidad sea demasiado exigente, lo semejante destruye lo advertido. Qué fatigoso el sueño de Sócrates, cuando ve el polluelo de cisne sobre sus rodillas, y al día siguiente al recibir a Platón, lo reconoce como el cisne que se despereza dentro de su sueño. Sea otras veces una sequedad que tiene el rebrillo segundo como el pulimento del metal. Es tanto el halo, el polvillo refractado en el contorno que en lo que no le allegamos, ejercita una comunicación en ese cauce tinto donde no le alcanzamos. De la longitud del número, de la superficie plana entre las extremidades, de las inagotables labores de tafileteros y tapiceros, aventuras en Pérgamos, fábulas milesias, salto de la empalizada, despiertan el rumor del orden de colocación, enfilan detrás de esos paredones unas secuencias de monodias, es decir, un paréntesis de semejanzas capaz de formar las cantidades que pueden abarcar esas rúbricas. Bien por una precisión de movimientos de trucha, o bien —el salto de la empalizada—, por un gobierno de imprecisiones domeñables que se muestra como el cuerno de la abundancia, el cuerno de caza, el de ayuda o convocatoria del rebaño. Un tumulto de sonidos que siguen su aventura por valles y collados, que siguen ondulaciones y espejos, hasta que saltando las ajenas ciudades amuralladas llega su final que se ve despertado por esa penetración de ecos carnales que fruncen la piel del caballo o provocan la irritación muscular del felino.

Otras veces era el ejemplo, el fatídico ejemplo, el que volvía para destrozarnos las más suntuosas tesis. Para mi mal, al reconocer la cartesiana sustancia que piensa, saltaba el personaje para trabar conmigo un diálogo banal, pero suficiente para destruirme un desarrollo acostumbrado, una acomodación en el pensamiento sustantivizado. Para provocarme esos ruidos o rocíos, venía una sustancia extensa y divisible como el alma de un caballo, o inextensa e indivisible como el espíritu de Sócrates. Su galope, precedido y perseguido por un alma, hacía del caballo el habitante de una inmensa sustancia que rodeaba al caballo; pero si niego este cuerpo, este caballo, quedaba esa extensión que era un alma, que era como un inmenso caballo, como si en cada sitio regido por nuestra visión fuese inminente la aparición de un caballo. Un inmenso cuchillo, después de ese inmenso caballo, venía a pronunciarse, a reclamar sobre esa extensión. Caballos de cerámica griega, regidos por un concepto euclidiano de la divisibilidad, venían a encarnarse en un alma que se despertaba de esa primera y embrutecedora extensión. Venía el caballo sobre su alma, la reclamaba también, y después se diferenciaba bruscamente del espíritu, del espíritu de Sócrates. Si de acuerdo con Cartesio esa alma indivisible era «un aire delicado que está difundido», el caballo participaba y se incluía al propio tiempo en un aire que era su alma, pero que extenso e indivisible lo dividía al ser impulsado por las progresiones de su velocidad al fuego soplado de su nariz. Pero mientras esa alma extensa del caballo se iba convirtiendo en toda la tierra y el caballo se tornaba en un gran cuchillo que cortaba las rebanadas delicadas de ese aire difundido, era necesario retornar a la cartesiana sustancia que piensa. No nos encontramos al regreso con ninguna brusquedad excesiva, sino con su tercera palabra: lo que prueba demasiado, no prueba nada. Luego la poesía y su creación, necesitaban desde su inicio la prueba hiperbólica, y nos encontramos con que esa mentira toma peso y se justifica en esa prueba hiperbólica. Si se ha encontrado una sustitución, marcha opuesta al conocimiento que va hasta el ser, donde el hombre habita una embriaguez que se hace evidente por la revelación, la presencia de la prueba hiperbólica es la única que puede trazar un continuo en aquel mundo que surgió como la discontinuidad mayor. En el *Bhagavad-Gita*, tocamos esas pruebas hiperbólicas. En la multiplicación del sonido de los caracoles de guerra, en la instalación de los carros para el gran torneo verbal, rodeado de la muerte y de la incesante flecha, los dos príncipes situados armoniosamente en sus carros trazan los círculos del ser, de los mentirosos sentidos y la verdad del vencimiento. Rodeado de trompas, de dardos, de las invisibles y hormigueantes estrategias de los pandavas y los curus, se va trazando la corriente mayor, la prueba hiperbólica, que es la plomada de la mentira primera. Rodeado de una gran movilidad, de guerreros que pasan y que desaparecen, de remolinos, de la gran rueda que siempre pasa por un punto y que ofrece un punto. De eso se rodea, pero su centro, el poema, es estático, de carro a carro las palabras van trazando el mismo poema. Estrechado por un gran combate, las palabras cruzadas entre los dos príncipes, cobran una exquisita lentitud, la necesaria para trazar el diseño de la sabiduría. ¿Cómo es posible la confluencia de las sentencias y los caracoles de guerra, y que mientras la primera se afina; la segunda, se hace ronca y desacordada? Traza el compás la primera frase, hinchada; roto el compás, la sucesiva palabra, cae.

En medio de los remolinos, ocurre el desvanecimiento del príncipe Arjuna. El círculo permanece felino, pero al centro, en el juego de los accidentes, ocurren los torneos verbales y los desvanecimientos. Arjuna se niega, no quiere ser el instrumento de muerte de los nobles y reverendos varones que fueron sus maestros. Pero a sus desmayos, contesta el príncipe Krishna con sus teorías de las apariencias y de lo Absoluto. Y es en ese mismo combate, decisivo para las principales familias indias, donde se hace el elogio de la tortuga, el retiramiento de las facultades sensoriales y lo esencial que cubre su despreciado peto. De esa manera, con el gran combate que renueva la periferia del poema, mantiene el centro como la casa central. Hay una tregua, prueba hiperbólica, donde parece que se remansa lo que es en su centro la propia prolongación del poema. He ahí la segunda transmutación. Del combate, descompuesto en un eco y un remolino, queda como el gran zumbido que representa lo temporal, el tiempo no encarnado, el tiempo que no hace historia sobre la tierra. Tiempo poemático, forma sutil de resistir sin hacer historia.

Y el espacio donde conversan el aprendiz y la sabiduría perecederamente encarnada, que cobra una lejanía más allá de ese zumbido, de esas alabanzas lejanas, semejante a ese cuadro de un supuesto primitivo deliciosamente artificial que situase en el primero y en el último de los planos, el mismo motivo. Un motivo caminando hacia nosotros. Y otro, precisado por la perspectiva, pero que se fuese desvaneciendo como si también desease sumergirse huyendo del anzuelo de la visión.

II

En aquel lavadero negro situado por Rimbaud, suelen acudir las lluvias (*quantos*), compás desmesuradamente abierto, hasta alcanzar en el ejercicio de un sentido inapresable pero coexistente, un sentido extremadamente extraído para las asociaciones de verbo, de situación, de relación, de intercomunicación; entre las asociaciones dilatadas regidas por un sentido, y un sentido que actúa sobre un contrapunto preciso, monstruoso, sencillo, repetible. Ese lavadero negro viene a abrir la ópera fabulosa. En esa forma de nutrición poética, semejante a la diversidad homogénea de la lluvia —ya que la historia es como una inexistente y bipolar lluvia horizontal—, la poesía avanza en su inicio sobre una llanura tan dilatada y lejana, semejante a la entrega vegetal que diferencia siempre el discurso de la corriente progresiva. Semejante a una doncella que después de haberse cansado en los burdos trabajos del lavadero negro, por la noche vigila sus sedas para acudir a la ópera fabulosa. Dispensadme si he empleado la palabra sentido y no la he precisado en el giro en que yo quisiera hacerla visible. Después de haber utilizado los recursos instantáneos de una red de asociaciones, a veces entregados por una voluptuosa extrasensorialidad; es ese sentido que va surgiendo y que termina aclarándose como la prueba hiperbólica, como los peces de gran tamaño avisados en su presencia por un ligerísimo movimiento vertical de la masa líquida, provocando esa delicia en la que aún el agua se extiende, pero ya perteneciendo a otro reino, por la superficie escamosa. ¿Será acaso necesario distinguir entre el sentido como proyección inicial y el sentido como resultante tonal? Subrayo ahora esta última condición, este deseo incesante que por instantes se hace visible, o se fija sobre nosotros con una insistencia grotesca. Así como el hombre ha reafirmado las posibilidades de su orgullo en la creación de la orquesta o en la creación de la ópera, que son organismos vivientes creados por el deseo perseguido por la secularidad de apoyar, de conseguir una dureza o una resistencia para su imaginación; de hacer permanente o perseguible de continuo un enemigo que nos obligaba a seguir su ademán desenvuelto en el tiempo o su gesto fijo en el espacio. Una fijeza y una desenvoltura, apoyada en un monstruosillo que después se volvía errante, burlándose de las primeras imposiciones, que calmaban la inmovilidad de la congelación.

Al llegar Rimbaud a los deslumbramientos de la ópera fabulosa, iba más allá de una pertenencia para otorgar un recinto. Se relacionaba así con la más sorpresiva tradición, entre las del otro cartesio que nos daba la adecuación de acto primero y de forma principal en el hombre. Así como el misterio de nuestras respuestas se adormece o se aclara en relación con un acto provocador, presentado con una distancia tan absorbente entre uno y otro, que la misma provocación se insinúa o se extingue, como si esa provocación nos mostrase tan solo su reverso. Pensaba yo por esa misma asociación de actos, que la respuesta en danza o en canto a la purificación de los metales o al cumplido itinerario del trigo, debe ser tan sorprendente para él, para el que tiene que contemplar nuestras respuestas, perdido por su propia cercanía a ese acto provocador. Y si ya dentro de su milagro cada acto desprendía su forma, engendrando en la reiteración el entrelazamiento del curso natural y el discurso artificial; esperábamos también de la forma su secuencia, desprendiendo su naturaleza en la diversidad o en el tiempo. Así tampoco la forma se trueca en objeto o en conocimiento dentro del ser, necesitando irradiar, construir imágenes que son los residuos de aquel acto a través de la voracidad de las formas. Aún en la distancia que puede mostrar el acto y la forma se mantiene su distintivo de inmediatez; pero las imágenes invadidas por la forma quedan solo como aproximaciones, como un deseo en la infinidad, deshecho en el ápice de la música o de la espuma.

En los misterios eleusinos, Ceres marcha acompañada de la flor de la adormidera, y el sacerdote, en la ofrenda de los cabritos, riega con el cántaro y empuña con el misterio de la siniestra la adormidera. Cada esbozo de lanzar la semilla está acompañado por gestos de la adormidera para provocar su olvido, para sumergirla en el sueño que marcha al encuentro de Perséfona. Cuando leemos en Cartesio que el espíritu es más fácil de conocer que el cuerpo, deseamos que esa ofrenda se aleje de nosotros para reaparecer después de un largo sueño. Ahora la demostración conque acompaña ese conocimiento amistoso con el alma y su facultad para sentarla a nuestro lado, se hace tan evidente y difícil como la dificultad del cuerpo. Sus demostraciones han comenzado para nosotros a cantar:

> Como yo no distinguía todo lo suponía en su cuerpo.

Creía que la pesantez acompañaba al cuerpo y que era su realeza.
Si digo cualidad real es una substancia que viene a hacerse grosera.
Un traje en sí es una substancia.
Si camina el traje y va hacia su cuerpo es una cualidad.
Oh marcha opuesta, inencontrable de la sustancia y de la cualidad.
También sabe el espíritu que la pesantez se liberta del cuerpo pesado.
Y como esta pesantez no reconoce su nieve y olvida la extensión del cuerpo del hombre.
Finísima extensión, malla de acero, que rechaza y olvida la penetrabilidad.
Pues esa misma pesantez tiene su guarida en la misma masa de oro de un pie de longitud.
También la pesantez, sencillísima, vuelve a lo suyo y ahora duerme y recela en un pedazo de madera de diez metros de largo.
Pues si el cuerpo se cuelga de un cordel, la pesantez penetra toda en la parte de la cuerda que sustenta todo el cuerpo.
Y así el espíritu se cuelga al lado del cuerpo y junto con este se encamina al centro de la tierra.
Y ya caminando al centro de la tierra lo podemos medir y dividir y así precisamos que él no se desvanece.

He aquí que el trato de los agrupamientos, en que lo diverso logra constituirse en ciudad, forma las figuras que incesantemente o en unidad temporal, logra su a horcajadas sobre el tiempo. La iluminación de los cuadrilleros en los trabajos subterráneos o secretos; la cacería; las agallas de los barcos en los sucesivos deshielos: el estallante ojo frío de la mesa de azar; el alma desatada del capitán que avanza en el desierto rodeado de negros; el campamento dormido con las hogueras desiertas; las expectativas del agua corriendo entre el veneno y el amanecer; las conversaciones del hombre y los animales frente al cañaveral incendiado; el paseo de los conspiradores hasta la meseta donde están los ahorcados; los estudiantes que se dirigen al cuarto empapelado del sodomita; las sobremesas donde el migajón no rueda del abuelo al bastardo hidrocéfalo; las notariales mesas de firmas donde se rubrica la extensión de los sonámbulos y los morfinómanos; el asombro yerto ante las operaciones aditivas, diferentes en tres pizarras e iguales en dos planetas diferentes. Todo ese mundo tan lento como fulgurante, tren inmóvil o caballo con tétano, donde el hombre ha logrado formar grupos escultóricos rodeados de un espacio visible como un follaje duro y de un tiempo que zumba apagado, inaudible. Han logrado así, con un nombre tan secular como hecho para rectificarse de súbito, un tiempo que resiste como una sustancia y un espacio que vuela como esencia. De esas criaturas desprendidas vamos a fijar la cacería. Sucesivamente, en su agrupamiento, la cacería va formando una diana para el campo óptico, al mismo tiempo que va cayendo en lo temporal. Las trompas que impulsan en un soplo, los perros que trazan cintas colaterales, pero no siempre dentro del volteo de la mirada. Una ligera suspensión de las riendas del príncipe halconero, y el largo cortejo, conciencia vertebral, queda en éxtasis. Como en prolongación monstruosa y afilada, camina el índice del príncipe, entrándose en el pechugón de la garza, la cual se enajena, se inutiliza y cae. Sóplanse las plumas del halcón que viene a trazar su malla en cuidado de las plumas del ave de río. Del halcón a las tenazas del perro, del perro a las guindallas, a las parihuelas. Aquel organismo, tan inventado como reinventado, la cacería, va adelantando así con sus contracciones, con sus sobresaltos rebanados de pronto en el éxtasis en que se suelta el halcón o relaja con las riendas sueltas al atravesar el vado o se entra en el castillo de sombra que le trae el alquiler del toldaje de una palma cana. La dispersión, después de la glorieta sombrosa, les aclara el pintarrajeo y si no se diluyeran en sus retiros, la creeríamos formando parte de una locura cuyo centro vuela. Ese organismo se restituyó, se formó para el veedor que lo reinventa al dejarle paso al grupo escultórico que de pronto recibe la impulsión de lo temporal, se pone en marcha y al fluir en el tiempo su estela se endurece para resistir. Y si alguien cometiese la travesura, comparable a una metáfora subrayada que vuelve a su lejana provincia, de aprovechar un diálogo conveniencista para retirarse del cortejo, al llegar a su descanso crepuscular los cazadores coincidirían en indicar y comentar esa ausencia.

El mismo espejo de la poesía tiene su revés que otorga una poesía de mayor movilidad, pero de muy difícil desciframiento. El que ha escrito la poesía es de pronto sorprendido por otra poesía que él toca y agranda, pero de revés. Un soneto de Góngora al Conde Villamediana, celebrando el gusto que tuvo en diamantes, pinturas y caballos. Ese soneto es un índice amistoso, pero da paso a enlaces y misterios de más rebrillos.

¿Cómo se conocieron Góngora y el Conde? ¿Cómo la tozudez gongorina quebraba para escribir a dos manos obras teatrales con Villamediana? ¿Acompañaba Góngora, al Conde en la misma berlina cuando este paseaba por los alrededores oscuros de Madrid y por sus bajos fondos? ¿Por qué los dos mejores amigos de Góngora tuvieron muerte misteriosa, pasados a cuchillo? El Conde intenta siempre acercársele como resguardo y compañía. Así si Góngora crea *la hija de la espuma*; él se acerca más aún y crea su *nieto de la espuma*. Cuando Góngora nos entrega su advertencia inaugural: *era del año la estación florida*; Villamediana se acerca más aún para enviarnos el mismo recado de situaciones: *Era la verde juventud del año*. Aun si estos acercamientos del de Villamediana dejaban las cosas en su distancia habitual, el mineral, los diamantes, los frutos de Góngora se alejaban del lacustre, del junquillo de agua estancada de Villamediana:

> voz que puede por tuya, no por mía,
> articular del nieto de la espuma
> la que de sus victorias fue la suma,
> cuando hizo su arpón volante de oro
> bramar un dios y suspirar un toro.

Ese momento en que la situación de dos coincidencias o la oportunidad que puede ofrecer de quedar en vibración con el mismo poderío que la escritura ¿por qué ese momento en que todo parece prolongarse porque ha convertido al hombre en un molusco de incesante y visible segregación? Entre nosotros, esa situación es de real valor para completar una frustración poética, un destino que fue decapitado. Le oí relatar a un emigrado una noche de festival en la que se esperaba a Martí. De pronto atravesó la sala el hombrecito, arrastraba un enorme abrigo. Inmediatamente esa pieza, ese gigantesco abrigo, comenzó a hervir, a prolongarse, a reclamar, inorgánico vivo, el mismo espacio que uno de aquellos poemas. ¿Qué amigo se lo había prestado? ¿y quién había lanzado ese pez tan carnoso en la reminiscencia? Así como el haz de nerviecillos parecía manifestarse en la mano de Martí; esas radiaciones se descargaban o descansaban en el círculo verde frío de los ojos de Casal ¿qué gran nube homérica, qué trabajo de los héroes impedía que Martí y Casal ni se hablasen ni se conociesen? ¿Y cómo Del Monte tenía siempre a Casal en aquel cuarto sobrante de su periódico, donde se empeñaba en que Casal leyese a poetas italianos menores? Cuando Casal lanza su bocanada de sangre en los manteles, está fumando un cigarrillo. Su traje es el de la invitación a la casa de brocateles y risitas galas; cuando él suelta esa risotada, que así subiendo por los cañutos de la sangre parece como si viese una gran frase que alguien fuera de la sala ha lanzado y que solo él ha oído y tiene que reírla. Es llevado a un sofá donde se le extiende con cuidado; cuando vuelven, Casal ya se ha ido con la otra frase de la otra pieza, pero en sus manos sigue ardiendo el mismo cigarrillo, ¿cómo pudo resistir, tan imperturbable, ese cigarrillo, a la muerte?, ¿llegó a quemarle la piel?, ¿se apagó en las manos exánimes o alguien lo apagó y coleccionó? Ahora ese cigarrillo se agita y con la punta de su fuego parece volver, esconderse y lanzarse de nuevo a posarse en una mano como si fuese una divinidad egipcia.

Ahora Paul Verlaine está en Londres con barras clownescas de brea y de hollín. Y Rimbaud está con él y ha sido la disculpa unas clases de francés que remediarán la pobreza. Detrás de ellos como antiestrofa o coro, las madres. La de Rimbaud, que ve siempre que su hijo se le escapa desde que tenía diez años. Y la de Verlaine, que es la madre muy vieja del cuarentón largo, que ve que su hijo, más allá de la esposa y del hijo la busca siempre, le pertenece. Ambas, como corcho tallado, se aprestan a seguir los designios de sus sucesiones. Piojoso, vociferante desigual, rueda de una a otra parte, como el plomo de una banda a otra del barco achicado como un tapón. Y la de Rimbaud, que recordaba el día que su hijo le pidió un piano y ante su consideración le descerrajó la mesa y luego le dio forma y registro de piano. Y la promesa de convertir todas las piezas de la casa en un piano si no llegaba el piano. Y la asombrada madre de Rimbaud que ve que después del piano su hijo quiere ahora a Verlaine, que de noche camina hasta su casa gritando, sucio de hollín y de siniestros peldaños de buena canción, como si fuese entrada y salida de personajes previamente diseñados, cuando Rimbaud se escapaba de Londres, llegaba de inmediato la madre de Verlaine. De nuevo están juntos en Bruselas, ya con la madre de Verlaine. De regreso la madre de Rimbaud le hace el sueño en un segundo piso, el granero, con breves borronaduras de cal. Le depara así en su rica sencillez, la misma provocación imaginativa que cuando después de píldoras de opio ve solo lunas blancas y lunas negras.

Entre Verlaine y Rimbaud y las dos madres, su hermana Isabelle que tiene el rostro semejante a esas místicas polacas que un día durmiendo en los trigales sintieron una rudeza, una conmoción, ostentando después la hinchazón de su vientre o un gran manto azul con espesas estrellas. Isabelle cuyo rostro es semejante al de Rimbaud si hubiese llegado a viejo. «Sin haberlo jamás leído, nos dice, conocía sus obras. Las había pensado. Pero yo, ínfima, no había podido resumirlas en su verbo mágico. Admiraba y comprendía, eso es todo.» Y sus deseos cumplidos de morir de la enfermedad de su hermano, que devoraba los huesos y paralizaba los músculos y las intenciones. No estaba llamada a ejercitar o cumplir sus dones, pero había estado despierta vigilaba y cuidaba. Su labor era el testimonio en estado puro, no alteraba, no irrumpía, sin ninguna exigencia o reclamación de un fragmento de aquel destino. Ni siquiera podía ejercer un llamado directo, pues estaba la madre que irrumpía y que recibía los cuidados primeros que ella y que servía como una imposibilidad de niebla para impedir que ella se extendiese y pudiese asirlo. Se realiza así una perenne coordenada de irradiación. No solamente la extensión poética que habían cumplido Verlaine y Rimbaud, sino sus vicisitudes, sus torres de vigilancia, sus familiares, iban a participar de la otra modulación del otro poema, pues toda verificación en la distancia, toda arribada de la ausencia, todo cuerpo que ha logrado integrarse sin una fusión de su sustancia participa y es la misma poesía. Desde el punto de vista de la modulación emitida, de la súbita modelación de los instantes, de la manera que tienen las cosas de penetrar como una túnica en nosotros (la piedra que está en el río está también en tu alma), encontramos la misma escritura en «El barco ebrio» o en «Lo que le han dicho las flores», que en una escapada de Rimbaud de Charleville, perseguido por su madre, mientras Isabelle se ha quedado guardando la casa. Nos damos cuenta que esa situación se ha convertido en sustancia, que goza de una *impulsión* temporal y de una penetración espacial, y que podrá reincorporarse a nosotros como un poema extinguido en la lectura pero exigente y reaparecido después; como igualmente se reincorporan a nosotros esas situaciones o modulaciones desprendidas, no en el sentido de que toda acción es un símbolo, que han logrado avivar un sentido con estricta referencia para la creación; tomado aquí sentido como una progresión, que en su desfile o procesional desliza y recobra un cuerpo, donde la forma se adquiere o se extingue en el momento en que esa progresión se detiene. Progresión del poema que podemos asemejar a la del pez dentro de la masa líquida y que queda ya diferenciada de la impulsión al depender esta de su punto de partida. Y la progresión de un número que podemos distribuir con un compás de los pies o del canto. Pues en realidad esa progresión es la prueba del fuego de que la impulsión está actuando sobre un cuerpo y no sobre lo indistinto homogéneo o sobre una sequedad que no puede ofrecer la metamorfosis de la semilla.

Se acercan, con nebulosas cabeceos, palabras sin reclamación ni exigencia de la parte contraria; mármol, cristal, clara de huevo, claroscuro. Nítidas, a cada una de esas palabras, voluntariamente, le rebanamos los ecos y les borramos toda adherencia. Cada palabra rinde sus reflejos al secuestrarla de la coordenada de irradiaciones. Las cuatro van a ser atravesadas por el venablo de un sentido que es su sucesión. De pronto, descubrimos que su sentido está en su sucesión y que es precisamente la sucesión la que les presta su marcha y su creación. Su sucesión habitual las hacía antipoéticas, y si ahora percibimos que exhalan otra sucesión, que pueden ser atravesadas de nuevo, cobrando otra modulación, como con un sentido impracticable pero rigurosamente preciso, pudiéramos ir enhebrándolas con tacto ciego, pero donde otro sentido destella. *Mármol*, sentimos la carencia de ondas en un mar prehistórico. Si la heráldica china consideraba el cetro de jade como el rayo de Luna cristalizado, en el mármol toda radiación está impedida. Todavía no se le han colocado puertas al *cristal*, y podemos salir o retroceder gustosamente. Cuando la puerta se cierra, es decir, ya en el espejo, la imagen está fijada y quedamos como la incrustación de monstruos en las paredes marinas, percibimos que nuestro cuerpo penetra en la puerta y que allí se fija primero, y que se incrusta por la secularidad. Nos dolemos que el cristal fuese una abstracción *geléey* no materia orgánica y la clara de huevo viene a ocupar el recinto de la suspensión para el embrión que no puede soportar la aridez del contorno ni tampoco una heridora tangencia. Su descendencia del cristal, que era cristal espeso y orgánico, lo revela en la capilla de aislamiento y brillo que los primitivos usaban. Que los debates entre la clara de huevo y el barniz permanecen eficaces, lo tenemos en la luminosidad de los fresquistas de Siena, y la oscuridad consiguiente, la del barniz. Si la clara de huevo tenía fuerza para conservar, el barniz no lo tenía para destruir, y el óleo que resiste treinta años puede asegurarse que no será devorado por el tamaño de ninguna mancha negra. Cuando saltan los cristales de la clara de huevo, y sobreviene su descomposición, el claroscuro, en su asegurada lejanía, trae el cuerpo en sus invisibles tubas de infinita sucesión. Pues si el cuerpo está en primer término, y después de muchos también sucesivos elementos de composición, aparece en el cielo Orión, habrá que trazar la clara de huevo que incluya y alimente el cuerpo de primer término y la lejanía de la estrella, provocando que esa distancia que las separa no sea yerta e irrelacionable.

La emisión poética de una palabra puede igualar sus ingredientes o elementos actuando sobre nosotros. Entre los somníferos, las hojas de gordolobo y el ungüento popúleo, igualan en su virtud constitutiva, la espesura de sus sílabas con su imagen letal. En los últimos sueños, cuando olvidados del tiempo apenas podemos precisar nuestro pie ideal pisando esas arenas negras y esa mancha que nos va ciñendo hasta lograr nuestra total destrucción. *Gordolobo* es palabra adecuada para entregarnos la primer pequeña mancha que atrae la otra grande y total. Todos podemos tocar un lobo muy gordo, pero su paso ligero es intocable. Los movimientos lentos de un lobo gordo, su arrastramiento, su inofensivo acercamiento a nosotros, hasta penetrarnos y darnos en esa penetración, la gran mancha, el sueño indistinto, homogéneo e indefinidamente extenso. *Ungüento popúleo* nos produce también ese oleaje gordo de sílabas espesas, que nos va otorgando sílaba por ola, hasta dejarnos en la playa de donde vamos a ser extraídos con las danzas del alba. La poesía no se ordena y realiza solo dentro de esos regustos de la excepción, es una relación o enlace que sorprendemos dentro de un círculo para los ojos, que cabe justamente dentro de una sucesiva cantidad de vibraciones para el oído. Alguien toca la puerta sin excepcionarse como aparecido o forastero. La figura que atraviesa el patio parece arrastrada por los tres golpes en la puerta. Cuando regresa, el ladeo sorprendido de nuestro rostro lanza su ¿quién toca? La figura que atravesó el patio, dice: —Uno. Mientras vuelve la atravesadora de patios, no a su rueca escocesa, sino a su zurcido de innobles tapices, su Uno ha comenzado a reclamar y a hervir, a saltar a otra naturaleza. ¿La respuesta se refiere a un numeral o a un indefinido? ¿Quería decirnos que solamente había sido un yo diferente y cordial el que había anudado tres veces su llamada? ¿O ese Uno quería decirnos que era Uno de tal tribu, Uno de aquellos que yo esperaba?

De esa manera, a la cantidad de monstruos que el hombre ha podido crear, la orquesta, la cacería, la poesía, aparece el más cambiante instrumento de aprehensión, el que puede estar más cerca del torbellino y el que puede, al derivar de ese germen una sustancia, tener un cuerpo de la más permanente resistencia, ¿luego es posible el aislacionismo de un monstruo elaborado por el hombre donde puede aprisionarse el germen y su desarrollo, la constitución de un ente germinal? ¿Luego existe el germen capaz de constituirse en ente de poesía y no en ser o en existencia? Es posible entonces la *poesía* en el *poema*; es posible que la visita en el tiempo pueda reconstruirse, permanecer, repetirse. Puede situarse la iglesia debajo del Órgano, o como afirman algunos teólogos protestantes, la única fe diferente en cada individuo puede desgajar el espanto, y en el espanto construirse la torre. En la visión última ¿es la torre o el poema? Mientras el vislumbramiento de la torre en la última visión es incomunicable, la seguridad de la existencia del poema es continua e inmediata, pues en el poema la imagen mantiene el fuego de proporciones, y en la poesía, la metáfora, no en el sentido griego de verdad como develamiento, sino en lo poético de oscuridad audible, adquiere su sentido de metamorfosis que justifica sus fragmentos. (Tal vez las asociaciones, los ritmos que Rimbaud llamaba nadas, y que elaboraba en tal forma su silencio que salía de ellos diciendo; deme papas, deme vinos. O al final, cuando le era casi imposible escribir a Mallarmé y nos decía: he perdido la razón y el sentido de las palabras más familiares.)

La poesía que es instante y discontinuidad ha podido ser conducida al poema que es un estado y un continuo. Pues hay siempre una comparación en cada poema mediante la cual fijamos un elemento de suyo fugaz e irreproducible. Si decimos tal vez que un cristal es agua dura o fija brisa, no es que intentamos detener el eco sino que intentamos una dualidad imposible como un águila y un toro que tirasen de una homérica carreta. Esa dualidad imposible, comparativa, hecha para un sentido hiperbólico, es la que mantiene la *liaison* de poesía y poema. Mientras el invitado es esperado, sus rasgos ante la ventanilla se convierten en un poliedro aleteante. Y las mismas brisas y cristales que él tiene que romper para acercarse, tenemos nosotros que perseguirlas también para hundir y perseguir su revés en el tiempo. Al pasar por una casa, vemos que penetra, después en infinitas sucesivas casas, hasta que penetra en nosotros. Ese poliedro aleteante que se va acercando a nosotros prolifera sus huellas en el tiempo. Las casas en las que ha ido penetrando sucesivamente o las múltiples adherencias que ha logrado su desenvolvimiento, al mismo tiempo que se han ido desgajando, refractándose en chispas ocultas detrás de la corriente mayor, como un bailarín cuyos pies fuesen incesantemente secuestrados por navajas de ópalo.

Si es posible que el hombre haya podido elaborar una criatura donde puedan coincidir la imagen y la metáfora, viene a resolver no la sustantividad en lo temporal, sino una sustancia que se sabe y reconoce como tiempo. No una sustancia resistente al tiempo, que concentra una energía para el tiempo, sino el mismo tiempo que se sabe que es una sustancia, el mismo tiempo que es capaz de sustantivarse en un cuerpo... Después que la poesía y el poema han formado un cuerpo o un ente, y armado de la metáfora y la imagen, y formado la imagen, el símbolo y el mito —y la metáfora que puede reproducir en figura sus fragmentos o metamorfosis—, nos damos cuenta que se ha integrado una de las más poderosas redes que el hombre posee para atrapar lo fugaz y para el animismo de lo inerte. Aprovechando el nacimiento del ser, por su posible prolongación y sucesión del germen, puede captar en la metáfora, que es en sí las metamorfosis de ese ser, sus vicisitudes hasta alcanzar el *splendor formae.* Al mismo tiempo que por la imagen puede trazar las proporciones, ocupaciones y desigualdades del ser en el ente. Las imágenes como interposiciones naciendo de la distancia entre las cosas. La distancia entre las personas y las cosas crea otra dimensión, una especie de ente del no ser, la imagen, que logra la visión o unidad de esas interposiciones. Pues es innegable que entre la jarra y la varilla de marfil, existe una red de imágenes, participadas por el poeta cuando las concibe dentro de una *coordenada de irradiaciones*. Y nos damos cuenta que si dentro del poema subsiste la sustancia poética, donde coincide el tiempo como imagen de la eternidad y el tiempo como duración, y un espacio coincidente de un medio universal e indiferente y un espacio comparativo ocupado por objetos. Y las viejas pugnas entre generación y movimiento, resueltas en el germen sucesivo, en el germen poesía coincidente con el poema movimiento. De esa manera en una indiferencia y desolación totales, donde apenas puede vislumbrarse la torre, nos sorprende la existencia de un flujo (todo hacia uno) que va hacia la sustancia poética, hacia un ente del no ser (opuesto a la distancia, esa ausencia de las cosas, no es propio no ser) que puede ser participado y mantenido en imágenes. Así esa distancia, esa ausencia de las cosas, no es su enemistad, sino una llaneza de inmediato, donde deslizamos el espejo que suda rocío de enigmas y la lenta transpiración o vapor de las imágenes.

La derivación en imagen tiene el poderío de entregarnos hechos analogados, en el entrevisto reconocimiento de uno solo de esos hechos, creándolos en unidad a pesar de la distancia devoradora que parecía alejarlos. Puede también esa imagen reducir hasta sumergirse y reaparecer con un cuerpo opuesto, irreconocible, sobre su lomo. Queremos hacer sacrificios y rendiremos lo primero que llegue, que ahora no es la imagen: a lo primero que llegue, y tenemos que sacrificar a Toro, hasta que se pierda en las aguas oscuras, y a Minotauro en artificial persecución laberíntica. Cuando Mino fue a la guerra, el Toro ascendió de secretario a gobernador y Pasifa se enamoró del nuevo gobernador. *La fille de Minos et Pasifae*, pasaba de Racine al Abate Bremond y se perdía después en el *aquarium* sibarita de los simbolistas. Júpiter, naturaleza sin memoria, obtuvo las conveniencias de Taurus, y este que siempre ha sido débil con la blancura, con la abstracción de Europa, consentía en dejarse poner flores de almendro en el testuz. Adivinaba el toro que las torres de flores en la balanza de sus cuernos engendraría la risa de los coperos y de Calipso que duerme en las grutas, guardándolas. Pero el toro que también tiene su risotada baritonal comenzó a caminar hacia el mar, luego hacia el mar con noche. Europa arrastraba su cuerpo hacia el lomo sin agua, aunque pudiera caerse. Y Europa comenzó a gritar. El toro, antiguo amante de su blancura, de su abstracción, siguió hacia el mar con noche, y Europa fue lanzada sobre los arenales, hinchada con un tatuaje en su lomo sin tacha: tened cuidado, he hecho la cultura. De los gritos que recordamos: el dios Pan ha muerto, el nietzscheano he matado a Dios, y las ediciones vespertinas que voceaban: el asesinato de Europa, en el bolsón de su faltriquera se ha encontrado la cultura. «Cien guineas de oro en el fondo de un calcetín.»[32] Qué tiempos, decían Tribulat Bonhomet o Papesmo Frisemorun, cuando Europa era robada por el toro o por Júpiter disfrazado de toro. Ahora nos olvidamos del espacio asimilado, de una experiencia, es decir, de la verificada intuición para hacer otro poema; se ha cruzado una larga planicie para ir hasta Yásnaia Poliana. Nos aburre ese diálogo, interrumpido por el malestar de la Condesa, deseamos la colección de marionetas rusas. Ese cuarentón que todavía tiene miedo, implora, y cochero alcohólico, no le llega la vía unitiva, no tiene con quien abrazarse. «El agua que cae del balde en el suelo forma la cara del diablo.»[33] El agua de coco hervida empolla la lechuza. Todos esos idolillos que salen en el sabat de la casa muerta, del agua triste. La casa muerta nos permi-

32 Víctor Hugo, *Los trabajadores del mar.*
33 Víctor Hugo, *Los trabajadores del mar.*

te estudiar «las distintas modas del papel pintado, los grifos del Imperio, las colgaduras con alzapaños del Directorio y las balaustradas de Luis XVI». Europa creó la cultura, una segregación suya, con personajes que claman la dialéctica griega, la coral bachiana, la metafísica idealista alemana, Dostoyewsky, la novela francesa del siglo XIX. Los hemos convertido en *dramatis personae*; a través de la imagen que los ha destruido, danzan, con solo un nombre, no hay un río, se dice un río, o el mar y se descorre una cortina y aparece el mar. El individuo, la persona, la máscara, la mascarilla, ya están en otra dimensión. Ratalaine nos parece simplote y charlatán. Había sido: «Cocinero en Madasgascar, pajarero en Sumatra, general en Honolulú, periodista religioso en las islas Galápagos, poeta en Oomrawutte, fracmasón en Haití».[34] Y además, León López Halcón, llamado también *El Venado*, bananero en Barranquilla, muerto en *gang* en Connecticut, frente al Chase. Fauna tediosa que juega al tertulión innocuo y al Royal Research incesante y profético. Europa con su blancura y su abstracción está sola en la playa. No hay la novela de Afganistán ni la metafísica americana. Europa hizo la cultura. Y aquel verso: *tenemos que fingir hambre cuando robemos los frutos*. ¿Hambre fingida? ¿Es eso lo que nos queda a los americanos? Aunque no estemos en armonía ni en ensueño, ni embriaguez o preludio: el toro ha entrado en el mar, se ha sacudido la blancura y la abstracción, y se puede oír su acompasada risotada baritonal, recibe otras flores en la orilla, mientras la uña de su cuerpo raspa la corteza de una nueva amistad.

1948

34 Víctor Hugo, *Los trabajadores del mar.*

Sierpe de Don Luis de Góngora

Cejijunto rey de los venablos, cubre con un escudo tan transparente la mudable incitación, que como en un asirio relieve de cacería, desaparece más que detiene, entonando más la consagración de los metales que el ejercicio sobre la presa. Todo parte de esa desaparición, por el resguardo de la luz y el escudo de su chisporroteo, que invenciona que reaparezca en la otra linde poética. Con el hastío de un invasor cansancio, en la «Primera Soledad», que prepara el inicio de las metamorfosis somníferas, los cazadores cuelgan de un pino la cabeza de oso recién cazado. Vuelve la luz para alejar la cabeza del oso, pero reaparece convirtiendo las nubes de venablos en astas de abetos. Un airecillo acerca la cabeza del oso a los fingidos venablos, asegurando en ese inverso proceso, la reaparición de la cacería. De nuevo el oso besa el aislado venablo, contento de liberarse de aquella consagración de los metales que lo había transportado, desapareciéndolo y ocultándolo.

No solamente desaparecen sus piezas de cacería, sino la suerte lo enfurruña, convirtiéndolo en nevado furor sin asidero. Admira al Greco, pero conociéndolo a través del Paravicino. Lo pinta Velázquez, y no el Greco, retorcido y rencoroso, casi por favor del Conde Duque. El Conde Duque lo trata por intermedio del Conde de Villamediana, pero la turbiedad del Conde lo obliga a lejanías y comedimientos. Construye «La gloria de Niquea», pero en el recuento de los festivales apenas se le nombra, llevándose el Conde las pavesas poéticas y la liebre mayor. El orgullo le adelgaza los labios y la terribilia de su mirada acera el basilisco, y se ve obligado a escribir, al tiempo que el Conde de Villamediana le envía su berlina y sus pieles para que malicie un invierno en Madrid: «Sírvase de advertir que he de comer yo mientras corren las postas y que hace cincuenta días que me paso con cuatrocientos reales [...] y ayunando mientras todos regüeldan de ahítos [...] Estoy cansado de cansar y de cansarme». Su imaginación necesita el despliegue de una particular genealogía y tiene que contentarse de arcediano de Córdoba y guardar vigilado silencio entre un sordo y un cantor indiscreto, en el trascoro de la Catedral, mientras el Conde de Villamediana, «el correo mayor de Aragón», precede la entrada de los reyes en Nápoles y Sicilia. En la disipación de Felipe III, él permanece como el destello del rencor, como la mordaz fijación del castigo que no se aplica.

Góngora es el pregonero de la gloria. Acuciado por los instantes el pregón despierta para una contemplación, y Góngora aparece como el Tobías sombrío que detiene en sus manos los cuerpos de gloria para que la luminosidad los defina para los ojos. Pregonero y relator de la gloria alza en sus manos las formas del esplendor para que Dios y las criaturas las reencuentren y contemplen. Pregona para que sean contemplados en la luz, las ramas colgadas de conejos, los pinos con cabeza de oso, las sutilezas en las variantes del pez, y después relata el tiempo de permanencia en el esplendor. Sochantre sentado cerca de la caída del rayo al penetrar por el vitral, entona ante Dios la concentrada gloria del relator. En medio de ese banquete formado por la sucesión de los pregones y relatos, aparece con la ligereza del antílope dentro de la conciencia de su persecución, pues sabe que esos cuerpos terminados por la luz, tendrán que alzarse como ofrenda.

La luz de Góngora es un alzamiento de los objetos y un tiempo de apoderamiento de la incitación. En ese sentido se puede hablar del goticismo de su luz de alzamiento. La luz que suma el objeto y que después produce la irradiación. La luz oída, la que aparece en el acompañamiento angélico, la luz acompañada de la transparencia y del cantío transparente de los ángeles al frotarse las alas. Los objetos en Góngora son alzados en proporción al rayo de apoderamiento que reciben. Solamente que ese rayo y alzamiento se ven obligados a vicisitudes renacentistas. El furor y altura de ese rayo metafórico son de impulsión gótica, apagado por un reconocimiento en fabulario y usanzas grecolatinas. La luz leonardesca, en su más típico costado renacentista, hay que valorarla no como cuerpo y criatura, sino como pregunta a la lejanía, al paisaje. «Haz la sombra con tu dedo sobre la parte iluminada», aconseja Leonardo. Del renacimiento o caída de la luz en la distancia; engañarse y esconderse en la profundidad que ella atraviesa para mantenerla en relación con la materia que se desea sombrear. Ya aquí la luz liberada de ese furor de alzamiento y de voracidad del objeto, es seguida con el índice en las mutaciones de la llama.

Los acercamientos a don Luis han sido siempre de sabios de Zalamea. Pretenden oponer malicia crítica a su verbal sucesión y enjalbegada seriedad a sus malicias. Pretenden leerlo críticamente y piérdenle el tropel, sus remolinos y desfiles. Descifrado o encegueciendo en su cenital evidencia, sus risueñas hipérboles tienen esa alegría de la poesía como glosa secreta de los siete idiomas del prisma de la entrevisión. Por primera vez entre nosotros la poesía se ha convertido en los siete idiomas que entonan y proclaman, constituyéndose en un diferente y reintegrado órgano. Pero esa robusta entonación dentro de la luz, amasada de palabras descifradas tanto como incomprendidas, y que nos impresionan como la simultánea traducción de varios idiomas desconocidos, producen esa sentenciosa y solemne risotada que todo lo aclara y circunvala, ya que amasa una mayor cantidad de aliento, de penetradora corriente en el recién inventado sentido. Cuando Góngora dice:

Ministro, no grifaño, duro sí,
que en Líparis Stéropes forjó,
piedra digo bezahar de otro Pirú,
las hojas infamó de un alhelí,
y los Acroceraunios montes no;
Oh Júpiter, oh, tú, mil veces tú.

la raíz oracular de la poesía no evita que sea develada por el juglar. La rara visita hecha al castillo se hace reversible cuando los visitantes indescifrados muestran una rara comunicación ante el juglar, el que va a mostrar, mostrándose, que es un misterio provocado: que él ha llegado tan misteriosamente como los peregrinos. Por eso existía el *trobar clus*,[35] el juglar hermético o exotérico. Los acogidos a la tranquila infamia de una escisión poética, les debe de irritar, como la descarga de una vesícula urticante, la presencia de ese juglar hermético, que sigue las usanzas de Delfos, ni dice, ni oculta, sino hace señales. Esas jaculatorias y señales, ese mostrarse divertidamente misterioso para que el peregrino tome momentánea posesión o penetre, esos recursos lanzados por el juglar de entonación o por el hermético, tienen que estar agazapados en toda poesía. En Góngora, esa raíz juglaresca hermética tiene vastísima tradición soterrada, solo que a

35 «Lo demasiado claro pasa en los *Skaldas* como falta técnica. Una vieja exigencia, que también ha regido entre los griegos alguna vez, es que la palabra poética debe ser oscura. Entre los trovadores, cuyo arte delata, como en ningún otro, su función de juego de sociedad, tenemos el *trobar clus*, literalmente "poetizar hermético", poetizar con sentido oculto, como un mérito especial.» Jean Huizinga, *Homo Ludens*, México, Fondo de Cultura Económica, pág. 207.

veces el rayo lanzado como una cometa por el juglar se devora en su propia parábola, sin alcanzar ese oscuro cuerpo oracular, pues las señales del señor de Delfos surgen en un pizarrón nocturno que tiende afanosamente a borrarlas.

Góngora esconde su contrasentido, lo evapora tan radical-mente, que se apega al único sentido. El devenir al pasar por la superficie de sus versos, no le otorga o casca con las variantes que pueden aportar cada época. Ni la sobrante sugerencia ni las mutaciones de las eras, logran escindir el destello del cristal de su procedencia. Se hace lejano, es en ese único sentido que sobrevive, que se sumerge. Su luz, ni siquiera la luz, sino la lumi-nosidad, que es facultad o derivado, golpea su reverso; la numerosa cantidad busca su asomo, concurriendo a la superficie, donde da su prueba. (En este barroco renacentista, desaparece la aguja y se entreabren las mil ventanas.) Los que desesperaban de que su animal de carbunclo no se encontraba en Plinio el Joven, tendrán que reconocer, que ese animal, amigo de la oscuridad, invencionado por Góngora, asoma su cara carbunclo por el otro rostro de la metáfora o gesto sustituido. Ajuste del sentido en su unidad, diversidad pintarrajeada de la concurrencia que se asoma, sin pérdida alguna a la superficie, y aquel animal de carbunclo que concurre al rostro de cada metáfora para fabricar el arco de chispa que lo una a la luminosidad mayor de la ofrenda. Sacrificio tras sacrificio, en que la cabeza del carbunclo da un rápido golpe de costado total. Ese golpe de luz es el que nos obliga a torcer el rostro, y somos entonces nosotros los que confundidos, creemos en el añadido o ciempiés de la interpretación. Por el contrario, otorga el único sentido, la plenitud para alancear momentáneamente una pieza fija del gusto o el invisible descolgarse del pez, y nuestra confusión, hecha ya enigma, no es menor.

Nos damos cuenta que nos exige esa tensión frente a la luminosa aspereza de su sentido, que ya no nos perdona. Haciéndonos olvidar que nuestro asiento perdurable para él no debe ser la violenta ocupación de ese sentido, sino tan solo como mirarle fijamente el rostro.

Él ha creado en la poesía lo que pudiéramos llamar el tiempo de los objetos o los seres en la luz. Su pavón de indias o su congrio de viscosidad, envueltos y sostenidos en una alusiva levedad de mitología, no desean obligarnos a su esoterismo o a la escala proporcional que llevan en la sucesión. Antes de la ofrenda, reciben su tiempo en la luz; la duración y resistencia de la luz mientras rodea y define un cuerpo.

Góngora, sin proponérselo, prepara el esplendor del sentido, la anunciación de lo que ya hay que sacrificar. La fijeza o tiempo que resisten los objetos ante la luz. Uno de sus prodigios y de su época, consisten en que cerca de él existe quien destruye el sentido. Orgulloso de sus escamas ante la luz, y muy cerca de él, el humilde del sin sentido. Destella la luz por la corteza del cordobés, pero después de la ofrenda, solo quedan los que San Juan de la Cruz llama *ejercicios de pequeñuelos*. Acude el sentido ante la luz principal, báñase en el gozo de su tiempo de luminosidad, pero después se devora y extenúa. Marca sin igual del apetito en la luz, pero muy cerca de él, San Juan nos previene: «porque si es espíritu, ya no cae en sentido; y si es que pueda comprenderlo el sentido, ya no es puro espíritu».

Busca Góngora el único sentido por dura luz que mantenga, ¿pero es la poesía sentido que se deshace o soplo que se extiende y ocupa, no en el espacio del sentido, sino en el movimiento endurecido, resistente, ente de lo temporal, con cuerpo para la ocupación de ese soplo?

La circunstancia de la Contrarreforma hace de la obra de Góngora un contrarrenacimiento. Le suprime el paisaje donde aquella luminosidad suya pudiera ocupar el centro. El barroco jesuita, frío y ético, voluntarista y sarmentosamente ornamental, nace y se explaya en la decadencia de su verbo poético, pero ya antes le había hecho el círculo frío y el paisaje escayolado, oponiendo a sus venablos manos de cartón. Sus cacerías afiligranadas por la medialuna del blanco, se desvanecen ante el sin sentido y el soplo alejador del discurso imaginario de San Juan de la Cruz. Y así, rota su luminosidad, convertida en ofrenda, tiene además que contemplar cómo la Contrarreforma, si antes ya enfriaba su cenital y gloria, le va a llevar telones a sus paisajes. Sus ejercicios con el incesante brote de los sentidos, el banquete donde la luz presenta los pescados y los pavos, las metamorfosis de los árboles y los dientes del jabalí, tienen a su lado el aparente acompañante de «y las otras cosas sobre la haz de la tierra son criadas para el hombre, y para que le ayuden en la prosecución»... Así aquella luminosidad tiene que acallarse al sacrificio.

Las sierras de Córdoba no son cinturón para su destello. La sequedad o carencia de su paisaje, le llevan a colocar siempre en la colina la cabra de Amaltea, cuyos cuernos, por un designio voluntarioso de Júpiter, proliferan incesantes flores y frutas, y sus fosfóricas cerdillas sienten ascender las estrellas hasta deshacerse en el zodíaco. Cabra que aprisionaba entre el oleaje y el viento, se detiene para reconocer sabiamente una extensión y marcarles los sitios a los árboles y a los sátiros.

En las *Soledades*, en el júbilo de las siringas y de las chirimías, se ve siempre la cabra de Amaltea ascendiendo, signo de una alcanzable altura sabia, para presidir, por encima del escondido peregrino o del anciano jefe de los pescadores, el desfile. Su sabiduría, que ha recibido de Júpiter los dones de la incesante creación, «suelta por sus cuernos el contorno o cuenco receptor de la luz.

Pero la cabra, la nodriza de Júpiter, destrenza tan multiplicada y ofuscadora cuantía de peces, gerifaltes y constelaciones, que el paisaje se detiene por la brevedad del terror de su propia serranía, o por una desproporción entre la regalía y las manos y bandejas que no alcanzan.

Así se aíslan los dos animales que le son convenientes: el animal carbunclo y la cabra. Por medio del animal carbunclo, que se le convierte muy pronto en un órgano, descubre y amiga, y otorga el tiempo que les corresponde de luminosidad. La cabra asciende, parece metamorfosearse y esgrimir un larguísimo cayado; convertida también la cabra en un órgano, dirige los festivales, evitando las confusiones y los adormecimientos.

Pero a veces el carbunclo extrae para tocar o apropiarse, y el entorno se trueca entonces en desinfladura de redoma. La misma cabra hincha de tal modo los cuernos en el incesante otorgar, que la circunstancia se aprieta para evitar el desborde. Góngora tiene que cambiar la decoración, en el adormecimiento del carbunclo, la cabra fija en sus cuernos el anuncio del decorado, y entonces levanta los telones en el Nilo. Sus metamorfosis se habían mantenido en la alusión al fabulario grecorromano. Después de las bodas, del despierto desfilar de los colores que participan en la música del caracol, el cordobés siente un inoportuno e indomeñable requerimiento; el trueque del cinturón mayor del paisaje. De conducir sus rebaños de carbunclos y cabras a pacer en otra circunstancia. De las posibles sierras de Córdoba la escena se va a trasladar al Nilo. Los árboles, colgados de flechas y cabezas de osos, escondites del peregrino, desaparecen para dar paso al nuevo fondo (que es desdichadamente el decorado del Nilo y no el discontinuo bosque americano):

> Pobre entonces y estéril, si perdida,
> la mejor tierra que Pisuerga baña;
> la corte les infunde, que del Nilo,
> siguió inundante el fluctuoso estilo.

Una opulenta boda de serranos se trueca en un gladio egipcio (don Luis para escaparse de la vulgaridad del gladio romano, prefiere llevar su retablo al Nilo, en lugar de enseñárselo vistosamente a los portulanos del zargazo). Anteriormente tenía el cuerno para hablar de frutos y de peces, de metamorfosis somníferas, pero ahora necesita de la pintura del cuerpo en el gladio. Saltan los cabreros las sierras de Córdoba y despiertan en las riberas del Nilo. El nuevo Hércules egipcio se ve en dificultades para otorgar los premios. El nuevo desfile precisa que todos se embadurnen y enmascaren; las serranas se han trocado en ninfas y los cabreros en sátiros. Y de todo aquel juego y combate de las nubes y la espuma, se desprende como el transparente peso de la pluma. Pluma del espeso sueño, que salta disparada del pavo real al sueño, vaga por el aire de su absoluta transparencia cenital, sin peso que la contradiga ni gravitación que la sumerja en el océano terrenal.

En medio de la cejijunta cabra, de las metamorfosis del cabrero, de las ninfas del carbón y de los árboles, se prepara con inicial alusión al pavón americano, es verdad que como queriéndolo y embelleciéndolo, «que encolerizado trueca el nácar de la cara en bolsa», para comenzar el banquete. Ahí, en el discurso de la imaginación, el banquete no aparece como escultura, sino para propiciar el desfile. El banquete es como el centro para contemplar el desfile, la sucesión. Los vahos somníferos riegan por la campaña a las serranas y cabreros, que al despertar, desentumecen dentro del mismo paisaje. El pavo de América ha servido tan solo para la inicial del banquete.

Esa fiesta es entrelazada por los descensos del sueño. Pero el grueso sueño y el *amateur* de la escolástica forman en el «Primero Sueño», de Sor Juana, un paisaje. En Góngora, es un asombro suspendido entre una situación anterior y una sorpresa recién arribada. Aparece el escondido peregrino después que el sueño ha caído sobre las serranas y las fiestas. El sueño viene a borrar la persecución e insistencia de la fiesta, preparando con la caída del ardor de lo anterior contemplado, la llegada del peregrino, es decir, alguien que no se sabe quién es. Temor de que la presencia y desenvoltura del peregrino se amengüen si penetra en el idéntico paisaje. En Sor Juana el sueño es una naturaleza idéntica, es la noche homogénea, sin agudeza para la penetración ni demoníaca gravitación, y no nos saca nuevas formas y árboles. *Cuerpo finge formado / de todas dimensiones adornado / cuando aun ser superficie no merece*. No nace de la leonardesca sombra en el muro de las evaporaciones de su sueño, que despierte una amistad nueva y penetrante en el paisaje. Amortiguadas en sus manos las aljabas gongorinas, la fluencia de su sueño naturaleza no es devuelta en fijeza de paisaje reencontrado.

En Góngora es frecuente la alusión a la brújula, «la brújula del sueño», y a los números límites, así el serrano se inquieta porque en las bodas se hayan encendido más de cinco luminarias, que son las señaladas para las nupcias. Perdida la brújula se desciende al sueño, a la noche o a los infiernos. Entonces irrumpe Ascálafo, el chismoso, los ojos de topacio. El que impide que Proserpina regrese a la luz, el que le informa a Júpiter que Proserpina tiene ya en su cuerpo los alimentos del Infierno. Pero siempre en su descenso, no descendido como la noche sobre el cuerpo o sobre los árboles, se escapan los ojos, los ojos de topacio de Ascálafo, pues el descendido, el agua colada hasta el centro de la tierra, tiene que preparar la cópula de Plutón con Proserpina.

De ese sueño Góngora envía no tan solo los ojos de topacio de Ascálafo, el chismoso, sino el relámpago mortal de las aves de cetrería. De esos descensos templados, lentos y penetrantes, saltan las aves cetreras. Relámpago que de su oscuro se hunde en un cenital punto moviente. Fijémonos en el aleto, cetrera americana, que torna desconfiado a don Luis, «fraude vulgar, no industria generosa / del águila les dio a la mariposa». ¿Cómo acusa al aleto americano, de caídas contradictorias, como la de no estar estudiado, no estar en temple, en su punto de fuego transmutador, y al mismo tiempo de mostrar fraude? Es entonces América una naturaleza caída en pecado original, en una paradojal enfermedad irresoluble entre naturaleza y espíritu. Caza el aleto con redes, donde abate bajo lo homogéneo el águila y la mariposa, ¿pero quién debe molestarse por esos ejercicios del pulso y de la visión, por esa indistinción del sueño y de la noche original, por ese espíritu que aún no ha cobrado la conciencia absoluta del bosque?

A veces el tratado del verso en Góngora, recuerda los usos y leyes del tratamiento de las aves cetreras. Cubre la testa de esas aves una capirota que les fabrica a sus sentidos una falsa noche. Desprendidas de sus capas nocturnas artificiosas, les queda aún el recuerdo de su acomodamiento a la visión nocturna, para ver en la lejanía la incitación de la grulla o la perdiz. Su relámpago de apoderamiento surge de la noche, pero después, anegada en la luz, la incitación desaparece en la voracidad de su blancura. Despréndese la luminosidad del verso sobre una superficie o escudo, al llegar allí el rayo de luz se refracta y chisporrotea, en esa momentánea incandescencia cobrada por el objeto, se pesca aquel único sentido de que hablábamos. Pero como aquellos objetos no están extraídos de su noche o sueño, la sucesión de aquellos puntos luminosos, ininterrumpidos y crueles, se refracta sin contrastes, enceguecíéndose. Como en el mito griego, para descender a las profundidades había que hacerlo vestido de lana negra, y permanecer dentro tres veces nueve días. Góngora intenta, por el contrario, descender armado de su rayo, asustando a la humedad nocturna con el relámpago de sus venablos de cetrería.

Hablábamos de ese escándalo de la luz, en recuerdo de una de las cetreras, el gerifalte, llamado por don Luis, «escándalo bizarro del aire», y que más tarde en Calderón, y lo hacemos para diferenciar el barroco concentrado e incandescente de Góngora, del barroco curvo, suelto y lánguidamente sucesivo de Calderón, produce el disparo de la pistola también, «gran escándalo del aire». «Estimar los contrabajos» «de todos los contratiempos», dicen los versos calderonianos. ¡Qué distancia del rayo arrogante del cordobés, que suelta el relámpago de su apoderamiento, buscando trágicamente la coincidencia del tiempo de los objetos en la luz, y aquel adiestramiento calderoniano que suelta un rayo mortal y húmedo como para progresar en un palustre de aguas estancadas!

No roza a Góngora la sensualización poética de la escolástica tardía, que ya aparece en la alborozada didáctica de Maurice Scève, o en ese aliento de sutileza poética de antaño, donde el encadenamiento estrófico hace pensar en el diseño de un silogismo poético, como en Jean de Sponde o en John Donne. «Este lecho es tu centro, es tu esfera, son los muros», verso de Donne que se desliza en un agrado que hila el verso como una ocupación voluptuosa de la sustancia pensante, y no de una sensación que penetra, que extrae y que después lentamente repasa, redescubriéndola. Góngora vive más un barroco que queda como la incandescente ceniza del gótico, que aquella mortecina chispa calderoniana, vulgarización de la gracia, disminución de la grandeza de los misterios tridentinos o de la concepción, disminuida valorización de la justificación tridentina. La luminosidad aparece rozada sin contrastes ni surgimientos con un mundo donde el silogismo medioeval puede cristalizarse o destellar, donde los profesores sienten cómo la fiesta, animación y remolino de sus programas de prima aristotélica, en ese sentido que un contemporáneo siente que algunas estrofas de *El cementerio marino*, son la sensualización y ópera de los estudios de Víctor Brochard sobre las aporías eleatas. En algunos de sus libros Paul Valéry, cita como epígrafe un verso de Góngora, aunque equivocándolo, su error es cabal para la interpretación de nuestras afirmaciones. «En rocas de cristal, cita Valéry, serpiente breve.» Sus preferencias lo llevan a pensar que aquellas sierpes debían avanzar formando y destruyendo sus letras sobre una fija materia de contraste. Busca un fondo de inmovilidad, «las rocas de cristal», donde puedan avanzar aquellos sombríos juegos de las sierpes. Es el verso inicial de «La toma de Larache», «en roscas de cristal serpiente breve». La diferencia del verso y de la cita marca el deseo, la previa visión que destruye la realidad del verso. Valéry buscaba una materia donde apoyarse, el surgimiento de aquellas sierpes por rocas claras, convirtiendo las sierpes en destellos de una materia diamantina. En Góngora se trata de una impulsión, de una constante alusión a un movimiento que se integra metálicamente, de una metáfora que avanza como una cacería y que después se autodestruye en la luz de un relieve más que de un sentido. La impresión que nos causa la palabra roca se sigue y se suelda con la de las sierpes, como el cristal se está reduciendo a la secuencia de una brevedad. La incesancia de la luz en don Luis no busca oscuros donde destellar, se despliega en una extensión donde los chisporroteos y las luces entreabren la sucesión de sus hogueras, sus faroles en la desmesurada extensión de una oscuridad que comienza por desaparecer el objeto del blanco, el móvil del relámpago cetrero.

La luminosidad de su conocimiento poético se hace equidistante, en un fiel de total aislamiento sin paisaje. Su rayo no saltará sobre las ruinas de la escolástica o del conocimiento de la suprema esencia, del *esse sustancialis*, ni tampoco en la penetración de la ciudad de Dios o en la tierra desconocida. Tenía principalmente de los árabes, el secreto deseo en su poesía de llevar una especie, una viviente irradiación a otro elemento de estructura, para sensualizar el verso, convirtiéndolo en un corpúsculo. «La belleza resplandece en el rayo de su frente / y de ella viene una brisa de almizcle y alcanfor», dice un poeta árabe.[36] Estrofa de la que se desprende la unión del rayo con la brisa, ensueño de aquel califato.

Pero la tradición romana, en su rebrillo de decadencia, la ardorosa y enfurruñada soledad, la altivez que solicita y desdeña, la operante magia o rocío del Califato, le crearán una conciencia medular de apoderamiento del móvil poético. Su

36 Verso citado por Américo Castro, en *España en su historia*, pág. 399. Ver también, en la misma página, sobre la *irradiación* en la poesía árabe.

médula, más dispuesta por la entrevisión del móvil que por la acumulación de la voluntad, dispara el inconsciente vencimiento de la distancia que cubre la poesía al lanzarse en parábola sobre los silencios de la perdiz o los enigmas del pez.

En la «Primera Soledad» salta en cuádruple estribillo los deseos también de nuevas moradas. «Oh bienaventurado / albergue a cualquiera hora», repite como martillado cuco, asomándose detrás de sus fabulados deseos grecolatinos a unas hebrillas de superior unión. Después de la coronación de Vulcano, de los requiebros del silbo, del símbolo del cayado, de los rayos en la espuma de la cera, va manifestando sus apetencias por nuevos albergues y ascensiones. Fatigado a veces de aquel rayo, hosca traslación del fósforo del aire, busca no ya momentáneos desciframientos, sino cifras de albergue mantenido y de unitivo estado. ¿Por qué tiene que venir a deshilacharse en aquel fragmento de metáfora, de entrevisión y de sonido acompañante de un cuerpo en parábola?

A cada nueva metamorfosis parece como si el peregrino, de pasos fijos y medidos y de errante son, se ocultase totalmente detrás del árbol. Si da unos pasos, se elabora una lluvia de transición que lo ciñe como un permanente estado; riega sus especie odoríferas binnóticas sobre el batallón de serranas y cabreros; vuelve a situar el árbol, su ojo de claraboya, donde esconderse para señalar los entrecruzamientos del sueño por las figuras y los cantos, entonos del lilibeo que vive sus transportes por la Cambaya. Siempre un escondite y una preestablecida breve distancia, turbada por el lanzaso, por el rayo de calculada curva de apoderamiento. ¿Qué faltaba, deshaciéndose? ¿Qué ocultaba, corriendo de árbol en árbol? Todo ha precisado su alfiler de diseño. Después de establecer, por la lectura de la sutileza de la Luna en los líquidos, el mejor momento para atrapar las variaciones del pez, el anciano envía a sus dos hijos para pescar. Si todo estaba preestablecido y bien marcado para la ganancia. ¿Cuál era el impedimento para penetrar en la ciudad, rodeada ya de antemano de cien hogueras de metáforas, delante de las cien puertas de la incesante metamorfosis?

Faltaba a esa penetración de luminosidad la noche oscura de San Juan, pues aquel rayo de conocer poético sin su acompañante noche oscura, solo podría mostrar el relámpago de la cetrera actuando sobre la escayolada. Quizás ningún pueblo haya tenido el planteamiento de su poesía tan concentrado como en ese momento español en que el rayo metafórico de Góngora, necesita y clama, mostrando dolorosa incompletez, aquella noche oscura envolvente y amistosa. Su imposibilidad del otro paisaje cubierto por el sueño y que venía a ocupar el discontinuo bosque americano; la integración de las nuevas aguas extendidas mucho más allá de las metamorfosis grecolatinas de los ríos y de los árboles, unida a esa ausencia de noche oscura, negada concha húmeda para el gongorino rayo, llevaban a don Luis enfurruñado y recomido por las sierras de Córdoba. ¡Qué imposible estampa, si en la noche de amigas soledades cordobesas, don Luis fuese invitado a desmontar su enjaezada mula por la delicadeza de la mano de San Juan!

Hacían también los místicos lo que pudiéramos llamar la vela de sus metales, pero por necesidad de vía unitiva. No quedaba así el metal límpido sobre su propio orgullo, sino por razón de aquella superior unidad, superiormente abarcadora... «porque para la dicha unión a que la dispone y encamina esta oscura noche, ha de estar el alma llena y dotada de cierta magnificencia gloriosa en la comunicación con Dios» (San Juan de la Cruz, «Noche oscura»).[37] Después irá cobrando el metal, en su adelgazamiento, la fina concentración de la energía que se depone y abjura, hasta alcanzar el cordel de suprema luminosidad... «conviene al espíritu adelgazarse y curtirse acerca del común y natural sentir»... («Noche oscura»). En ese adelgazamiento de luminosidad, depuesto el único sentido y avivada la penetración del espíritu como lince en su conciencia de ser perseguido, se vuelve la poesía de unidad infusa a su ápice de delicia en pasmo, en el nuevo nacer de ver y oír... anda maravillada de las cosas que ve y oye, pareciéndolas muy peregrinas y extrañas, siendo las mismas que solía tratar comúnmente... («Noche oscura»). Ese acordelado sentido evidenciado por su tiempo de luminosidad cobra en la noche *la inflamación de su apetito*. Un nuevo sentido parece precisar la gravedad del nuevo sabor. Pero antes de llegar a esa prueba del sabor tiene la hoja, que aquí viene a dar ejemplo de apetito poroso calmado en la sutileza del rocío, que conseguir la dilatación distendida para la penetración. Es el *sentire cum planctibus*, que señala la mayor cantidad de noche que se hunde silenciosamente en nosotros. En el *Éxtasis de Santa Teresa*, del Bernini, la creciente desenvoltura de los pliegues, no logra ocultar la inflamación del apetito. Acodado en esa inflamación, preparado por la salud que lo vuelca a la naturalidad del apetito, los sentidos inflamados también le van dando costumbre a lo que de otra manera sería pasmo de destructora sorpresa. La noche oscura nos regala la seguridad del sentido y no la súmula de las culminaciones inefables. Seguridad nocharniega que prefiere ir secreta, ir con secreta escala (...«Esconderlos has en el escondrijo de tu rostro de la turbación...

37 *Noche oscura; Cántico espiritual; Llama de amor viva y otros poemas*, Barcelona, Linkgua Ediciones, 2024. (N. del E.)

ampararlos has en tu tabernáculo de la contradicción de las lenguas» [«Noche oscura»]). Pues la noche que cae sobre nosotros con su homogéneo tegumento, ordena la excavación decisivamente particular, el rescate que cada cual tiene que comprender, llegando por escalas de propia e intransferible medida. De esa manera la noche nos contradice y nos entorna, pues un océano aparece entre la particularidad de cada sueño, entre los momentáneos asomos recogidos por los nuevos sentidos nocherniegos.

Escondida, sale su naturaleza sin ser notada, con notación ahora de disfraz y segunda compostura. La salida a los metales y a la distensión vegetativa, untada de la mascarilla lunar. Pero esa misma distensión parece que se apresta un nuevo disfraz, que ahora en la voracidad de la inflamación de los sentidos nocharniegos, comienza su combinatoria y juego de números. Al salir disfrazada se diría que teme la conciencia de su persecución, como el antílope lanzando la mirada a propia huella y escala. Aparece sin ser notada, pero su temor a una resquebrajadura de reconocimiento lo lleva a las máscaras. Frente a aquellas metamorfosis ácueas de Góngora, a su llanura de cabreros somníferos, o las precisas mediciones del compás del escondido peregrino, San Juan allega un nuevo disfraz para saltar por la noche y los tuétanos: túnica, escudo verde y casaca roja. En el juego de esos colores la figura se transfigura, la forma se transforma, pues parece que con ese disfraz de noche, la distensión del sentido procura la transfiguración de la metáfora en el discurso imaginario, en la incesante transmutación de la imagen. El escándalo del aire, producido por los objetos luminosos de don Luis, vuelca colérica el ave cetrera sobre la propia parábola de su identificación, mientras que el disfraz aportado por San Juan,[38] llena los sentidos de poblaciones y plazas nocturnas. Precisamos la penetración de la túnica en la casaca roja, avivada por los ojos del rocío; comienza la transfiguración, cuando la penetración desaparece cubierta por el escudo verde. Luego el mayordomo de casaca roja, haciendo esgrima con el escudo verde, como en un *ballet* de la Viena de la Ilustración, desaparece ofuscado por la túnica. La túnica puede producir los rejuegos del escudo verde, cuando el mayordomo de casaca roja sopla los candelabros y se esconde. Donoso disfraz de San Juan, que viene para establecer la coreografía de medianoche y dejar el gongorino rayo, dentro de su único sentido, sin paisaje de noche oscura ni escondite para la oscuridad preparatoria.

38 «Resta, pues ahora, después que habemos declarado las causas por qué el alma llamaba a esta contemplación "secreta escala", declarar también acerca de la tercera palabra del verso, conviene a saber "disfrazada", por qué causa también dice el alma que ella salió por esta "secreta escala disfrazada".

Para inteligencia de esto conviene saber, que disfrazarse no es otra cosa que disimularse y encubrirse debajo de otro traje y figura que de suyo tenía, ahora para debajo de aquella forma o traje mostrar de fuera, la voluntad y pretensión que en el corazón tiene para ganar la gracia y voluntad de quien bien quiere, ahora también para encubrirse de sus émulos, y así poder hacer mejor su hecho. Y entonces aquellos trajes y librea toma que más represente y signifique la afición de su corazón, y con que mejor se pueda acerca de los contrarios disimular.

El alma, pues, aquí tocada del amor del Esposo Cristo, pretendiendo caerle en gracia y ganarle la voluntad, aquí sale disfrazada con aquel disfraz que más al vivo represente las aficiones de su espíritu y con que más segura vaya de los adversarios suyos y enemigos, que son demonio, mundo y carne. Y así, la librea que lleva es de tres colores principales, que son blanco, verde y colorado.» *Noche oscura*, ver todo el capítulo XXI.

Frazer subraya que los colores empleados por los druidas en sus cultos eran blanco, verde y rojo. Seguramente San Juan de la Cruz conocía ese antecedente.

Todo vivir en el reino de la poesía *in extremis*, aporta la configuración del vivir de salvación, paradojal, hiperbólico, en el reino. Así don Luis, estático, ocioso, indolente, lejano y litúrgico, fue el creador de un vivir de apetito o impulsión de metamorfosis. Para adquirir esa forma, había que vivir fuera de toda búsqueda, aventura o instante configurado, es decir, estáticamente. El destino aquí prepara el propio desarrollo de la persona, busca el sujeto de crecimiento, expansionable en el sentido de una innata metafísica del espacio. «En el sueño el alma tiene ojos de lince», «los que duermen son compañeros de trabajo», sentencias de una cultura donde el ocio y la manera de llevar el manto, distinguían al sabio. En realidad, el ocioso siempre está ocupado. La indolencia es la entrada en la cultura del refinamiento animal de pacer. Visible en el animal sagrado o en los que muestran la vuelta ancestral, los de gran tamaño. Todo toro es alado, todo lince es gordo, toda águila es bicéfala. La cultura, o si se quiere en esta dimensión de poesía poetizable, lleva a la inocencia, según el idealismo arcádico de la crítica nórdica, tanto o más que lo primigenio o salvaje. Si la poesía nos lleva a la inocencia —según los ideólogos alemanes de la ruptura, tan alejados de la tradición griega del *daimon* como opinión verdadera entre el bien y el mal—, y solo en esta encontramos la liberación del trabajo como forma vulgar del acarreo homogéneo; es, precisamente, en la poesía donde el ocio se muestra más concurrente dentro de la diversidad de lo simultáneo. Un europeo que exacerbaba esa gran tradición, pudo escribir: *terminaré en las arenas como el Rhin.*[39] Que ya no está, que no se le puede tocar, que no se le puede representar escribiendo, pues todos los grandes poetas de la época, desde Paul Valéry hasta Antonin Artaud, parecen ha-

39 Frase de Amiel.

ber alcanzado las formas más agudas y sagradas del magnetismo animal, que tiene que alcanzar una tregua y reducción en su visión, haciéndose litúrgico.

A ese apetito de metamorfosis añade San Juan, lo que se ha llamado la afirmación del mundo nocturno,[40] o si se quiere el sí del no. San Juan prepara esa salida sin ser notada, cuando la noche oscura rodea el monte del beneplácito hasta llegar al mar como *res extensa* o la cascada como incesante. Es, como se ha llamado, el sí del no. Una ausencia de total ocupación neptúnica, que se cumple como presencia ante la suprema forma.

Un no de retiramiento y llaneza ácuea que termina como una ocupación suavemente placentaria del sí. Esos dos grandes estilos de vida, o si se quiere decir de una manera más peligrosa, de poesía no poetizable, han impedido que en España existiese la gran poesía. Al abandonar España su mundo teocrático, o dicho de otra manera, al ser tan solo el criollo americano el español perviviente, aunque de lazada vaciedad en las piernas temblonas, y perdida toda conexión en el español entre su vivir y un claro sentido misterioso del vivir, o viviendo en trágica frivolidad; el español perdía el sentido de la gran poesía, y tal vez para siempre dentro de la perspectiva crepuscular de la época, pues no puede

40 «Lu ce matin à Paule le Préambule —ébauché hiet au soir— de mon étude pour la *Revue de Genéve* —sur la thèse de Jean Baruzzi. Je citais á Paule le mot que Brunschwiog disait l'autre j'our à Jean —et dans lequel Jean voyait avec raison un vrai mot de philosophe: "Ouel est le ou qui est derrière se non?" Jean de la Croix, en effet— autant qu'un tout premier contact me permet de m'en rendre compte —c'est la souveraineté du non— du non, acquiérant un maximun de positivé, devenant comme Jean le dit fort bien quelque part "l'Affirmation d' un univers nocturne". J'ai grande impatience de lire ce chapitre sur la critique des appréhensions distinctes; car je sens que tout tourne autour de cela.» (Charles Du Bos, *Journal*, tomo II, pág. 139).

predecirse la remoción de los viejos dioses o el surgimiento de los dioses nuevos —al oponerse por su sin sentido a un vivir teocrático; manifestándose un dualismo, es cierto que en una de las formas más grandiosas alcanzadas por la cultura occidental, entre el gongorino rayo de reencuentro y reconocimiento y las bienaventuradas aguas placentarias de San Juan. Cuando ese dualismo sea vencido, volviéndose a sumergir en ese infuso espejeante, en el que el propio sentido del vivir adquiera una forma más sacramental, un misterio conocido al tocar la carne del hombre, volverá a presentarse la necesidad poética como un alimento que rebasa la voracidad cognoscente y de gratuidad en el cuerpo.

Debemos encontrar en la poesía española una tradición de metamorfosis ácueas, neptúnicas. Las ninfas de Garcilaso juegan en el acuario de la copa de los árboles o se cubren de las orilleras espumas. «Todas juntas se arrojan por el vado», verso de Garcilaso, breve retozo en la espuma definida. El renacimiento iguala la dimensión plutónica y la neptuniana. El griego proyectaba su ilimitación-limitación hacia el centro de la tierra (descensos, alimentos del infierno, voces de los muertos afanosas de salir por una grieta que el temor de los griegos tapaba con una piedra, Erinnias, «hermanas negras mal peinadas»). El centro de la tierra era el infierno, lo ilimitado, y la mirada trazaba la ingenua separación del cielo. En el renacimiento para superar la metamorfosis de la ninfa en árbol, del árbol en corriente, hay una igualdad agua-tierra, y al fin una nueva dimensión en el predominio de lo neptúnico. Para los antiguos el agua escurridiza llegaba al centro de la tierra, por lo que consideraban al mar como «estéril llanura». El mar en el renacimiento nos lleva a la *incunnábula*, a lo *inconnu*. Será la pervivencia del barroco poético español las posibilidades siempre contemporáneas del rayo metafórico de Góngora envuelto por la noche oscura de San Juan. Abría el barroco español el desconocido de esas metamorfosis ácueas, más allá del telón del sueño o de la lluvia empleada por las mutaciones griegas.

En la extensión o riesgo de esas transmutaciones podemos fijar los momentos de acercamiento u olvido a esas metamorfosis ácueas. La primera visión, «y está la fuente hermosa y cristal frío», en don Luis Carrillo, se mantiene apegada a la fuente de plaza romana o al surtidor árabe. Espinazo de manjuarí el agua ascendente, estructura y convoca en tal forma a las deidades, que termina ciñéndolas a su vertical fatalidad. Morir en esa prisión, donde el aislamiento está impuesto por una sola línea de agua rebana la posibilidad de un nuevo sumergimiento para alcanzar otra forma. Pero ya en el *Polifemos*, los pies de los árboles pasan a las venas, según la estrofa final. Ya aquí las metamorfosis de las deidades son tan operantes y acudidas como las mismas metáforas.

«A Doris llega que, con llanto pío, / yerno lo saludó, lo aclamó río.» El Dios que llega lo mismo puede ser saludado como un familiar que como un río. Ahí encontramos el ápice de ese barroco neptúnico, típicamente renacentista. Un poco más tarde la metamorfosis primera queda en su propio límite. La juvenil nemósine para volver la deidad a la figura inicial o a la sucesión queda borrada. Ya en Pedro Espinosa, «porque la ninfa, viendo el caso feo, / y su virginidad así oprimida, / quedó, llorando, en agua convertida». La conversión es tajante y radical como una impuesta casualidad; la ninfa, enfrentada, sin duda, con un juvenil despertar vegetativo, decide mostrarse en reflejo, destruyéndose para burlar.

La pluma, que en la «Primera Soledad», se alejaba en el orgullo de su levitación, queda ya en el resto del poema como el tema de la pluma pez, la pluma sumergida en hostil elemento. Los que detienen, entresacándolas de sus necesidades y exigencias poéticas, los errores de los animales que gustaba aludir el cordobés, creyendo que los tomaba de Plinio el Joven, como hablar de las escamas de las focas, olvidan que esas escamas existían para los reflejos y deslizamientos metálicos sumergidos que él necesitaba. Pues si una foca no espejea, destella, se resguarda en un turbión de escamas.

¿Cómo podría sentarse en el otro circo de la metáfora? Pues los reflejos que él necesitaba, no podían ser levedad de empotradas sensaciones, sino las derivaciones o escarceos de un cuerpo o bulto al que tocamos en ese momentáneo diálogo de luminosidad.

Para saltar y cumplimentar esa prueba neptúnica, Góngora salvará en su arca de la alianza sus símbolos y animales de toque y caricia preferidos: los cuernos del múrice, la medialuna, los rayos del Sol en Tauro, la competencia de Pallas y de Aracné. Pero aun en esas altas empalizadas donde los ordenamientos del rayo de su metáfora prefirieron enceguecerse sobre el *tánatos* de su chisporroteo; donde sus metamorfosis de cabreros se han limitado al rito órfico de la adormidera, sin que sus sueños encubran el discontinuo bosque americano; o sus mutaciones marinas vayan *au-delà* del odiseíco Nereo. Pero, ay, aunque Pallas declara, ser hija del belicoso Anquialo y «de reinar sobre los Tafios, amantes de manejar los remos», sus decisiones se encuadraban entre Temesa y Retro, y el mar de las ninfas de Góngora, no se decidía más allá de columnas y zargazos. De regreso de aquel renacentista crecimiento de lo ácueo, los objetos y animales guardados por Góngora en su arca, vuelven para saborear los destellos, hacer duras bocas con carbunclos y tenacillas de rizadas verjas. Hay siempre por todas las casas de Córdoba una tina con cal, que las viejas vigilan para encubrir de nuevo algún garabato o gancho de carbón, rodados por las paredes. En el mediodía de Córdoba las casas destellan como los paños de la caballería árabe. Así los objetos salvados por Góngora, momentáneamente enceguecidos por la humedad vinosa del arca, reciben un venablo de luz pía, necesitan ese hilo que rezuma el cenital para justificar el orgullo de su ofrenda.

Liberados del crecimiento nocturno y del empacho de las aguas, regresan los salvados a su apocamiento, pues lo quedado había recobrado nuevos anchos para el entono, cobrando con los símbolos la eficacia de las referencias. Granadas, guirnaldas, zarcillos, llamas, manos, voz, bodega, se habían hecho llaves y contracifras de la unanimidad poética. Huían los cabreros ante la erudita aparición de la cabra de Amaltea, pues aun surgiendo en las colinas después de las mutaciones operadas en ellos por el sueño, la sentían como una divinidad hostil y vigilante, indiferente e irreconciliable. Ahora se enciende la granada con sus innumerables corpúsculos secretos, el instante de su vehemencia no corrompe el crecimiento de sus fragmentados temperamentos, culmina en una llama que adquiere forma de fruto, traza las mansiones del instante, que percibe anchurosas y dilatadas. Guirnaldas y zarcillos trazan y encubren la aguda fineza del ramaje para la doncellez que se apresta en la fiesta de la consagración. Fineza del ramaje que envuelve a la mujer como un árbol y le da la carne de la vegetación y su lenguaje de evaporación deseosa. Llamas que propagan también su lenguaje y un centro de conversación, pues son como la primera puerta del resguardo invencionada por el hombre. Manos que se adelantan para ver, visión palpatoria que va reconstruyendo la estatua, cuando la visión retrocede ante la diversa proliferación de los hilos. Voz que marca el aliento, haciéndose en el sentido y deshaciéndose en la extensión. Y el fragmento del recinto escogido: la bodega. Allí se desciende para encontrar la oscuridad que ciñe y preserva. Es la zona donde el rayo poético se percibe como enemigo y ahuyentador. Se desciende para igualar las estaciones con las esencias del mosto. Bajar a la bodega es prueba tanta como descender al Hades. Se busca en la oscuridad como los cuadrilleros de labores subterráneas. Allí en la bodega es la fiesta y el descenso a las sustancias huidas a la luz, la preparación de la unitivo.

En la «Primera Soledad» hay la evidencia cenital, la prueba heliotrópica, los objetos se queman y se reconstruyen; en la «Segunda», los objetos tienden a deshacerse, pues el viento de la icaria se desvanece y refracta. La llegada del peregrino ante el asombro de los serranos, está acompañada de la alusión a las metamorfosis de Clicie en heliotropo. Así crea un ceñido campo de bipolaridad poética entre el heliotropo, virrey de Helios, y la piedra imán, subordinada contratada por la estrella polar. Después del sueño del peregrino, cuando ya el viento ha borrado los números y ritmos de sus pies, alude a la piedra imán. Su poesía adquiere su campo de bipolaridad y refracción, entre el heliotropo, su claridad cegadora, y la piedra imán, que suma el remolino hacia una dirección, la estrella polar. Sus objetos, cordajes y cabelleras, sus peces y cetreras, parece que alcanzan el total de su índice de refracción, pues el rayo cenital de su metáfora tiende a refractarse en ese escudo heliotrópico. Su borní o su congrio, presentados ante la luz directa, alcanzan su máximo de luminosidad y después en la reminiscencia parecen respaldados por ese mantenedor heliotrópico. Después de ese colmo de luminosidad, los objetos de Góngora parecen arrebatados por un tropel venatorio, por las súbitas aglomeraciones del imán. Aparece en la colina el cabrero, destacándose en el relieve de esa prueba heliotrópica, recibiendo la arribada del tropel de cazadores, que como imanes han ido sumando las más desprendidas y altivas levitaciones. Se enarca el torso del pastor guerrero, como la coincidencia del pasmo de luminosidad con el arrastre de los imanes, de las diversidades puestas en marcha para llevar el remolino a lo venatorio, el tropel a cejijunto y continuado desfile.

Entre esa bipolaridad del heliotropo y del imán, don Luis crea y aclara en nuestro idioma, la malicia meridional en la visión reducida a lo que se ve. Si precisa un árbol (el árbol que desprende como una lasca de su corteza a la mujer) suelta después los incesantes conejos, las abejas. Aprieta, como el chirriar de un cordaje de clave, esos conejos y esas abejas, entre el árbol de la metamorfosis y la erudita cabra de Amaltea. En ese ceñido campo poético, avivado por el lanzazo de lo cenital y por las impulsivas aglomeraciones del imán, los contrastes y sus circulares limitaciones, van creando como sumergidos y proyectados guarismos de un contrapunto animista, vibrando su luminosidad como si se hubiere constituido en corpúsculo. Contrasta el árbol con el conejo; la cabra con la abeja, que vienen a situarse como puntos de ese campo poético que está regenteado por la luz difusa de los chopos, después el inmenso banquete de los ofrecimientos y los refinados consejos de la Luna, indicando el mejor tejido de red para las maliciosas mutaciones de cada pescado. En la «Primera Soledad», antes de alzarse la doncella que baila, se ha ido rehaciendo en la sucesión de las doncellas, las anteriores figuras que preparan la esbeltez en el tiempo de la danza. La doncella que baila no comenzaría su escultura si antes no hubiese sido descompuesta, reconstruida, por las otras figuras de doncellas que van desfilando. Primera doncella, aparece asomada al lago, busca su imagen y avanza y retrocede en las bromas de la orilla del mar. Después, doncella con flores en la cabeza, y por último, doncella con negra pizarra entre los blancos dedos. En los cambiantes esbozos de las tres doncellas, en la irradiación de sus reflejos, se van formando los duros flancos de la doncella que baila, endurecida imagen frente al tiempo.

Góngora culmina posiblemente en todas las lenguas románicas el vencimiento de la prueba heliotrópica. Su índice de luminosidad fija el centro por donde penetra el rayo metafórico y su tiempo de permanencia dentro del haz luminoso. Gracias a ese tiempo lucífugo cobra el único sentido, el endurecimiento del logos poético, por el cual no ofrece el rejuego de las mutaciones interpretativas, sino el único sentido que no se alcanza. Prueba anemónica, opuesta a esa prueba heliotrópica, en que se espera que la brisa acogida por la carne vegetativa muestre en su totalidad la abertura para la imagen. Prueba anemónica que el irritado y veloz verso gongorino no gusta de conllevar, pues se precipita sobre los objetos más que se acoge a su distensión. Pero tampoco mostrará esa malicia del amelo, acuática hoja veteada, favorita de Goethe, que por debajo de la marina sitúa un techo con la proyección estelar. Su malicia meridional no alcanza a esa invención dominada de lo estelar.

Un relieve regido por la voluntad cenital parece acompañar esa prueba heliotrópica, pero si un oscuro no lo ciñe, piérdese por lo homogéneo de la luz, por la no diferenciación del rayo operante en la evidencia de la luz. Se enfurruña el objeto ante esa descarga y se resguarda y ausenta. Es esa prueba heliotrópica del orden heroico voluntarioso, como la prueba anemónica es infusa, nocturna y depende de las caprichosas errancias de la brisa. Esas dos pruebas obligan a vivir a la poesía en la vela de los metales y a lenta distribución de las cajas de aire por nuestros miembros o por la carne de los vegetales. La prueba amélica, reducción al absurdo de lo estelar inverso, que hace aun más demorado en sus fragmentos el verso gongorino, sin inserción posible en un *apeiron*, a una esfera de totalidad, que desprende la metáfora como personaje del poema, fragmentarios relatos dentro de un relato mayor.

La vacilación de Góngora ante la renacentista incitación neptúnica y sus orilleras ninfas, la revela ante la novedad americana, la que empareja a la tribu de Lestrigón Antífates. Considera a los hombres de *incunnábula* como los devoradores e insensatos lestrigones. La presencia, por momentos, de la décima primera rapsodia odiseica en la «Segunda Soledad», la de las riberas y corrientes, se percibe. Es el líquido de aguamiel, vino, agua y sangre de cordero negro, el que se cuela hasta el Hades, convocando a los muertos. Esa noche perniciosa parece simbolizarse en Ascálafo, el búho que vuela hasta los oídos de Júpiter y regresa. Ascálafo, triste y murmurador filósofo, pena la precisión de haber señalado cuando la Luna está en el Infierno. Mojado con agua hirviente del Infierno, se trueca en búho, en acusador y chismoso. Entregándole a Júpiter las noticias de cuando Proserpina, como los matrimonios mal llevados, está la mitad del año en el Infierno con Plutón, y la otra mitad del año, cuando la Luna se escapa del Infierno, con su madre Ceres. Pero sus incitaciones quedan detenidas por los mismos terrores de Odiseo Laertíada, ante la cabeza del Gorgo, monstruo vomitado por el Hades. Sus monstruos y sus descensos quedan anclados en la imaginación grecolatina. Por momentos nos irrita que su poderoso rayo de reconocimiento poético se ejercite en la conocida casa de los monstruos lestrigones. Si aquel rayo se destruyese sobre los nuevos calendarios y máscaras, sobre las nuevas vegetativas somnolencias, Góngora hubiese vencido aquel irritable desgano, que parece entorpecer la suerte y riesgo final de las *Soledades*. Su fiera pertenencia que parece fundir en el verso la dureza del cuarzo romano con la magia de la luz Córdoba-Bagdad, se desgarra y entrechoca, se subdivide en las lentas torres metafóricas de su nervioso y duro hastío, al tener que reconocer los lestrigones conocidos. Su rayo estaba hecho para hundirse, apoderándose, de los nuevos monstruos. Su luminosidad, el más apretado haz luminoso que haya operado en cualquier lengua románica, desmaya al final de su chisporroteo, porque hecho para la entrevisión, fija y detiene las antiguas máscaras y el esperado segundo nacimiento después de sus metamorfosis arbóreas.

Grandes perplejidades y mal de turulatos se tocan de querer echar a don Luis, regalado bailón, en el eufemismo, o de suponerlo gateando con las metamorfosis renacentistas. Escondido el peregrino detrás del árbol, sigue los contornos de la ronda y sus retrocesos, sus avances y sus extinciones, quedándose, pues el vulturismo medieval de la luz impide las mutaciones acogidas a los paréntesis impuestos por la adormidera, en el disfraz. En las países nórdicos, la imaginación traza su *dülle griet*, su Margarita la loca, pero en el disfraz hispánico, el de la Infanta Micomicona, Altisidora, o la sardina goyesca, es siempre una intercomunicación entre la realidad y la gravitación igualmente real de la otra naturaleza creada por el disfraz. Compárese el *Carnaval y la Cuaresma*, de Peter Brueghel, con la «sardina» goyesca. Mientras en el primero la imaginación hace sus nuevos emparejamientos, pues en las momentáneas alteraciones del disfraz, la figura central empuña un anzuelo para buscar la pareja de *lo otro* en la irrealidad, en Goya, parece que el mismo cuerpo puesto al revés —se ríen en la irrealidad unos y otros, desacostumbrándose— consigue por el retorcimiento del seco sarmiento de las entrañas, otra posible y entrevista figura, que es su disfraz, pero nunca encontramos en el disfraz hispánico la levitación imaginativa, el desprendimiento hacia otra momentánea naturaleza. La violencia de aquella luz gongorina evitaba los hipnóticos paréntesis frondosos, favorables a las metamorfosis grecolatinas, pues la luz persiguiéndolas vorazmente evitaba las suspensiones, los retiramientos y las reparaciones en la tierra ajena. El animal carbunclo, enarcado por Góngora, y al que los humanistas le buscaban afanosamente sitio por Plinio el Joven, sin encontrárselo, lo hallamos por la simbólica medioeval. El carbunclo empleado por la heráldica como mineral y como gratuidad que trata de entreabrir un conjuro, un lento miedo por el adversario, lo encontramos por *La Chanson de Roland*, cuando habla de Climorin, «que nunca fue hombre cabal», y que al recibir el juramento del traidor Ganelón, le besó en la boca y le donó su yelmo y su carbunclo. La luz, los empachos de la luz y sus reflejos, se conjuraban en el carbunclo situado en el escudo para poder penetrar en el *entourage* de oscuridad del otro. Era, pues, imposible encontrar el animal carbunclo por Plinio el Joven, pues Góngora lo veía aposentarse como un insecto piróforo en el escudo que destrenzaría y devoraría la luz.

Ya hoy el enigma de don Luis de Góngora se ha cerrado totalmente, semejante al avivamiento de ciertas valvas de los gastrónomos chinos, a la obtención del oro coloidal, o la teoría del fulgor etrusco, se precisa en la distensión de la visión, pero desaparece si se intenta situar dentro del campo óptico de la poesía. La relación entre nuestras solicitudes y sus ofrecimientos se establece en una relación irónica sombría, pues como el cocinero malayo de Quincey, aparece en una tempestad, por la puerta cocina, hablando griego clásico, haciendo normal lo inverosímil, pues el que le oía era un helenista. La contracifra de muchos de sus versos se nos ha convertido en un *badinage*, como el hallazgo de una nueva vértebra por Juan Wolfang Goethe o la rana eléctrica de Marat. Las vicisitudes del espíritu del maíz trocándose en uno de sus gallos nos es desconocida, pero nos alegra cuando comprobamos que algunas tribus nórdicas le decían al fuego, gallo colorado. Su escritura y su único sentido se nos han convertido en un signo, más cerca de lo vivencial que de su hermenéutica, y ante ese temor incesante preferimos descansar en la tibiedad de su inexistente eufemismo y suponerlo dentro de las banales y renacentistas reapariciones de la gaya ciencia. En un tapiz persa, un león ruge a un langostino escudado por la lámina de agua de un estanque artificial.

¿Cuál es nuestra lectura de esa paradojal combinatoria? ¿Pensamos, tal vez, en el calosfrío del león, si sus bigotes llevasen las puntas a la lámina? Nuestra lectura es irónica y de invasoria delicia sensorial, ante ese agrupamiento, de una expresión que tiene que haberse percibido originalmente como simbólica y teocéntrica, y que viene a demostrarnos el relativismo o pesimismo de toda lectura de un ciclo cultural. Y es agudo y desgarrador que el pesimismo de esa lectura imposible comience por la poesía. Sombrío Tobías, sin saber tampoco que es el ángel quien le acompaña, llega a constituirse —su fulgor es ya para nosotros tan lejano y resguardado como la teoría del fulgor etrusco— en el sacerdote que ofrenda de nuevo el cuarto día de la creación. Los conejos, los peces y cetreras son mostrados a la teoría de ese fulgor, desapareciendo en la ofrenda cuando su ángel se da a conocer. Lejos de irse acercando a nosotros, ha cobrado tal lejanía, que parece representar lo que pudiéramos llamar sin excesos maliciosos, el momento etrusco de nuestra poesía. Es a la luz de ese oscuro fulgor que nos dice:

> ¿Quién oyó?
> ¿Quién oyó?
> ¿Quién ha visto lo que yo?

No, nadie lo ha visto, ni permanecido tanto tiempo en el haz de luminosidad.

¿Pero qué es lo que vio? ¿Vio solamente los minuetos rústicos de las serranas y los traspiés hipnóticos de los cabreros, los ocios de Polifemo contemplando los yerros del delfín al copiar los pasos de la corza, o las venatorias tardías del espectro del Conde de Niebla? Vio, nosotros también lo vemos —la sequedad del arco de la nariz, señal de mineral voluptuosidad, como la reducción carnosa de los labios muestra su orgullo desatado—, cómo se le iba cerrando el rostro hacia un punto de agazapo, punta de malhumorado lince. Vio cómo al paso de los otoños, se le iba perdiendo su obra sin haberla nunca escrito, pues las *Soledades* más parecen la obra del desdén de la oficiosa despedida, que el contentamiento de estar él en su centro. Vio cómo se le atribuía al Conde de Villamediana, su más fascinante y laberíntico amigo, sonetos en contra de Córdoba[41] y con burlas para él, y cómo le cargaban burlas y epigramas a él contra el Conde, cuando la ballesta lo desentrañó, asegurando así en las malicias ciertas del vulgacho el encapotado odio de siempre de los poetas tejedores de la gran resistencia en contra de los asquerosos y progéricos, porcinos y tarados protectores de las letras.

41 Véase el siguiente soneto, *atribuido* al Conde de Villamediana:

A Córdoba
Gran plaza, angostas calles, muchos callos;
obispo rico, pobres mercaderes;
buenos caballos para ser mujeres,
buenas mujeres para ser caballos.
Casas sin talla, hombres como tallos;
aposentos colgados de alfileres;
Baco descolorido, flaca Ceres;
muchos Judas y Pedros, pocos gallos.
Agujas y alfileres infinitos;
una puente que no hay quien la repare;
un vulgo necio, un Góngora discreto;
un San Pablo entre muchos Sambenitos:
Esto en Córdoba hallé; quien más hallare,
póngaselo por cola a este soneto.

Véase también el epitafio al Conde, atribuido a Góngora:

Aquí yace, aunque a su costa,
un monstruo en decir y hacer;
por la posta vino a ser
y dejó el ser por la posta.
Puerta en el pecho no angosta
le abrió el acero fatal.
Pasajero, el caso es tal
que da luz con su vaivén,
y no importa correr bien
si se ha de parar en mal.

¿Quién oyó?
¿Quién ha visto lo que yo?

No, nadie lo ha visto, pero sí cómo su luz de apoderamiento, desaparecida ante la luz derivada, se iba endureciendo hasta sustantivarse, convirtiéndole, tal como hoy le vemos en su etrusca lejanía, en un pétreo animal de ponzoña.

Junio y 1951

Exámenes

La torre de estudios del franciscano Roger Bacon, *Doctor Admirabilis* y en la insistida sentencia de Humboldt, la más grande aparición medioeval, guardada con suficientes homúnculos y trasgos, y en la buena compañía del hermano Thomas Bungey, quieren aplicar su sabiduría en birlar el manotazo de los bárbaros en las ahumadas murallas de Albión. Era el dichoso siglo XIII que permitía al precursor del método experimental coincidir con el invertor de la parlante cabeza de acero que dice suerte o muerte. Era ya Roger Bacon un listado inventor de máquinas mágicas, de la barca velocísima que no se impulsa con remos, espejos lanzallamas, muñecos con don verbal y cierto androide (enlistamiento que otros le cuelgan a Arquímides y aun a Leonardo). Fue en esa misma torre de tierno y escueto saber franciscano, donde fue ideada, colocada y esperada la eficaz cabeza parlante de acero, que daría la resuelta palabra del método y eficacia de la muralla defensiva. Los dos franciscanos oían, se enconchaban en largas escaleras de silencio, pero la cabeza de acero permanecía lindamente muda. Y cuando ya hastiados de la erudición silenciosa salían a revisar la verdura o a redondear alguna cisterna, la cabeza se desternillaba y revelaba el gran secreto, y los dos buenos monjes esperadores no se podían llevar la solución para librarse de los bárbaros. Hablaba siempre antes o después de tiempo aprovechable, cuando era esperada permanecía muda. Sobre el método experimental, la cabeza de acero liberada de la teología se resuelve en invisible frenesí, indiferente cacería o preciso hastío.

Contrastemos, en la mayor gloria, la parlante cabeza de acero y el mito de Casandra, a fin de aislar el devaneo que provoca experiencias en la poesía. Casandra, hija de Príamo, sacerdotisa de Apolo, fue olvidada una noche en el templo de esa divinidad. La mañana la devuelve con una sierpe enroscada en las sienes y en la garganta. La sierpe le lame el oído y le deja depositada allí el don de profecía. Su empleo desde entonces es descifrar el lenguaje del aire: canto de las aves y voces dispersas. Asediada por Apolo se ve obligada a ofrecerle sus primicias virginales, pero se burla del ofrecimiento hecho a un dios, y Apolo viene a vengarse, esterilizándole el don de profecía, encerrándola en una torre. Aconsejada por su indescifrable voluntad se acerca de tarde en tarde a las ventanas de la torre y se le oye como un grito.

Ahora Casandra, trocada en Salomé, acaricia la parlante cabeza de acero. ¿En qué forma la creación, germen, se vuelve hacia la poesía, habla cuando los monjes no están por las verduras o por las fuentes? En un poema, ¿cuál es su reverso, la forma en que se destruye, restituyéndose, al trocar sílaba por eco, sentencia poética trocada en peine para el espejo, concha para el eco? Esos momentáneos gritos de Casandra, esos discontinuos, ese áspero espíritu de los fragmentos ¿cómo se constituyen en esferas, en continuos de uno indual? ¿Cómo el discontinuo de cada metáfora ofrece el reverso de una resistencia que se ha rehecho, de un combate que recomienza? Al llevarse la creación, la aristotélica *poiesis* al poema. ¿Se rompe acaso una subordinación, una dependencia sagrada? O por el contrario, ¿se hace un ofrecimiento que se burla, una dádiva que se recoge? ¿Las penetraciones de la sierpe en el oído son infinitamente progresivas? O ¿dependen de la corriente mayor, de la aleta caudal? Nos devoran la conciencia de esas exigentes interrogaciones, cuando el chorro verbal de la parlante cabeza de acero coincide con los gritos de Casandra. Las burlas de Casandra se unen a la espera que ha hecho nacer la cabeza de acero. Los desternillos de la una coinciden con los ofrecimientos que retira Casandra. Un olvido, un olvido aprovechado por la sierpe para hacer su caparazón del oído. El sueño aprovechado también por la sierpe, aprovechado allí donde mejor testifica, calmándose en un oído que se le brinda como espiral, inalcanzable sucesivo que devora en cuanto testifica y aguarda esa lenta destrucción de lo sagrado.

Qué diferencia para un doble sentido, como la misma melodía descifrada en dos registros, la ligereza del pez y la tendencia a trocarse esa ligereza en sombra, a convertirse el pez en espacio ocupado y desocupado. Vencimiento de la ligereza captada por un sentido, por la sombra no captada por ningún sentido.

¿Es posible hacerse de una ligereza que no haga sombra? Es necesario siempre la integración de esos dos sentidos concurrentes. Que se masque para ver, para oír. Olvido de la linealidad de caudal mayor. Una ligereza y una sombra que se masquen, que se precipiten sobre un centro, formado por otro sentido al caminar, al verse, al devolverse, por el no estar, por preguntar por nosotros mismos, espejos de la taberna y del salón de otoño rotos por la conversación de los pinos canadienses.

La distancia de la poesía al poema es intocable. Sus vicisitudes pueden soportar hasta ser novelables. La poesía es el punto volante del poema. Su trayecto es como una espiral semejante al cielo estrellado de Van Gogh. Por eso el Dante puede hablar del cuerpo ficticio que adquiere la sombra de los fantasmas. Como parece agarrarse, detenerse en ese cuerpo de engaño, en ese momento en que la sombra de un fantasma adquiere su cuerpo de engaño, su proyección, que parece querer soportar un cálculo que lo aproxime a otro sentido extrasensorial. Encontrar el cuerpo ficticio de la sombra de un fantasma. El momento de su desaparición, manchando el muro. Parece silabearse: «el cuadrado de un lado es igual a la suma del cuadrado de los otros dos, más o menos, según el ángulo opuesto sea agudo u obtuso, el duplo de uno de ellos por la proyección del otro sobre él». Proyección, cuerpo ficticio que adquiere una sombra que comienza el dibujo de su nariz.

En el último canto del *Purgatorio* aparece un personaje misterioso: el 515. ¿Se trata acaso de una cábala intraspasable del Dante? Es un número que no guarda relación con el animismo numeral pitagórico. El mismo florentino parece sorprenderse al emplearlo. Parece que él tampoco conociese ese personaje, que lo obliga a sustituir las palabras por los números. Ese número se agita, parece poseer también un cuerpo. Alguien se acerca para responder cuando ese número se fija, se oscurece. Hay ahí el ocultamiento sumergido de las palabras, después una suspensión, después ese número que se hace de un cuerpo, pues alguien se introduce en él como una bota que se llena de nieve.

Y este párrafo de un discurso de César en el Senado romano: «Por su madre, mi tía Julia descendía de reyes; por su padre, está unida a los dioses inmortales; porque de Anco Marcio descendían los reyes Marcio, cuyo nombre llevó mi madre; de Venus procedían los Julios, cuya raza es la nuestra. Así se ven, conjuntas en nuestra familia, la majestad de los reyes que son los dueños de los hombres, y la santidad de los dioses, que son los dueños de los reyes». ¿Cómo es posible esa evocación de su genealogía sobrenatural delante del Senado romano? ¿Cómo esa declamación para sí mismo, para convertir al Senado en antiestrofa? ¿Evocar su descendencia de dioses, no es tan imposible como el *multa signa facit*?

La higuera, el pastor recostado en un árbol, la nuca del toro, transportar la ciudad de la montaña al lago. No las barajas, la Luna, los marineros, el jinetuelo de mirtos.

El río subterráneo descubierto por el pastor durmiendo a la sombra del sicomoro. La simple constatación puede transformarse en evocación, en distante evaporación. Frase de maravillosa belleza justa: *el ágata tiene seis caras*. Un dato nos cierra los ojos, como ante el monte tibetano: *la cerámica egipcia era una porcelana de color azul que los griegos llevaron al Mediterráneo*. Esa noticia crea una distancia, un súbito de constante evaporación. Ese dato engendra un oído marino, breve soplo para el comienzo de la marea de lo incesante sucesivo. Aún esta: *los guerreros pueden usar escarabajos grabados en relieve*. Frase que parece que se lanza sobre una prohibición que nadie ha establecido. Nos asalta con su ilicitud que nadie le ha otorgado. Frases todas cuyo reverso comprendemos, adivinamos, tocamos. No la hiriente y miserable sorpresa, doble, triple fuga, sino el acompañamiento de lo natural de tamaño visible o simplemente poético.

Para que el faisán joven (véase Buytendijk, *El juego y su significado*) aprenda a comer los granos, no es posible acercarle su cuello a ese alimento. Si cogemos un lapicero y vamos punteando, provocando un ritmo continuo, sin necesidad de picar o acercársele al grano, el faisán siguiendo el ritmo del lapicero, empieza a picotear los granos. ¿Cómo entrelazar finamente su hambre con un ritmo? ¿Es ese ejercicio superior a su hambre? Supongamos una serie irregular de situaciones. Que el ritmo se prolonga, pero el grano está inservible. Que el faisán joven, seducido por el ritmo, ingiere un falso grano pintado, y muere. Que después de su muerte el ritmo continúa, frente a otro faisán joven. Detengámonos, por respeto al faisán joven, bastarán muy pocos punteos del lapicero para que su cuello intente remedar de nuevo ese ritmo. Detengámonos, si no el esplendor del faisán joven, puede sumar el falso esplendor del escepticismo.

Hay quienes se sobresaltan tontamente cuando leen en Tristan Tzara: el *pensamiento se hace en la boca*. Y no se sobresaltan necesariamente cuando encuentran en Santo Tomás de Aquino: *La sabiduría es una emanación de la boca de Dios*.

Almuerzo en un restaurant, de pronto me hace sonreír al ver en la lista, filete *mignon*, a lo Víctor Hugo. Dudo, desde luego, que Hugo saborease la brevedad cultivada del *mignon*. Sin embargo, el *maestro* para complacer y rellenar algunos clientes de excesivas demandas, se le ocurre un *mignon* grande, y lo titula a lo Víctor Hugo. Qué conocimiento más suspicaz del presente, pero al mismo tiempo qué desconocimiento más ingenuo del pasado.

Traducimos por largos rodeos palabras sin equivalencia. Derivamos por largos rodeos de esas palabras distinguidos modelos singulares de vivir y decir. Una palabra sin traducción posible, cobra para nosotros la misma resonancia de un extranjero que nos regalase su diferencia como lección, que estuviese siempre convocando miradas y que las mereciese. Entresacar una palabra, matizada detenidamente por nuestro uso, parece siempre como rendirse al golpe de una misma irrupción. Una palabra de nuestro uso, popular o casi culta, cobra y escarba una protuberancia, que termina por rendirse a su excepción maravillada. Ahora lo que gozosamente me detiene es, por el contrario, el contrapunto verbal del cubano. Como arracima las palabras, la secreta ley de sus agrupaciones, la gravitación o evaporación de sus conjuntos, el imán de su aliento o su exhalación. Repasemos algunos de esos conjuntos y pinchémosles la intención. *Yo siempre dije que...* Dicha con solemne levitación, atrapa un develamiento deleznable. A veces se oye sin hacérsele pausa pare la sucesión. No se le quiere hacer coro al que comienza a hablar. Los puntos sucesivos luchan con el tumulto y los oyentes, con disimulo, olvidan esa provocación a su paciencia. Si se repite, se está perdido. Si no se repite, suele despertar melancolía por la injusta decapitación. *Ahí está, precisamente, el problema...* Subraya una apretura que por momentos se desata, pero vuelve a sus colchas. Se entrevé como oscuridad, no como frote, oposición o irreconciliable. El *precisamente* ironiza dentro de esa oscuridad. Cuando se dice con alegría tiene algo del dar la mano, preludio de invitación o simpatía por anticipado. El *ahí está* hace pintado y visible el problema. Ha caminado hacia nosotros, se dice *ahí está*, y parece que nos abraza. *Quién le iba a decir a uno...* Al final parece que regala un dulzor. Sonriente meneo de cabeza, que no llega al inerme sombrío del badajo, pues tiene como un recomienzo de mañana que andaba agazapada hasta que hizo daño. Soplo mayor que evitó las diminutas murmuraciones que podían haber llegado, que llegaron, pero que entretuvo una amistad con cordeles y fiestas. Se reconoce una cercanía que se aguantaba por el cariño, que nos cubría por la placidez, pero llegó una bocanada y se hizo como un ajuste malo en la mueca. *Quijá de buey pelao...* relieve de un viejo presidiario para decir lo que daban de comer los españoles en sus cárceles. Sarmiento de retorcido pescuezo que se hace con un semblante, espanto que podemos tocar. Sin embargo, parece preludiar la perfecta sopa, la que se masticó por anticipado. Seca ya la quijada, sobre la que cayeron innumerables quijadas más pequeñas y destructoras, no ya peladas, sino arenada por la muerte seca. *Tengo un encabronamiento enorme...* Aún dentro del remolino, verse. Verse un susto y agrandado. Pero el susto se pega, para deshacer el sobresalto, con una risotada. El cabrón es un poco el diablo tonto y meningítico. Es el cabeceo bueno del diablo. Alcanzar la enormidad cabronal y tenerla, es decir, un tamaño que sigue recién creciendo por dentro, hasta derramarse por la cascada de los cuernos, volteándose. Verse como un tenerse, mirada que de pronto se hace con un cuerpo y lo recorre tocando y reconociendo. Tenerse, viéndose por dentro como el cabrón que fue diablo y se le ve y se le saluda con jácaras y panecillos usados. Se sale a lo jinete malo del cabrón, y se lleva en andas al encabronado hasta la colina, donde aún de veras sigue manoteando burlas y pesadumbres frontales.

El Cartagenero y la Macarrona

El revuelo del «simún» se había vuelto academia;
llegaban los rusos con asombro parisino y salvaje,
aunque sus índices atravesaran el monóculo,
detrás del smoking se veían sus músculos trepando los árboles.
Llegaban dando palmadas, rompiendo el monóculo
de revés, apoyando los brazos en el espaldar de las sillas.
El fino Cartagenero había abierto academia,
llegaban los rusos preparando unas mesas,
con papeles que chillaban como en un barco,
para beber y dibujar los pies y las manos.
Massine recogía la flor mascada por el Cartagenero.
La Macarrona, hundida en el susurro, estaba apagada.
Si alguien le caía de visita para copiarla, decía:
«subamos a la azotea y bailemos los cuatro».
Los rusos bailarines le daban la vuelta a su cuadra,
preguntaban, y los vecinos a una, riéndose:
no estaba, no estaba, no estaba.

Si Massine taconaba su caracol de guarida
y la Macarrona le contestaba sonando palmadas,
le regalaba una guirnalda con zarcillos plateados.
Ella, que prefería lavar y no abrir academia,
se hacía a la bulla y entregaba el revuelo:
«subamos a la azotea y bailemos los cuatro».

De la pesadez de la masa de aire

Lo que caía en columna y que él interrumpía,
si no otra columna quemaba y juntaba sus arenas,
mientras sabemos que las dos columnas tienen
que esperar que la tercera columna pase su lámina,
cuando ambas columnas respiran a la misma altura.
Lenta, y no acostumbrada; cometa, y no cuchillo,
la tercera columna silba cuando ya han pasado
las dos columnas, las dos masas de aire que se enfrentan.
Suponiendo inmóviles las dos columnas, podía pasar
la tercera, la deshecha y ofrecida como lámina.
Si una columna caminase, la otra perdería su sentido,
la tercera ganaría su naufragio al cerrarse y enrollar
las delicadas hojas de su sombra, la sombra de sus hojas.
Las dos columnas marchan una sobre otra,
la lámina parece que se ahoga y se prolonga.
Las dos columnas juegan y la lámina
entra al juego. Si es un juego o un teatro
¿por dónde puedo entrar? Lo inmóvil seco;
las groseras masas de aire. La primera columna
me suprime; la otra columna, si yo ruedo,
prefiere no buscarme ¿por dónde puedo entrar?

La suma no viene con el parangón

Dentro de una cálida teoría de las brisas,

se dice la decidida llegada del modo siciliano.
Desciende la suma al Scila,
para mostrar el nuevo principio de la espuma.
El erizo brincado de la roca boreal,
puesto sobre la vagina rosada de la arena,
hunde la pinza, preguntando.
La sucesión de desiguales en el descenso al remolino,
cordaje de las guitarras para el parangón,
eran igualados en el centro del torbellino.
Llegaba la diversa fascinación de las brisas sicilianas,
sumando toscas preguntas africanas
y el elegante despeño de las peinetas de Cádiz.
Los desiguales marchando al remolino,
gozan de una penetrante exhibición de fragmentos;
cada uno de los sumandos gozosos no adquiere
el cordaje de las guitarras para el parangón,
o «la superficie interna de los cuerpos».
Sorbidos por el centro de boca que los traga
o impulsados por el soplo de brisas sicilianas,
los desiguales sumandos desdeñan la siesta del parangón.

Magnitud de cantidades negativas

Golpea el pastor con su cayado
las más delgadas telas,
después del inútil ruido del azoro,
otra llamada, que ya no está, nos viene.
Ese crujido, naciendo en otra puerta,
se deshace en las preguntas de una muerte.
Ruido de otro total se perdería,
si no fuese universal la carne de la tela.
Nadando en nuestro instante alguien viene
a brindar su cuello por regusto o sucesión.

Y aunque el cayado se aplaque por las venas,
saca, saca, las caras de la tela.
El golpe no es el que corresponde a cada cara
y cada cara se pierde por la tela.

Al desvanecerse las vicisitudes del acto creador, por haberse captado la vaguedad de la poesía en la devoradora posesión de un poema; desvanecimiento comparable al de la planta que se sumerge de nuevo en su indistinto, el poeta ya en indirecta relación con aquel acto primero, mentira o contradicción primeras, se encuentra que al repasar aquel fuego que él había enlazado, conducido y situado, ya no se reconoce, teniendo que descender los peldaños que lo reducen a una igualitaria condición de espectador, donde sus agudezas y sus vacilaciones, sus aproximaciones y retrocesos, lo mantienen en la misma relación de aquellos otros espectadores que no sentían siquiera la reminiscencia de aquel acto primero o incesante despierto. Pues aquel poema construido en el momento en que la poesía le era coincidente y lo penetraba, estableciendo así entre poesía y poema un simultáneo encuentro donde lo discontinuo puede brindarse como mansión y estado, se diferencia por esencia de aquel otro espectador que tiene que marchar reconstruyendo los fragmentos. Pero existirá siempre un temor ancestral, tanto en aquel que desciende de aquel acto como en el espectador, en el desconocimiento del instante en que aquel absoluto, imagen o libertad, recurvará sobre los fragmentos para justificar una pertenencia, encristalar una realidad, o apoyar aquel oído marino en la corriente mayor.

Preocupado, como los vihuelistas del siglo XVI, porque el sonido de la tecla no volviese a su anterior, había que secuestrar del verso sus deseos de reingresar en el acto que lo exhaló. De tal manera que el verso no fuese la progresión vaporosa de aquel centro de irradiaciones, sino que por el contrario, agitado por una lenta corriente de impulsiones, perdiese su nostalgia y adquiriese un incesante apetito de penetrar en la sustancia de la unanimidad y en un éxtasis de participación de lo homogéneo. ¿Pero cómo aquellas progresiones del verso o de los fragmentos, que al separarse de su germen o acto tendía a desvanecerse, serían aún decididas e impetuosas para plantear en su reverso diríamos, esas participaciones, esos instantes devoradores, lanzados sobre el contorno de una tensión, sobre aquella otra sustancia que al principio ondula y se precisa y que después queda tan solo como los gritos inaudibles de un enemigo? Aquel verso o fragmento al huir o desvanecerse, extinguida su potencia va a atravesar el riesgo de una suspensión, apareciendo siempre detrás de un *inconnu*, la isla, con vegetación e insectos de pausas y enlaces. Si al observar la líquida corriente nos fijamos en su trasfondo tenebroso, y exclamamos *caudal*, esa palabra acecha, coloca ojos de Polifemo y de Hidra en torno de aquel líquido devenir; se hincha de neblinas y de sugerencias, comienza a girar como un poliedro que provoca nuestra ceguera y que impide toda simultaneidad entre la visión y la mirada. Pero presto para evitar aquella incesante proliferación de las sugerencias, buscamos lanzarle su pareja para provocar una tregua, una pausa en la que nuestra mano aprieta el pez. Decimos ya entonces *caudal secreto*. Y aunque nuestra mirada no alcanzaba el lecho del río, al acompañarle su caudal con su posible pareja, cobra una calidad de venablo al que le bastó nuestro soplo. Para continuar sus rodeos y prolongaciones, discontinuos que van hacia sus cuerpos, metáforas o fragmentos que van a sus imágenes, el poema que mostraba con agudeza el relieve de sus parejas o asociaciones reconstruidas, va a ser rehallado derivando su más firme textura de concepto, sentencia o profecía. En realidad ese golpe fulminante, pero reverencial, comenzaba por mantener una dependencia entre poeta y poema, volvía a lograr su absoluta ruptura y su ruptura como absoluto, alcanzando ya el poema otros deseos de religación que no eran la constante de su materia trabajada. Aquel primer diálogo de poeta y poema, convencido de la lenta extinción de los chisporroteos de esa incesante suma de nacimientos, podía solo valorarse en relación con un cuerpo conceptual, con el que se refracta, al que combate y con el que desaparece. De ahí esa nostalgia que recorre el fragmento poético y que lo conduce a cristalizarse en sentencia. Las asociaciones conceptuales son siempre más lentas que ese súbito logrado por la metáfora. Supongamos el escudo de Aquiles, obra de Hefastos el herrero, donde efebos y doncellas se agitan para la danza y la carrera, muy cerca de ellos numerosos discos, ¿qué significan esos discos cerca de los coros alegres? La respuesta demorada, aunque obvia, carece de fascinación y expira al descifrarse. «Los efebos en la carrera veloces como discos.» Por el contrario, el súbito de un verso mantiene su irradiación para propiciar los innumerables enlaces de significados. *Tu padre fue una esfinge*, dice un verso de Apollinaire, y *tu madre una noche*. De inmediato derivamos: lo egipcio y lo babilónico; Proserpina que no logra ascender en el renacimiento de las espigas; el bostezo de Euforión, saltando hacia el abismo; el toro alado con cabeza humana; Amenhofis II, no el monarca guerrero, sino en la plácida actitud de cualquier escriba colgado del cuello de la vaca policromada de Hathor; columnas que reemplazan su función por parejas de caballos o diminutos toros pintarrajeados en actitud de *clown*. Y si presto el verso siguiente («Conjuros de Jacinto y de las Cícladas») no tendiese sobre el anterior, una cuchilla de oscurecimiento, necesaria para la progresión verbal, se convertiría el primer verso en un hechizo de actuación tan incesante sobre nosotros que nos reduciría como inermes.

Unir por líneas y sucesiones las distancias entre las siete intuiciones, que tiene la persona, según la mitología china, para apoderarse de su caos. La *noche dichosa*, lleva al nadador uniendo el isósceles de sus brazos, a salir de su soledad y tocar con su frente y su espalda la otra ribera y sin encontrar oro de compañía, regresa entonado y antílope con su ¿quién ha estado por aquí? Que existe la piedra heráclea que abre los comunicantes y que el poema ofrece hacia su centro los imanes que sumergen al verbo, ya por un impulso hacia la ley de los torbellinos o por la sustancia adherente. *Las espadas de los reyes góticos volaban por el cielo del paladar*, solo cae y se justifica en el peso del sabor, pues entre la alfombra de la lengua y el cielo del paladar, cada palabra asegura su terror al acercarse a los retiramientos de la esterilla. «Una inversa costumbre me había hecho la opuesta maravilla, en sueños de siesta creía obligación consumada — sentado ahora dentro de mi boca contemplo la oscuridad que rodea el abeto— que día a día el escriba amaneciese palmera.» La poesía puede mostrar el asombro de su propia ley física. Detiénese el expreso sobre la ancha base pétrea de un puente romano. Impúlsase el tren hasta alcanzar una velocidad incesante en la progresión y en la infinitud, hasta que ya en el vacío podemos reemplazar los rieles por un cordón de seda, pero como a una velocidad infinita, toda tangencia con la tierra es pulverizada, resulta que el tren sobre el cordón de seda iguala la potencia con la resistencia, sin que se desplome por la supresión de la caída en el vacío absoluto... Para levantar el cuerpo y lograr la prosecución de su germen, había que acudir al concepto teológico de *procesional*, que propaga la suprema forma ya transfigurada, mientras existan los añadimientos del uno que transmite el fuego. Para lograr su Paraíso, donde criatura y esencia se transfunden, había que lograr un éxtasis de participación en lo homogéneo, venciendo así al demonio de lo extenso, donde es imposible la participación metafórica o el apoderamiento del exterior (en cuanto materia signata como decían los escolásticos) por imagen. Pues entre el espejo (el hombre como espejo) y la materia signata siempre surgía el enigma (esfinge en griego significa contracción) reconocible en su rocío o en su empañamiento, ya que cuanto más intenta el hombre la copia de signos y escrituras, surge el rocío de las interpolaciones no presumibles; el lento sudor de enigmas cuanto más intentamos reproducir con exactitud intachable.

Un sistema poético del mundo puede reemplazar a la religión, se constituye en religión. Ese fue el esplendor de aquel *quia absurdum*, porque es absurdo, del catolicismo de los primeros siglos. Si la metáfora como fragmento y la imagen como incesante evaporación, logran establecer las coordenadas entre su absurdo y su gravitación, tendríamos el nuevo sistema poético, es decir, la más segura marcha hacia la religiosidad de un cuerpo que se restituye y se abandona a su misterio. El que logre disolver, decía un experimentalista como el canciller Bacon, que no podía olvidar la alquimia, la mirra en la sangre, vencerá al tiempo. Si la poesía logra disolver la mirra, es decir, la alabanza, en la circunstancialidad de la sangre, el espíritu renacerá de nuevo en la alegría creada. Así si un día el demoníaco William Blake, pudo exclamar que el Espíritu Santo es el vacío, hoy la poesía al pretender saltar de la cárcel de la palabra anterior y su identidad, busca por medio de la alegría de una nueva alianza salvarse de la meditación de la muerte. La muerte devorada por la sistematización de un nuevo absurdo poético, la visión y la acción de gloria y alabanza en el halo de la paz estival.

1950

Doctrinal de la anémona

Las dulzuras y la metafísica del aire, el imperio de las torres y aquel suave tacto marino que reemplaza a la quemazón de arena y cordaje. Visillo de nieve, voluptuosidad de lo extenso. ¿Cómo puede ser que los árabes que sustituían por ornamentos a las figuras animadas, fuesen tan puntuales cirujanos? No se podrá ignorar que los leones de la Alhambra fueron traídos de Persia. Escalas del viaje: la crápula bizantina y la crueldad que se quema en una línea imaginaria ecuatorial. Entre la tierra y la leyenda se posa el ave que tan solo se nutre de rocío. Entre la tierra y la línea del horizonte el gamo puede proclamar la fraternidad: sonríe y huye. Entre la tierra y el error nocturno, la brisa que no quiere llegar a ser aire, lo maravilloso que no tiene que ver nada con lo misterioso, abren la anémona nocturna. Necesaria metafísica del aire y el vegetal extendido que oye sin tener los cinco ojos del insecto, los muchos y muy multiplicadores de Argos, el saltado ojo único de Polifemo. El vegetal que oye por ojos innombrables. Su piel, su continuidad morosa, sus silencios que la eternidad no se atreve a raspar... La anemografía, valiosísima desde luego, ya que une la comprensión estilizada de los silencios botánicos, y atrapa también a los meteoros maravillosos. Maravilloso: el último fragmento de losmeteoros que volatiliza a los espejos. Misterioso: ligereza del airecillo nocturno que toca la almendra verdeoro de la anémona y le abre los pétalos que la mañana —incomprensible imperio de Vulcano— se encarga de soldar. Fuego, líquidos y vegetales, caen o invaden, como varas o como lo horizontal mordiente. Los líquidos invaden mientras el hombre sentado en su túmulo se desespera, frotándose los labios con cisnes y anémonas. Esta invasión que avanza es lo horizontal líquido, duro y batiente, fragoroso tal vez, absorbido por la tierra, no sin enviarnos ante el jinete y su necesario remolino. Puede resumirse en hilos de lluvia y el trigo creador reaparece si se ha formado en el soplo porquero o vaginal. Pueden ser los cuatro ríos del Paraíso y entonces la lluvia al caer en las cabelleras no necesita crear las arpas. Pero he ahí que el río necesita su método de invasiones, cuyo reverso invisible es la palmera (Sócrates y Nausícaa, que después del baño se tienden, sin ser manchados por el carro donde combaten Krishna y Arjuna). A los pies de la palmera el río parece domesticado y su rumor, que después será sueño venoso, va a confundirse con el de la lluvia en las hojas. Los líquidos reservan su método invasor y la lluvia aparece como un eco benévolo al tambor que conjura al caracol y al espantoso Destino. Y el vegetal que nos toca, burlando sin esfuerzo la tensión de la distancia, provocando el primer método de la muerte. La parte neurovegetativa del hombre nos ofrece su desazón corrosiva, mientras no la podamos burlar como una piel de pantera domesticada a fuerza de pimienta y lluvia de estrella. Lo vegetal en el hombre cabecea hacia la muerte, como una barca de impulsión igual y perpetua. Y lo neurovegetativo, que es el estanque del cuerpo, solo colecciona ridículos cadáveres de cisnes, hasta que cordones eléctricos, forrados de tafilete, no lo purifican, levantándole una marea pequeña. Pero aunque ese combate entre el líquido invasor y el fuego resistente es la mejor escultura, dejémosle para acompañarnosde la chispa y de la llama. Ese estanque neurovegetativo puede ser turbado por la necesaria chispa, casi siempre nocturna, que cae cortando o levantando llamas, malas aparejadoras y de suficiente continuidad invisible. Hasta ahora el líquido parece vencer. Pero..., dos rocas se separan, el pie vacila, y el vacío tuerce el líquido como una cascada de corderos. Lo líquido mal dirigido por culpa de su bisagra impropia, se hunde sin que el hombre pueda conducirlo hasta su devenir perentorio. Llama y poesía en el momento mismo de su torcedura, parecen no acercarse a la bisagra del menos, exigente separadora del continuo método del líquido invasor y la discontinuidad friolera e inaprovechable (intraducible). Tranquila sobre la bisagra, ejemplo de tiempo concentrado, a la llama se le ocurre danzar, convirtiendo un rebelarse en un paso de danza, celebrando obligatoriamente todo nacimiento y muy en especial el poético. Inquietante coquetería, de la que han abusado Valéry y Heidegger, que no debe conducirnos a cortar la llama con un golpe seco de manos, dejando el mayor fragmento de parte de nuestra cognoscibilidad; y lo que es peor, desear que el número más pequeño se trueque en un globo de fuego que el hombre cree poder dirigir a pesar de que el hilo conductor es todavía incandescente. Ya la llama ha surgido de la espuma, no hablemos para nada de método o de visible estructuración, pues las oscilaciones de la llama nos entregan una escultura doblada, mantenida por unos canales que pueden parecer cristales líquidos. No hay tal cosa: dentro de la llama se preocupan las celdillas trabajadas por la metafísica del aire y por la líquida nocturnidad leve y alevosa. En la Edad Media bastaban líquidos, fuego y vegetales: la poesía era un método de Dios. Las insuflaciones aéreas dentro de la llama no eran trasvasadoras del fuego imperial. El fuego luchaba con el líquido contentándose con su vencimiento. No se podía hablar todavía de la llama: paréntesis o escultura dentro del fuego, crujimiento de la parte única que le corresponde al hombre tocar. Así una seca voz medieval nos dice: *En quatro cosas puso Dios vertudes: la primera en las estrellas, entre las quales son nombrados los planetas; la segunda en piedras preciosas; la tercera en yerbas; la cuarta en palabras de ome.* No hay la menor alusión a los alveolos aireados dentro de la llama. Sin embargo, cualquier voz que se haya diferenciado nítidamente de lo medioeval, los reconocería como elementos de seguro amor, por ejemplo, Goethe nos dice: *la luz, el aire, el tiempo son las porciones que habitan los mortales.* Para que ese aire pueda salvarse en la llama —y no se refugie en el bajo imperio de lo extenso como el cuello del ánade— no basta que el hombre forme paralelas con su cara y la espalda del cielo, sino que esperaremos la construcción de altos muros, visibles desde lejos por el tapiz que sirve de base a las torres del imperio, donde podrá construirse tenazmente, silencioso despliegue, la metafísica del aire. Los altos muros no suenan mientras albergan a la llama y la necesaria suma de aire se va recorriendo o alimentando la filosofía del clavel y el crótalo pitagóreo. La altura del muro y el tapiz de la base han purificado de tal manera el aire que este absorbido duramente en la llama, pueda ya reconocer y tocar la anémona nocturna.

Esa llama no estilizada, visible en una eminente dignidad, insistirá por las pruebas de sus límites, contentándose con el archipiélago de puntear sus contornos, pero le salvará siempre la oscilación inefable como que su arquitectura o instrumento es el viento y su destrucción el mismo viento.

Agosto, 1939

Parejas infieles

El siglo XIX poseía un ojo de refracción acuática, su agitada pecera nocturna: el camerino. Hoy revisando amarillentas postales tenemos que verlo con lentes o por la cerradura. A través del camerino se establecían relaciones entre poesía y música, encontrándose las dos bastante atolondradas. Los poetas como Hugo, muchas noches antes de la memorable de *Hernani*, trazaban el mapa teatral donde se debían sentar los asistentes, para que se viera mejor el chaleco del buen Théophile, o donde la luz de la bujía alcanzaría una mejor calidad proyectada sobre el rostro del sombrío Petrus Borel. Ante las órdenes de Hugo había que sentarse en silla prefijada y aplaudir en tiempo indicado. Y la actriz se aprovechaba de esa cercanía para manchar impunemente algún verso de Racine. El camerino, la *maîtresse* y el champagne, tienen un tono en la cultura de pareja medida. En esa pecera del camerino se enturbian el siglo XVIII y el XIX. El camerino puede reducirse a un *bric-à-brac* del XVIII. Las escavolas, los bibelots, las flores galantes le comunican una presencia fúnebre. *Tendido en su camerino*, es frase que se puede aplicar a los hombres esenciales del XVIII. Muestra del trabajo mostrado, exhibición de piezas construidas a oscuras, no es la propia salsa para la liebre que se retorcía en el fuego. Todo artista de ese siglo tiende a convertir el camerino en museo de bolsillo, o de cosas que salvaría ante un posible incendio diminuto, lentísimo que diese tiempo para peinarse despaciosamente, del que solo quedaría la falsedad de nuestro apresuramiento, o de cierta mueca necesaria como rastro en el rostro. Los servicios de espionaje, el destino, la amistad parecen haber sido elaborados en los camerinos durante el siglo XIX. Así como hoy se habla de pozo, túnel o gruta del subconsciente, en el siglo anterior era posible hablar del camerino del subconsciente. Era el subconsciente visible, trasladado a decoración y a gesto, mera seguridad histórica, ya que si solo lo viéramos como pecera nocturna le quitaríamos su atracción más terrible de muchas voces que hablan dislocadas, pero en una tenebrosa unidad de tiempo.

La entrada en un camerino tiene toda la *flatterie* cuidada del XVIII. La salida del mismo a la medianoche, el rostro empolvado y ya con las franjas violetas del cansancio invasor, los paños ingleses bajo la Luna que se reitera y se burla y el mismo sorbete lunar que se desdobla en las conversaciones y en el eco de las conversaciones, todo eso hace un buen siglo XIX, procura un acercamiento entre la poesía y la música que igualmente parece haber brotado del camerino a través de la amistad irregular de los poetas y de las actrices. Esas relaciones de camerino tuvieron su muestra negativa en la escuela de los *musiciens* y en el drama musical. Ya sabemos que los *musiciens* establecían una relación entre la poesía y la música superficial y descriptiva, contentándose con pequeñas cadencias y parejas de plurales. La nociva influencia de los *musicienshacía* pensar más en las decisiones del gusto, los pequeños hallazgos de Darío, que la poesía de gran estilo a lo Unamuno. Y con respecto al drama musical, han sido duros y certeros los tiros de jabalina de Nietzsche para que nadie tenga que insistir: «Wagner, Víctor Hugo de la música, la regia prodigalidad, recitativo a la genovesa: poca carne, mucho caldo».

Desde Hugo hasta Valéry el camerino es visitado por los poetas, y las actrices acompañan en el paseo de medianoche, queda así como la gran pecera nocturna que contiene todos los estilos. Esa actriz acompaña de distinta manera según los diferentes estilos. Para que Hugo siguiera durmiendo como un lirón opiado era necesario poner en el lugar de la esposa a Juliette Drouet y seguir durmiendo: la *maîtresse* guardada a nuestro lado durante años interminables, dueña de los oficios domésticos, es el signo comunicado por el poderoso genio administrativo de Hugo, el cómodo reemplazo primero, la perpetuidad después entre el poeta y la querida. Con Baudelaire la actriz no es la actriz, pero ocupa el mismo espacio plástico que la actriz, complicaciones tan enojosas y fugaces que ahora parece que él se había disfrazado de Amiel antes que Amiel. Las dos mujeres que rondan a Baudelaire le colocan en deliciosos antípodas: Jeanne Duval, mulata nerviosa, cuyo papel en los vodevils reducíase a asomar el rostro y dar tres gritos acuchillados, le acerca al XIX de Saint Pierre. Es la querida delgada de Baudelaire y podía haber sido conocida a la salida del camerino. Pero Madame Sabatier le lleva al XVIII. ¿Acaso no la había conocido Baudelaire en el taller del escultor Clésinger, tan neoclásico que su cámara de trabajo parecía tanto un mausoleo como un camerino? Madame de Sabatier le sirve de modelo al escultor para su *Femme piquée par un serpent*. Su busto, que se conserva en el Museo del Louvre, tiene una nobleza de testa del XVIII, a pesar de eso algunos contemporáneos demasiado exigentes le llaman «une belle femme un peu canaille». Es la querida gorda de Baudelaire. La poesía que representa ese período pudiera ser el *Voyage à Cythère*. Esas diversas actitudes para con sus queridas, parecidas a las que siempre guardó para la poesía, habiéndonos en ocasiones del análisis de las sensaciones y en otras de la gracia, se refleja también en sus preferencias musicales. ¿No es en 1861 cuando contempla desdeñoso los silbidos que acompañan los primeros *Tannhaüser* en París, cuando presenta su candidatura a la Academia? Podía haber sido el gran wagneriano, aquel que parece esbozarse cuando describe las últimas crisis del láudano, la de las grandes invasiones de agua, pero todo en Wagner derivaba de un erotismo derramado y no de provocaciones o de artificios conocidos.

Así como Baudelaire unió la querida gorda y la flaca, característico de su estética que prefiere guardar el dado y esperar el azar, Nerval, por el contrario, se rodea de dos tentaciones: la idea de que todo en él va a dar en el suicidio y de que tiene que depender de la casquivana actriz Jeanny Colon. Sus sensuales excentricidades bajando el telón, las reuniones de artistas en casa del escultor Jean du Seigneur, romántico, enemigo del Clésinger donde se reúnen Madame de Sabatier y Baudelaire, sus viajes a Bélgica para encontrarse con la actriz pueden hacer un Meyerbeer; pero su suicidio colgándose en el callejón de la Vieille Lanterne, es un tema Berlioz-Doré. Su vida pasa de un Berlioz a una cita con Liszt, pero sin detenerse en la única compañía del gran músico que tiene que acompañar al poeta, pues Wagner parece ser desconocido por su prosa de un impresionismo homogéneo, de calada llovizna, pero fiel a la constante amenaza del suicidio, cosa en la que seguramente no pensaría mucho Wagner. Ya en 1885, Mallarmé decide ir a los Conciertos Lamoureux sin pasar por el camerino. Claro está que el desarrollo wagneriano no le roza, pero el nacimiento del símbolo, lo que en Mallarmé no es crisis del lenguaje, revela el asistente dominical a las salas de conciertos, nutrido de un oído marino, el blanco conflicto unánime de que nos hablaba resuelto por la penetración del conocimiento sensible en lo inerte, que así se incorpora o que retorna ya con la nueva vida que ha logrado transmitirle la palabra. El hecho de sentarse a oír — *adoraturus sedeto*— le provoca verdaderas iluminaciones en la captación del nacimiento de las formas. *La alegría emitida recurva a los comienzos*, nos dice. Con él las relaciones entre la poesía y la música dejan de ser exteriores y descriptivas para bañar meramente el símbolo. Sus más pequeños aciertos, sus circunstancias poéticas más logradas no dejan de poseer la calidad derivadas de una orquesta invisible, mejor de un cuarteto oculto —*L'eventail*—, por brocateles carmesíes. *Si la orquesta cesara en su influencia, el gesto se convertiría en estatua*, vuelve a decirnos. En estatua parnasiana, tan lejos de sus favoritos cambios idénticos, de sus blancos conflictos unánimes.

Ya en Mallarmé las relaciones entre poesía y música estaban en el buen camino. No sabía él de alcanzar la poesía como pura expresión del nacimiento de las formas, por el contrario, el mito, la sinfonía wagneriana quedaría como la inicial que la poesía no tiene por qué describir o acompañar, pero sí establecer una relación profunda entre el mito y las figuras. Valéry, olvidando su celo por las apariencias, no las guarda al hablarnos de la *perversa música*, diciéndonos que las mujeres comprenden la filosofía musicalmente, por musicales modos ¿se siguen guardando las apariencias, estamos en presencia de una intraspasable convención? No lo creemos; con Valéry esas relaciones han alcanzado una madurez fascinante: de la nada al nacimiento de las formas, pero entre esas dos nadas decisivas y terribles, la sucesión de dos estrofas, pretenden darnos la clave: *Entre le vide et l'événement pur / J'attends l'echo de ma grandeur interne.* El eco vuelve siempre una vez más, no ya como tema, sino como divinidad desprendida de nuestra substancia porosa, uniendo el estoicismo al tema del destino. Ese eco, ese rumor naciente igualan todas las ascensiones hacia la forma, sin distinguir, pues la forma naciente tendrá que llegar hasta nosotros como idéntico rumor que puede ser captado indiferentemente por las figuras o por la sucesión y las sugerencias. Y en ese principio de las formas solo existe la persistencia de una identidad maravillosa.

1941

Muerte de Joyce

Ya sabemos el camino del profesor solitario. Va desde el benedictino en su torre de Sicilia hasta el maestro de Berlitz. Decididos unos en llegar a profesor solitario y otros a la ataraxia estoica de otra clase de soledad. Este profesor de la Berlitz muere silenciosamente después de haber vivido en olor de buen escándalo: unos comparándole con el Dante, otros considerándolo como una *curiosidad*. Sus mezclas, la complicación de sus preferencias: desde el intento y la manera de los isabelinos hasta la física del lenguaje encarnada en el fonógrafo de la Berlitz. Durante mucho tiempo, para aumentar sus peligros los lectores del cuantioso *Ulysses* reclamaban la escena del burdel, los monólogos, abandonando la polémica sobre el *Hamlet* en la Dublin Library, o la bellísima página sobre el color y lo vital: «The various colours significant of various degrees of vitality, white, yellow, crimson, vermilion, cinnabar». Un tipo especial de lector se obstinaba en crear un Joyce especial, viéndolo hermano mayor del surrealismo, revestido de la muralla del conocimiento de todas las lenguas románicas, griego y latín, babélico, imposible, babilónico, rabelesiano, continuador de simbolistas menores. Hoy vamos viendo que aquella obra se hizo como se hacen todas las obras: la lucha adolescente entre el sexo y el dogma, el ritmo de la voz y cierta heterodoxia superficial que va en busca de una ortodoxia central. Un nuevo tipo de lector reclamará en seguida para Joyce la delicia y la seguridad de sus fuentes. Los *Ejercicios* provocando furias, rectificaciones, leído como manual de retórica y como coro de disciplinantes. Enseñando a escribir: *de manera que una sola palabra se diga entre un anhelito y otro*, y *mientras durare el tiempo de un anhelito a otro*. Saliendo también de los *Ejercicios* la obstinación en una palabra, la evocación de *los tres binarios de hombre*. Y el ángel —no en su alabanza—, sino como cuchilla. Postrimerías, juicio e infierno y el azufre desprendido por el rey de los orgullosos, temas de la adolescencia jesuítica de Joyce. Si Stuart Gilbert ha señalado en el *Ulysses* la parodia de las aventuras de Odiseo, igualmente podemos señalar la reminiscencia de la teología jesuítica en sus temas más utilizados. Asmodeo: ex-querubín, dirigiendo el tema de la carne: hurdel, parto, excreencias; Mammon: los numerosos judíos que aparecen en su obra; Belzebuth: la magia, la cábala, la furia por penetrar y animar el mundo exterior, la parodia que hace la jerarquía infernal de la celestial. Todo eso derivado también de los *Ejercicios: y los cielos, Sol, Luna, estrellas y elementos, frutos, aves, peces y animales, y la tierra, como no se ha abierto para sorberme criando nuevos infiernos para siempre penar en ellos.*

Si se le señala su artesanía, sus furias, pero separándole siempre la artesanía del modo, y la furia, que tiene que pegarse con sustancia, de la ironía filológica, que quisiera definir la poesía como la pervivencia del tipo fonético por la vitalidad interna del gesto vocálico que la integra. ¡Cuidado con la filología! Que Joyce fue también por otros caminos pruébale aquel delicioso *Portrait* en que hay una simultaneidad entre el Eros y su encarnación y el artista que ve surgir de ese apetito la forma. Ahora que la marcha de su obra se detiene, pidamos el nuevo lector que ya él se había ganado. Si él había afirmado que a su obra le había dedicado su vida, y que por lo tanto reclamaba que el lector le entregara su vida también, deseémosle ese tercer lector capaz de jugarse su vida en una lectura, no afanoso de suceder sus preferencias, sino que tenga para una sola lectura la presencia y la esencia de todos sus días. ¿Merece Joyce ese lector? Ahora que ya tiene suficiente silencio es cuando irá surgiendo la respuesta, o ganándose definitivamente ese tercer lector. El solo y misterioso lector resuelto como un escriba egipcio.

Marzo, 1941

Cumplimiento de Mallarmé (1842-1942)

¿El simbolismo? Se había ido convirtiendo en el banquete sin comensales del que solo se escapaban el frío último de los manteles y el rebrillo inicial de los candelabros. Se levantaba un murmullo, un reflejo, pero nos alejábamos desdeñosamente para habitar una sustancia que repartía —instantánea unidad de lo continuo y sutil—, en la proporción del sueño en los músculos de la serpiente. El símbolo se entremezclaba con el címbalo, de la misma manera que la serpiente se enrosca en la rama del almendro (moviente, nutrida de otoño, semimoviente). La misma música no acompañaba en su primera situación campesina de par de la palabra, de aprovechadora de una imperturbable condición, sino que en la embriaguez de no estar, intentaba nutrir los residuos de cada poema, de cada abandonada experiencia, con las tubas del órgano en sus más difíciles situaciones de medianoche.

La música sí detenía las palabras, las impulsaba de nuevo, ya infinitamente, hasta hacerlas girar y sobregirar, de tal manera que aquel impulso pensado poderoso, terminaba en el poliedro de cristal de roca, que la punta de los dedos se entretiene en girar y sobregirar. Mallarmé encontraba en eso lo que él llamaba *la dicha de una desigualdad moviliza-da*. Pensaba él que ese instrumento móvil nivelaba las palabras, haciéndolas solo especial nadada, solo especial túnel de nubes. En ese ya mostrado caracol, las letras iban siendo el corpúsculo, el hilo y el propio laberinto para el reencuentro del que no se ha perdido, quedando así las palabras en suerte de su igualdad desigual, convertidas en propio cortejo real, propia hora desigual del fauno, o monotonía del pez hialino dentro del líquido mayor que es también cristal.

Mallarmé creía nutrir sus recursos de lo que él consideraba como *reflejos inversos* (véase su *Crise du Vers*). Esa luz última de cada palabra sobre la otra, impedía la presunción banal de que hubiese una sola palabra, distinta, distinguida, diferente, si no una palabra que gira en la espuma propia y de su escala. Si las palabras se nutren de sus reflejos —igualdad del móvil— habrá hastío: caso de Valéry. Ese *reflejo recíproco*, nutrido de sonido par y primero, de luz igual y repartida, termina con la estatura o alegoría de un destino demasiado invariable, demasiado indivisible.

El reflejo recíproco merece ser decapitado por el reflejo inverso, mientras el recíproco verbal se perdía en la indestructible homogeneidad del móvil del impulso; en el inverso verbal, se iba borrando como par de la propia progresión, un mundo distinto, acompañante, pero que iba a quedar como trágico conocimiento del no ser, existir del no existir. En el reflejo inverso si yo digo: *bosque de la Germanía* o *ramo de fuego en el mar*, o simplemente *cortejo*, estoy formando una pertenencia distinta, pero que se dilata y recorre. Se ha desprendido la palabra que se desprende del mudo, del ineficaz y desamparado. Ya que sin duda, nadie puede saborear las palabras como el mudo, o aquel que le está permitido hablar solo una vez después del canto coral.

Quería lograr Mallarmé lo que él llamaba *reemplazar la respiración perceptible*. Intentaba borrar así todo indicio, todo rasgo para conseguir tan solo un viviente en el que los signos externos o groseros de la vida del poema no pudiesen sorprender con su gruta no interpuesta. Se podía molestar en ocasiones por la perversa presencia de lo reminiscente o por ciertos objetos ya predados como preciosos. Al borrarse esa respiración como signo externo, el poema tenía que nutrirse de propia pervivencia, pero se sentía desfallecer en cuanto le acudía alguna comprobación, de tal manera que tenía que formarse y deshacerse con una cantidad tan numerosa como invisible de corpúsculos. Después quedaba una estela acompasada, una oquedad diminuta que podía abarcar el flujo de lo marino. Lo que ha venido después de Mallarmé le ha aclarado, torcido y habitado despiadadamente. Dos de sus palabras más frecuentadas: espejo y entreabierto, le distinguen sutilmente de lo que ha venido después. El espejo

> Oh miroir
> Eau froide par l'ennui dans ton cadre gelée
> Que de fois et pendant les heures...

no es el espejo de Valéry, *eau froidement présent*, extensión helada que nos rodea, presente que muestra sus reflejos como el metal de la serpiente. Cuando Mallarmé emplea la palabra *entr'ouverte* la aplica al encaje, pero cuando Valéry la indica la lleva a la granada. En los juegos del aire y el encaje, la blasfemia se teje con la última pureza de su nutrición, pero al entreabrirse la granada, el aire le impulsa los granos con una sagrada levedad. Así, por este exceso de lejanía, la poesía que engendró Mallarmé, parece ir habitando la delicia correspondiente a las primeras monarquías, cuando con el refinamiento más perdurable, las túnicas eran cosidas con espinas de pescado.

Mayo, 1942

Cien años más para Quevedo

Retorcer por estiramiento, en marcha hacia el sarmiento, metamorforseándose en fuego, fue intento en Quevedo de alcanzar la forma interna de los cuerpos. Aquella interrogación formal de los gongorinos, anhelosa de una encarnación, se enrosca en la palabra quevediana con una provocación que cruje como forma en cada uno de sus momentos. «¿Ves la greña que viste por muceta / Erizada, y la sima en donde embosca / Armas por dientes? ¿Que la cola enrosca / y en cada uña alista una saeta?» Que los tiempos de Felipe IV eran malos, pues que había que estirar todos aquellos metales que se habían convertido en árboles, en nereidas, en ríos. No la cara natural de la instalación natural, sino cuando él mismo empañado por una recepción obligada adoptaba un rostro oblicuo, un sesgo de engarabitado. La forma que había unido la sensual ornamentación de Córdoba o de Granada con la forma cortesana de Florencia, se había coruscado en llamas negras, para hacer el barroco madrileño de Quevedo o de Goya. Hacer de una decadencia una plenitud, no esconderse, aun prefiriendo los escondrijos, sino participar con ciega seguridad de vencimiento, había formado la sustancia hispánica, que afirma con una fuerza increíble que hace trescientos cincuenta años está en decadencia. Ya en sus días Quevedo sorprendía en Italia un frenesí que va en quince años. Luego esa presunta decadencia, prolongada secularmente, entraña un vigor persistente. ¿Cómo es posible que esa decadencia entrañe un tan sobrehumano vigor espermático? No será más bien el aislamiento del auge de ciertos valores que España rehusaba, que no podía ni quería incorporar al cuerpo sanguíneo de su gravedad. Por el contrario, el esplendor causalista y mecánico en que se han mantenido otras culturas, no entrañaba acaso una dimensión más irrecusable, una decadencia que en su día motivará una ruptura, una espantosa oquedad que no sabremos después cómo llenar. Rebajan esa decadencia, testimoniándola, hombres como Quevedo, apartándose del esplendor colorista del insecto mortecino. Se retrocedía a una negrura, y se apretaba y contorsionaba lo hecho para la muerte, fortaleciendo al entuertarse, fábrica ya del grotesco posterior. Era tanto una oscuridad como una negrura. Más conveniente la oscuridad que puede ser febril de inicio, que no la negrura que desciende sobre las cosas, no como la máscara, sino en la torcedura del grotesco. Suelen retorcerse algunos metales antes de hacerles marchar hacia la hoguera y salen aún más retorcidos y ennegrecidos. Y la oscuridad que viene a ser tan conveniente para la forma interior de los cuerpos, adquiría en Quevedo la negrura de esa oscuridad en su misterio.

Después del mancebo, en ese desfile torcido del sueño de Quevedo, el simulador prueba también los palos del Infierno. Y como el desfile es en sueños todo está al alcance de la mano. Una increíble negrura iguala en el Infierno de Quevedo al corchete con el alquimista. Y en un momento se hace rodear por Dioclesiano o Nerón, el sacristán, los retablos, los ministros, las lámparas y las lechuzas, los pellizcos, las vinajeras, las alforzas y la mano izquierda. «Estos huesos son el dibujo sobre el que se labra el cuerpo del hombre. Y lo que llamáis morir es acabar de morir.» Y como el contemplador es uno y el desfile es incesante, cada uno va ocupando el puesto del contemplador y llega a ser en la raíz fogosa de su pueblo un desfile no contemplado por nadie. Aquí la vida y la muerte, barroco tardío, tienen el mismo hilo somnoliente, solo que, buscando diferencias, la torcedura no se convierte en espiral y ofrece la última pureza de su mueca. Que los tiempos eran malos, que no se alcanzaba nada, que no había oscuridad y sí negrura, pero se probaba la combustión de la sangre con un gesto por alcanzar esa nada, que en la substancia hispánica no podría disfrazarse con la máscara apolínea, sino que mostraba la mueca con que se le había sorprendido carnalizando a la propia muerte.

1945

Cautelas de Picasso

De Picasso —apretémoslo ya con Cocteau en la servicial frase, que este le aplica y le aclara—, sus jugadas de ajedrez, pero también sus juegos de inocencia. Como en él nuestros días resuelven una recurrible paradoja: una obra realizada en las lentas etapas de lo adquirido, pero también con una oportunidad de estimulantes saludables y de juegos a la orilla del mar. Sus juegos de inocencia, su desnudez ante el Creador, el espejo y el humo que lo mancha, serán de persecución imposible. Pero sus avisos y cautelas quedan como cosa clara y aleccionable. La edición francesa del libro de Gertrudis Stein sobre Picasso nos ofrece en su ofuscadora cercanía —anécdotas y detalles variables—, los métodos de artesanía, ya que los de creación nos seguirán ocultos, démosle gratitud por ese ocultamiento preferible al embozo. No hay que preguntar más nada: sabemos la cópula entre la materia labrada y los hilos de fuego que quieren reanimarla. No preguntar más nada.

Lo que ha permitido que el ojo de Picasso sea tan esencialmente analítico como el que sus estimulantes ofrezcan una unidad expelida con un irreprochable adamismo, será siempre el milagro más actual de nuestra época. ¿Será tal vez su posición enclavada entre el universalismo de la ciudadanía francesa y las embestidas de lo español? Ya que así como algunos gustan de remozarse en el viento fuerte del Oeste, o pintarse la cara con el humo del Oriente, en Picasso vemos la oportunidad de sumergirse en lo español en sus momentos de cansancio o en los días indiferentes. Cuando en 1901 se aleja de Toulouse-Lautrec, convencido como el mismo ha confesado que pintaba mejor que él, procura huir de la *sentimentalité française* —rojo, verde, época azul—, para alcanzar la dureza, la *tristesse espagnole* —blanco, negro, oro, plata—, atisbo del cubismo y de las posibilidades de sus *Demoiselles d'Avignon*. Predominio de lo español, frente a lo cual reaccionará luego en la época rosa, «Olvidando toda la tristeza española, dice G. Stein, Picasso se deja invadir por la embriaguez de las cosas vistas y se abandona a la *sentimentalidad francesa*».

Esa sentimentalidad derivará tal vez hacia una miniatura de las categorías y de los universales. Definida pecera, viviente entelequia: el circo, el saltimbanqui sobre la bola, el efebo desnudo y el caballo risueño. Pero aún dentro de esa sentimentalidad francesa propicia al circo, Picasso vuelve siempre a los caballos escultóricos, brindados en una postura agónica, a la española diríamos. Esa voluntad de escoger, de creer que él solo ha sido llamado, lo que le permite cuidar y santificar sus furias salvadoras, percutientes en el tipo hispánico, aviva y salva cada una de sus actitudes. Recordemos estas incontrovertibles palabras de Picasso: «Ellos dicen que yo puedo dibujar mejor que Rafael y probablemente tienen razón. Quizás yo dibuje mejor. Pero si yo dibujo tan bien como Rafael, creo que tengo al menos, el derecho a escoger mi camino, y ellos deben reconocerme ese derecho. Pero no, no quieren, dirán siempre que no».

Gertrudis Stein que subraya muy intencionadamente los *dépouillement successif* de Picasso, toca con sutileza el rico tema de cómo la esencia hispánica de Picasso —esencia que ocupa desde su substantividad hasta sus juegos de caligrafía árabe—, rechaza sin podérsela asimilar lo que ella llama la Rusia fantástica y pornográfica. Si es cierto que su época negra le sirve para que su expresionismo abstracto —como él comenzó llamándole a lo que después resultó cubismo—, adquiera una más suntuosa carnalidad. La tentación momentánea que sobre él ejerció Rusia, sirve tan solo para debilitar su olfato casi griego para las apariencias.

Frente a estas cautelas de posiciones históricas, para adquirir como en un manual angélico la sinopsis de todas las culturas, saberlas disociar, simultanear, ponerlas al revés, al rojo vivaz, o disfrazarlas si así lo quiere, Picasso añade, lo imprescindible, sus juegos de inocencia: la visión que crea, la visión nacida con una cinégesis capaz de crear pequeños objetos. Un ojo que empieza con él, que emplaza un perspectivismo desconocido hasta entonces, es capaz de avivar la adquisición del método de todos los estilos conocidos. La cultura ha resuelto aquí su tenebrosa enemistad con la natura, es clásicamente orgánica, capaz de vivir saludablemente cada uno de sus aforismos.

Otra memorable y diminuta cautela: en sus retratos lo último que Picasso pinta es el rostro. «A su manera, dice G. Stein, Picasso conoce el rostro como un niño el de su madre.» Por así no hacerlo, cierto que con un desarrollo habitual dentro de sus apetencias, muchos retratos de Cézanne quedan como combates o embestidas muy heroicas, pero resueltos con un disgusto innato, ya que sería inmoral llamarle frustración.

Ahora Picasso va a trabajar su último estimulante, después de las épocas rusa, azul o negra, él ha sabido volver a lo español, con un furor casi erótico, traspasando la ternura de la voluptuosidad francesa, huyendo del peligro de ciertos temas: el cuerpo tratado por Descartes. Si él todavía puede jugar al Goya, si puede aún abrir un período goyesco, será tal vez el último de sus resueltos laberintos, resuelto por el hilo, sonrisa o carcajada de lo paradisíaco. Si al principio nos acompañaba Cocteau con el preludio de las antítesis que resuelve Picasso, puede ahora venir Nietzsche y su resuello de agónico jabato, a darnos el final: «el que haya adquirido la experiencia de los antiguos orígenes, terminará por buscar la fuente del porvenir y orígenes nuevos».

Enero, 1940

Conocimiento de salvación

He aquí que el hombre está rodeado de una inmensa condenación inanimada.

«La tierra estaba desordenada y vacía y las tinieblas estaban sobre el haz del abismo.» Pero el Espíritu Santo y la luz fueron penetrando en las cosas. Es decir, que frente a las cosas tenemos un apoderamiento progresivo: el conocimiento; y una condenación regresiva: el tiempo. Conocimiento y tiempo constituyen en el hombre la gracia y el *fatum* que en las entretelas arman su carreta de la muerte. El conocer poético se separa del conocer dialéctico que busca tan solo el espejo de su identidad. Duhamel ha observado que no se puede leer una página de Claudel sin medir toda la importancia de esta noción del tiempo. Constantemente, nos dice, el personaje que habla se pone a mirar al cielo, adivina la posición de los astros y nombra la estación. Las cosas permanecen retadoras en su sitio, pero el hombre puede conocer, y ese conocimiento poético será su descubrir, su nombrar, ya que la gracia de evocar constituye su solución de vivir. La palabra solo rinde su eficacia en esa gracia y potencia de evocar, en un verídico escamoteo de la cosa por su nombre. *Nous les appelons, en effet, nous le evoquons*. El triunfo de la palabra humana, nos viene a decir Charles du Bos, en la literatura francesa lo ha consagrado Paul Claudel, en su voz se agrupan todos los registros, la octava de su voz es nada menos que la octava de la palabra humana. Es así que ha querido llevar la medida de sus versos con el ritmo de la expiración. A la impenetrabilidad del mundo exterior, la poesía aporta una solución: su sustitución por la evocación, capacidad devolutiva del sujeto, después que se ha perdido el imposible diálogo con la naturaleza, después que rebanamos la mirada o que le tememos al lenguaje táctil. Es esa evocación claudeliana una gracia suficiente por la que se produce en nosotros una vibración que puede sustituir al objeto mismo, o es ese conocimiento poético la única posibilidad de adentrarnos en el mundo enemigo o aun no descubierto. Claro está que para Claudel el conocimiento tiene un sentido bíblico, de diálogo carnal muy distante de la acepción que desde el renacimiento ha asumido: conocimiento *a posteriori*, repetida experiencia. Toda creación, nos dice Claudel, es tanto creada como creatiz. Habrá pues en la creación poética tanto la prudencia del trabajo físico o de experimentación, o de resultados provocados, como de impulsión a los más reservados estratos de la substancia tal como la concibieron los cartesianos, sino más bien como en Leibnitz, a una síntesis de la substancia y el devenir. Claudel, que tanto nos recuerda el reino pictórico de Cézanne, aunque se sumerja en la artesanía gótica de una apetencia religiosa, se mantiene fiel a su centro substancial más que al intelecto o a los instintos — pecado de Valéry o de los surrealistas—, queriendo apartarse del fracaso post- renacentista del arte localizado en el contorno roto o en la línea muerta. Cuando nos dice que la poesía no es método sino centro —todavía un nuevo método, exclama, refiriéndose al opio utilizado por Cocteau—, permanece fiel a su goticismo que se fía más de la cornada ante Dios que de un justo situarse en la pista de su salvación, más enamorado de la substancia que de las esencias. «El instinto sensible, nos dice Schiller, se ocupa de mantener al hombre dentro de los límites del tiempo y convertirle en materia.» Y añade: «este instinto exige que haya variación, que el tiempo tenga un contenido. Este estado de tiempo meramente cumplido se llama sensibilidad». En ese estado de sensibilidad, viene a resumir Schiller, el hombre no es otra cosa que una unidad de cantidad. Ese reino de la percepción absoluta, de la percepción que no se resigna a llegar a concepto, ocupando un gozoso espacio musicado entre lo interjeccional y el sentido *a posteriori*. Por eso la decantación de todo poema logrado es el constante rumor de su alegría, ese plus de las obras maestras de que ha hablado Gide, y lo que más subraya la diferenciación entre el conocimiento poético y el conocimiento dialéctico es la nostalgia, el humor de la desesperación fracasada de este último. Por el contrario, el conocimiento poético, por medio de la alabanza puede alcanzar y descansar en Dios. Si por medio del nombre, la criatura puede alzarse hasta la plenitud de su alegría, ya que el orgullo de la rebeldía es esencialmente antipoético, vemos, recordando la frase de Schiller anteriormente citada, que el hombre sucumbe ante el tiempo que le convierte en objeto, que le resta dignidad. Con respecto a su relación con el espacio hínchase la criatura para alabar, desde la forma elemental del grito hasta la cabal conjuración de la plegaria. La fluencia temporal le retrotrae a la caída, al pecado original, a la angustia por la cercanía de la muerte. Cuando Kierkegaard califica su pensamiento de *dialéctica cualitática* ¿no es en una solución poética en la que piensa para atrapar los *quiditas*?

Mientras el acercarse de la poesía al desarrollo dialéctico ha tenido las consecuencias épicas de llevar la prolongación del momento inefable hasta el ámbito señoreado por la gracia; indomeñable la conducción de la identidad dialéctica a la zona sinusoidal del existir, ha tenido la peligrosidad hirviente de lanzar a la filosofía fuera de sus limitaciones esenciales. Lo que buscan los contemporáneos en la filosofía, ha observado Lantsheere, es menos una explicación real de las cosas que una epopeya intelectual, una suerte de drama del espíritu, un poema subjetivo. Todos los grandes intentos poéticos contemporáneos, desde la poesía pura hasta el surrealismo, no son otra cosa que un esfuerzo desesperado por prolongar la percepción de temporalidad rapidísima, o trocar el estado sensible —ocupado según Schiller, en mantener al hombre dentro de los límites del tiempo—, en ajustada percepción. Esa soñada dialéctica cualitativa de Kierkegaard no será acaso el sentido de la coincidencia de percepción y estado sensible, una de las formas del conocimiento claudeliano, gótico, medioeval. Con muy otro sentido renacentista ha hablado este poeta del conocimiento vital, poético.

Vivir, concluye, es conocer. Con Claudel, observa Duhamel, la palabra *connaissance* adquiere su sentido prístino de *naissance*, que desde hacía mucho tiempo había perdido. Para Claudel todo conocimiento es un nacimiento, una navidad sanguínea. Así como obrero gremial, exclama: *Que yo sea una nota en el trabajo. Que sea anegado en mi movimiento (nada más que la pequeña presión de la mano para gobernar)*. Si como obrero desea la indistinción angélica, como poeta solo se realiza en el salto de la lírica al drama: en el conocimiento de Dios. No busca este conocimiento como los teólogos medioevales en la doctrina de la participación, por la que se superaba la imposibilidad de penetrar en la divina cuididad, sino en un apetito cognoscente, y en esto Claudel parece oponer el conocimiento vital o poético al *élan vital* de Bergson, que no lleva a sumirse en oración de quietud, sino a penetrar como conquistador en la suprema esencia. Cuando nos dice: *que mi verso no tenga nada de esclavo, como el águila marina que se lanza sobre un gran pez*; queda: el hombre como ente orgulloso, desnudo y reclamador del conocimiento de Dios, *como un animal en el medio de la tierra, como un caballo abandonado que lanza hacia el Sol un grito de hombre*. Queda: el gran combate, la altísima dignidad del católico: cara a cara con el tremendo pez, con Dios mismo.

Septiembre de 1939

El acto poético y Valéry

El travieso Pound y el cuidado Valéry, parecen coincidir desde hace bastante tiempo en una afirmación insistida: *la poesía es una matemática inspirada*. Pero ¿en qué se inspira esa matemática? Y como nos vamos acercando a un momento de recuento y de síntesis, más que de fáciles soluciones órficas, bien está que nos situemos en aquella introducción a la poesía, donde salta un poco de fuego y asoma su astucia críptica la criba de Eratóstenes. Detrás del número y de la proporción, sorprendemos no tan solo el simple juego de las combinaciones favorables, sino el *daimon* de la música y la gracia inesperada de la Armonía, nos encontramos pues que esa coincidencia momentánea de dos espíritus disímiles en una frase, lejos de remansarnos, nos punza de nuevo para situarnos en inesperada equidistancia del don y del conteo de las cantidades agrupamientos de la métrica. Recordemos que Pitágoras no encontraba nombre mejor para designar el Altísimo, el Nombre Único, que el de *cuaternario*. La pirámide, el octaedro y el icosaedro, engendros de fuego, aire y agua, según los pitagóricos. Cuidado pues con el número. Hay también por allí lo inapresable, lo inexpresable, lo inencontrable. La matemática inspirada, nos deja un reverso inefable, donde desembocan otros, que no se ocultaban para confesarnos, como Walter Pater: *all arts approach the condition of music*. Y entre la matemática y la música, el nominalismo, el acto del lenguaje, con los que ahora forcejea Valéry en su última obra *Introducción a la poética*.

¿Qué nos dice Valéry y qué ve ahora detrás de las palabras? ¿Y cuándo nos entrega la definitiva separación del lenguaje estatuido y el lenguaje naciente, despegando así el goce del acto, del acto poético?

Valéry, viejo simbolista que mantiene sus preferencias, se acerca a la poesía como máxima realización del lenguaje, pero la distinción cuya claridad hace tiempo persigue, entre la acción que realiza y la obra hecha, sería tan sutil que no podríamos atraparla sino en una simplista realización causal. El secreto desarrollo de una obra, anterior a su aparición y justificación, permanece como cerrado feudo de la conducta, ¿cómo incorporarla a la obra de arte? Ese mecanismo acaso no pueda ser transmitido, pues para obtener su ganancia ética, habrá siempre que empezarlo de nuevo, y ese trabajo mecánico lo veríamos entonces como una obra realizada, pero cuyos resortes generacionales serían siempre inadvertidos en cuanto se producen. A las posibilidades filiales del lenguaje, añade Valéry la consideración del lenguaje en el acto. El lenguaje animista, nos ofrece su cuerpo doctrinal en la historia del espíritu obtenida por decantación de lo adquirido y de lo dado, es decir, la «consideración del lenguaje como la obra maestra de las obras maestras de la literatura». Esa parte definida de las obras de arte: mecanismo del acto del escritor —empleo de las *figuras*—, trazadas por las viejas retóricas aristotélicas. Quien multiplica las figuras nos da el puro nacer de las palabras. Otras condiciones menos definidas: inspiración, sensibilidad, están siempre dispuestas a escaparse a un control de omnisciencia monárquica, más sería ilusorio considerar que el dominio de la parte mecánica suprime los riesgos del fragmento inspirado, de los caprichos o de las amistades luciferinas, de la misma manera que en filosofía el definir, distinguir, nombrar con gracia eficaz, no nos sirven para el otro saber de comunión, de religación. Quizás en una solución poética-católica —que nadie puede estar seguro de su salvación— las consecuencias del apartamiento de esos secretos internos, mantenidos ocultos hasta su soltura total, nos darían el absoluto saber leal, llave o signo paradisíaco. «Los razonamientos delicados donde las conclusiones toman la apariencia de la adivinación.» La adivinación después de una larga excusa, la cortesía que puede un día permitirse las pascuas de un cumplido profetismo.

¿Podemos llegar algún día a definir con exactitud palabras hasta ahora extremadamente peligrosas, como forma, ritmo, influencias, inspiración, composición?

¿No es acaso también un signo, que entra en las fórmulas matemáticas, la palabra infinito? Lástima que Valéry, en su afán de alcanzar esa claridad de definición de términos utilizados en la poesía, haya propuesto sustituir autor por productor, lector por consumidor, y gracia histórica por producción del valor de una obra de arte.

¿Llegaremos a precisar la valoración artística al extremo de exacto significado que en economía tiene la palabra valor, con sus acompañantes de motivaciones espirituales e históricas? ¿Sería conveniente sustituir la gracia de la materia con la que se debe trabajar por el instrumento que nos permite operar? Tal vez volvamos a preguntarnos cómo en la antigua teología, si la presencia se verifica por la gracia de las palabras o por la virtud del que opera, del que prepara el Ascendimiento.

Cuidado pues con el número. Si se le utiliza como defensa y contentación, puede saltar la liebre y evitarnos la sorpresa gozosa. Ya sabemos que William Blake, colocaba el Ángel Analítico entre Saturno y las estrellas fijas. Entre la autodestrucción y la monotonía de la ópera constante, del seguro diamante.

Junio, 1938

Del aprovechamiento poético

Cuando el Estagirita lanzaba su afirmación reversible, como las de casi todos los moralistas, de que a medida que el ser se perfecciona, tiende al éxtasis, al reposo. Cuando Pascal, nos dice, como si la frase anterior no existiese: nuestra naturaleza se satisface en el movimiento, el absoluto reposo es la muerte; no pensaba que el tránsito de una sentencia a otra, para el espíritu ansioso de unidad, dejaba junto con una levedad irónica, burladora de todo trascendentalismo, un comienzo de crisis espectadora, de desesperación filosófica. Crisis filosófica: síntesis de movimiento y suspensión, éxtasis y dramáticos tropiezos. Clásica desesperación filosófica, síntesis de todo dualismo, resuelta unidad de las antítesis. Pero hay algo más que nos ronda. Ya vemos la cara pálida y los ojos fríamente vidriados de Kierkegaard, buscando lo causal en lo primario (romántica desesperación filosófica), y nos lanza su saetazo de mantenido torcedor: la única pasión del pensamiento es descubrir algo que ni siquiera se pueda pensar. Las radiaciones pensantes al explorar un medio de moléculas extraordinariamente densificadas no encuentran en posible refracción, su ángulo conceptual.

La posible crisis poética la vamos encontrando en esa imposibilidad de despego, de no bifurcación en caminos transitados o infieles. Todo entra en el juego, acostumbraban a decir los simbolistas. Todo lo desconocido, nos dice Claudel, es objeto de la poesía. Aunque se poseyera el secreto del arte, la piedra filosofal de habitar una sustancia gloriosa, tendríamos cuidado de no aplicarla a una referencia temporal, avaro la habitaríamos como una isla exhausta. El intelecto decide devorarse muy intelectualmente al borde de sí mismo o para decirlo con palabras de Miguel de Molinos: el amor puro nos hace desechar la salvación eterna.

Volvemos a las definiciones primeras. Volvemos al descubrimiento de las cosas, de las cosas eternas. De las cosas que necesita el vacío absoluto que las aísle, de la mano que acaricia la brusquedad de la caída para fijarse astutamente. De lo inanimado entrecruzado con lo orgánico. De las cosas, de lo inanimado levantado por el milagro de la poesía. Milagro que no altera el aire de la cámara donde van los viajeros en suspenso. La animación de lo inorgánicamente estable, desinflado, jugando a un efecto desconocido; aplicándose dos cosas comparadas a una consecuencia improbable, nacimiento de la espuma de la nada poética. Poetizar, ojos cerrados y la mano hecha al resbalar de cada palabra según su calentura comunicante. Aliento, ánima, ciencia de la respiración. Respiración: venillas de aire diferenciado que van marcando su existir entre el aire que se aparta saltando sobre las esencias, sobre las ausencias, arrastrando lo inorgánicamente estable y lo desesperadamente intraspasable. Ciencia de la respiración, poesía; fotografía de la respiración, por la que tan cómodamente resulta lo inesperado, habitual; lo impersonal, agua de todos. La mejor música, ha dicho un místico, es la respiración de los santos. Corre por el cuerpo el río de la respiración, sutileza y ciega claridad. Ascendemos en ella desde la parte que no conocemos de nosotros mismos hasta situarnos con fuerza diferenciadora en la esfera de cristal, en el nombre inapelable. Como los elementos o cuerpos simples poéticos que la piedra heráclea — recordemos el *Ion*, de Platón—, reúne, o cada uno de los elementos irracionales llevados a un esquema de una continuidad aladinesca, de una rapidez inmóvil.

Impresionismo clásico dijo un comentarista a propósito de Debussy. Con larvados elementos ondulantes se lograba ascender hasta una cobertura neoclásica. Del impresionismo clásico hasta el impresionismo del subconsciente en que ahora estamos enclavados. No sabemos qué túneles estamos atravesando, podemos considerar tarea de dioses el diferenciar un reloj de una araña o una hoja de una copa. Asomados a ese pozo se entretienen en mostrarnos los primeros peces sin ofrecerlos purificados en el expresionismo del subconsciente. Larvas oníricas dominadas por una arquitectura neoclásica: pura y absoluta mentira, inutilidad, mezquindad. Lo primario en absoluta pureza: caos de caos, maldición inexpresiva, autodestrucción. Posible romanticismo ante la contradicción de lo que se expresa y el pensamiento indeciso y caprichoso. Al borde donde el subconsciente empieza a existir en lo real de la poesía cazadora con tupida red de palabras inclusivistas, fáciles, acogedoras, para unirse con otras palabras atraídas tan solo por la virtud comunicante de su palabra inicial. Sin criticismo dominador de esos monstruos que se desperezan, se extienden fríos y verdeantes y desaparecen en el pentagrama borroso de la subconsciencia. Palabras que todavía no ajustan una imagen y que desaparecen antes que las sumerja el desarrollo de una vida despierta. ¿Nos contentaremos con hundir las manos en las aguas de la poesía y mostrar el primer pececillo, o ir despertando al separar rumores de nieblas y dominio de impresiones fugaces?

Quedémonos tan solo con dos temas para espumarlos levemente: tiempo del verso llevado a nuevas prosificaciones y razón de prudencia de la poesía.

¿Cuándo el tiempo contraído de la poesía se va extinguiendo, para ser utilizado por la relación causal de la prosa? La poesía y la prosa se bifurcan en un ritmo formal más que en una inicial que necesita del caz poético para deslizarse. Los materiales utilizados por Goethe en su *Tasso* fueron llevados primero a la prosa y después tratados por el opuesto sistema de la poesía, sin que la inicial poética despertada se dirigiese directamente a la forma poemática. ¿Cuál es el momento en que se extingue esa vida poética? ¿Cuándo la prosa puede vivir dominadoramente lo que el verso pespunteaba? El hecho de que haya un delirio poético y un desarrollo causal para la prosa, nos está diciendo que debemos aprovechar esa inicial poética despertada en una forma bien diferente. Si se elimina la vía iluminativa, el estado poético, como han pretendido Valéry y Jorge Guillén, la poesía queda reducida a una especial combinatoria. Todas las combinatorias han perseguido más la síntesis que la unidad, y así uno de los aspectos más subrayados de la crisis poética actual está en la búsqueda de una síntesis con respecto a escuelas y modos de la sensibilidad, y no de la unidad que nos haga habitable la ingenuidad de un nuevo paraíso. Valiéndose de recursos arquitectónicos y cientos de páginas, dice Ezra Pound, Flaubert logra alcanzar una intensidad comparable a la de la «Heaulmiere», de Villon. Utilizando la dialéctica de este crítico podemos decir que la carga intensiva de las palabras en poesía se ha trasladado a la carga extensiva de las palabras en la prosa. ¿Qué novelistas tendrán la destreza de vivir extensivamente la poesía de Valéry, y qué novela gozará de esa apretada carga verbal, aunque en un disfrute vicioso, de este simbolista metafísico, que como él mismo dice en uno de sus poemas, a fuerza de buscar el matiz se ha encontrado con el hastío?

¿Y ya razón de prudencia, sus consecuencias, la aplicación del arte como verdad última? Conducta pura a la que habrá que buscarle interlíneas y sutilezas entre la *calogathia* de los griegos, la gracia de los cristianos y también por aquello otra gracia de la pereza andaluza, o del romano ocio comendador.

Mayo, 1938

Los teólogos llaman justicia conmutativa aquel dichoso alegrarse que se levanta por la realidad del trabajo humilde, refugiado tan solo en el dato existencial, que no ha logrado poner su flecha en el redondel blanquísimo. La complacencia personal — digestiones y abrazos del artesano—, pueden permitirse cuando a la intensidad del trabajo responde la ligereza del rendimiento. Así Dios, dice el padre Garasse, citado por Pascal, concede aún a las ranas la satisfacción de su propio canto. En el tipo hispánico es frecuente este hablar y este eco que producen una complacencia inalterable. Palabra y eco que pueden marchar paralelos a los ligerísimos círculos del insecto, que pueden ser también buen pechazo de enfrentamiento a lo divino. Después de todo nadie se ha atrevido con la antología de las conversaciones consigo mismo. Pudieran ser deliciosas o terribles, pero serían casi siempre idénticas. Frente a la Epifanía o a la Eucaristía la sucesión de esos soliloquios demoran su real significado. El nacimiento de una forma divinizada o la presencia real en la Eucaristía agrandaban el soliloquio del pecho, pero también la oreja para oír y oírse. En el *Auto de los Reyes Magos*, que inicia, como es sabido nuestra literatura y nuestra dramática y el enigma de la obra de clerecía alzándose en prioridad sobre la de juglaría, los tres reyes, necesidad de su soliloquio, van diciendo su reacción entre los signos. En un especial lujo cada uno se goza en describir la señal, considerándose *bono strelero*. La seca estructura de ese auto del siglo XIII será igual a la armazón desnuda de los autos de Calderón o de Tirso. Veamos: soliloquio, orgullo más que voluptuosidad ante el *incitatus* estelar. Comunicación y alegría coral que se van reduciendo hasta orientarse con una muestra rudimentaria de autoridad: si es rey celestial tomará el incienso, rechazará el oro y la mirra. Consulta a los sabios o rabinos que equivocados o no, nadie les espera el juicio y el telón rebana gustoso la meditación que se inicia. Solamente este derecho de agrandar su voz hasta ser oído, hace cercano y comprensible que en *El gran teatro del Mundo*, uno de los personajes sea el mismo Mundo, entre la Discreción y la Hermosura. Esta consideración del Mundo como personaje supone a la persona que habla una confianza orgullosa que se ve forzada para establecer el diálogo a situar en la otra ribera la existencia simbólica de ese Mundo personaje. El Mundo y el yo, escisión violenta en el tipo hispánico, que alude a ese Mundo personaje como a un Dios impreciso e indomeñable que nos envía su aliento fogoso y sus cornadas. La fuerza del soliloquio obliga a crear el Mundo como personaje y a darle una prestancia alegórica que al huir de nosotros solo logra hacernos temblar con su reverso de cercana o dura carnalidad.

En la *Sacra Rappresentazione*, cierto es que con más aparato musical, ya los florentinos habían recogido la especialidad de la palabra, aislándola al extremo de engendrar el estilo musical recitativo. Esas representaciones sagradas estaban limitadas, aunque apuntando desde luego a la decisiva salida de la voz humana, por un estado operático inicial y por la imposición de las figuraciones prerrafaelistas. La crítica, el mismo Romain Rolland que con tan aguda sensibilidad ha estudiado los primeros pasos de la ópera, se limita a establecer estas influencias recíprocas entre los pintores prerrafaelistas y la *Sacra Rappresentazione*, pero sin establecer una precisa cuestión de prioridad. Es en los autos o misterios españoles donde esa palabra ha de llegar hasta el soliloquio, y donde la música o cualquier otra ambientación verbenera, esperará a que se colme la suficiencia orgullosa de ese discurso solitario dicho para calmar a los dioses. A pesar del soliloquio y del orgullo suficiente, los románticos olvidaron *El gran teatro del Mundo*. Acaso les molestaba. Sería que esa calderoniana *parte obedencial* les hacía pensar en la detención de sus declaraciones. Esa parte obedencial enlaza *con la potencia obedencial*, de otro gran teólogo y poeta español, donde se intentaba resolver los enlaces del providencialismo con los trabajos por la salvación, con la dura ganancia. Así también en Calderón los cuidados ante la Gracia aparecen aunados a una responsabilidad justificante. Esa potencia obedencial permite que en *El gran teatro del Mundo*, el mismísimo Mundo personaje ejerza una inapelable justicia distributiva: yo el Autor, tú el teatro, y el hombre el recitante. El Mundo ha salido del centro del globo para oír llamada de hombre. El Autor reparte los papeles, pero con una igualdad indiferente: haz tú el rey. Calderón resuelve la oposición arbitrismo y Gracia, estableciendo no la diferencia de encargo, sino la igualdad en la comparecencia: «obrar bien, que Dios es Dios».

Cuando oíamos a Karl Vossler hablar sobre Calderón, saltaba esta afirmación suya: es el más sensual de los poetas suprasensuales. Buena manera de acercarse a lo español, intentar apoderarse de ese reverso que va hacia la tierra en una furia de formas. A San Juan de la Cruz, también lo podemos atrapar así, quedaría como el sonido del gesto silencioso. Realizando un prolongado debate de contrarios, dentro del mismo sujeto creador, va que en él siempre observamos la vivacidad del combate contra el demonio en figura de toro. Las tesis más favoritas de la hispanidad circulaban por aquellos autos. Su representación el día de Corpus, la presencia real de Cristo en la Eucaristía y la doctrina de la transustanciación, eran regusto principal de una catolicidad amante de la iluminación salvadora de la materia. La Reverenda Mancornillon, monja de Lieja, va a soñar durante noches que en la Luna había un gran agujero. Una noche se ilumina el enigma: la Luna era la Iglesia, y el agujero significaba la falta de la fiesta del Cuerpo del Señor. El gesto y la palabra que se esbozaban en esas fiestas estaban atenaceados entre el signo preciso del Corpus y el monstruo ambiguo, *la tarasca*, figura indeterminada que mordía la parte más secreta del terror cósmico. En 1762 el recato impracticable del afrancesado Moratín arremete contra los autos. Contra los autos, como había también mordido la heroicidad del Cid. Fue oído, buena oreja de los gobernantes para las peticiones mortales, por una pragmática de 1765 fue suspendida la representación de autos. Queda así demostrado cumplidamente, como apunta Romain Rolland, en su *Musiciens d'autrefois*, que los falsos renacimientos, o cualquier otro reavivamiento de la antigüedad, engendra la animadversión contra el arte gótico y las sagradas representaciones.

El gran teatro del Mundo, levantará la sucesión de su soliloquio entre las dos torres de nuestra Catedral que apuntalan el estilo jesuítico. El Concilio de Trento penetra en la obra de Calderón de una manera apretada y apretadora. Qué manera tan especial de rayar el diamante y qué nervios tan neutros, pero buenos conductores de su fuego templado. Sabemos que de ese Concilio Tridentino, el estilo jesuítico aunado a la voz imperial, salieron uno de los momentos más católicos, nítidamente universales, del estilo hispánico de más polémica eternidad. El barroco jesuítico va a unificar el ornamento con la agónica responsabilidad de la doctrina de la justificación. La forma variable del barroco italiano del XVII, por ejemplo, en el maravilloso Bernini, va a presentar problemas de morfología artística antitéticos del barroco jesuítico, donde la sequedad de sus ejercicios éticos acaba por producir una forma muy cuidadosa de sus mañas y florescencias. La tremenda voz de la sequía final se oirá de nuevo en el barroco calderoniano llevado hasta el estilo jesuítico de nuestra Catedral: responsabilidad con lo transitorio y justificación frente a la muerte.

Mayo, 1939

Prosa de circunstancia para Mallarmé

Invitado por el PEN Club, para hablar en el cincuentenario de la muerte de Mallarmé, dije las siguientes palabras:

Me levanta y me aventura, me recorre y me acrece, me cuida y fortifica, que la flecha del PEN Club se haya detenido en mí, mirándome fijamente. Goloso desde la adolescencia y por siempre de esas alquitaras, de esas destilaciones de Don Luis o de Estéfano, me enamoraban esos laberintos, esas dolorosas proliferaciones reducidas a un punto, a que el hombre se ve conducido para conseguir unos productos resistentes, semejantes a los proverbios, el cognac, el oro y los perfumes.

En algún *tratado* de los *orífices* háblase de los dos procedimientos en la elaboración de los vaciados: trabajar en hueco y la *grosseria*. Llevados esos tratamientos a cosas de poético resolver, decide el primero, a pesar de su compás desmesuradamente abierto y de su no causal fiebre cuantitativa, golpear o resolverse en un punto, donde queda como germen o nacimiento. Vaciando, vaciando en una lenta, indostánica nutrición, donde los dioses y los deseos, el crepúsculo y el hambre, forman parte de una inmensa, indetenible participación en lo homogéneo. Y como esa secular nutrición culmina en un éxtasis de expresión súbita. Y como ese compás que se abrió hasta alcanzar las formas más perversas de la invocación o del conjuro, se cierra para ofrecer una sola palabra. ¿No se ha trazado la historia de la palabra *aboli*, abolido, desde Hugo hasta Nerval, hasta que en Mallarmé adquiere un destello que le pertenece, irreemplazable y cabalístico? Aún en aquellos poetas que habían rehusado trabajar en hueco, y donde las posibilidades de un inmenso orgullo centraba al hombre en la soberanía de sus dones, terminando en un luciferino renunciamiento, para acogerse a la otra forma del vaciado, la *grosseria*, consistente en llevar la caja del vaciado a sumergirse en tierra para esperar su vuelta, su misteriosa reaparición, no han podido evitar contemplarse en el espejo de una identidad, de una interrogante soledad. El mismo Whitman, situado en el otro extremo enemigo de Mallarmé, no nos lanza como una flechita esta interrogación: ¿Qué significa existir en una forma?

Al volverse sobre la identidad de su instrumento y olvidarse de las condiciones órficas del canto, la poesía tenía que alcanzar una segunda naturaleza, donde sus reducciones y sus secuestros, mostrasen sus apoyos, las posibles reproducciones de una presencia que en su fuerza primigenia fuera inalcanzable e inaudita. Se situaba así a la poesía en las aproximaciones, en las imposibles cercanías de un misterio, del cual el poema era como el reflejo fijo de una espiral inalcanzable, y si no fuera por la influencia del estoicismo en Valéry, carecería de sentido poético su verso: *habito mi propio misterio*. Una blanca tela parece recoger las sentencias poéticas, deshaciéndolas luego en su extensión de nieve. *Le blanc souci de notre toile*, decía Mallarmé. Temeroso parece aludir en ese blanco cuidado a sus vacilaciones y retrocesos aún antes de llegar a la blancura de la tela. Nos conduce en sus requiebros y atenciones a lo que será siempre el reverso ondulante de la más fija caligrafía poemática: el misterio de los enlaces y el secreto de las pausas. Con qué pulso tan cortés, que recuerda sus ademanes de los que decía Manet que revelaban su descendencia de altos prelados y de bailarines —va enlazando la *India espléndida y oscura*, en su verso, en unas asociaciones verbales, donde el sueño y la sugerencia se desenvuelven en exquisitos tropiezos, conducidos hasta el verso final *sonrisa del pálido Vasco*, donde las pausas parecen prolongarse hasta alcanzar la calidad de una misteriosa sucesión marina.

La obtención de la palabra como una sustancia irradiante tenía que alcanzar las condiciones de la perversa magia. Una palabra que se apoderase totalmente del objeto, reemplazándolo, venía a trazar los mismos intentos del idealismo absoluto, donde el pensamiento y lo pensado y la onda de apoderamiento del mundo exterior, quisieran mostrar siempre las comprobaciones de un animismo ingenuo. Al confesarnos, ay, con un quejido, que había perdido el sentido y la razón de las palabras más familiares, para reencontrarlas de nuevo en su sentido tribal. Con su uña, en el diccionario, había rayado *comme*, como, para evitar cualquier referencia comparativa y acercarse tan solo a su identidad de jefe de tribu. «Digo, afirma Mallarmé, que existe entre los viejos procedimientos de la magia y el sortilegio una semejanza secreta. Dedicaremos al círculo que perpetuamente abre y cierra la rima, una similitud con las rondas entre la yerba o con el fuego y la magia.» No fue ese el momento en que Mallarmé alcanzó su decisión más voluntariosa y el más íntegro ordenamiento de su materia. En sus terribles crisis de esterilidad, por devoradora paradoja pascaliana, reaparecía mostrándonos la *Herodías* o *La siesta de un fauno*. Necesitaba así que se mostraran en él, habitándolo totalmente, la más devoradora de las perezas, la oquedad sinfín, la nieve de las nieves, la ausencia infinita, el vaciado inútil de un nirvana incesante, para que su energía acumulativa pudiera descargarse, brillar en un punto de permanencia o desvanecimiento. Esa energía brotaría de una pureza titánica que ha hecho de su sentencia poética la más empapada de un sentido puntual como un ejercicio e inconcluso como las progresiones de la música. Esa nutrición viciosa, indostánica, esa pereza y esa energía acumulativa radiante, ha hecho de él una de las elaboraciones más enigmáticas, pulidas y francesas. Contemplemos brevemente su retrato. «Tiene, nos dice uno de sus contemporáneos, una buena gracia tierna, una elegancia de gestos *anden regime*. Se muestra como un francés del siglo XVIII. Es quizás el hombre más cortés de su tiempo.»

Es una delicia que nos encontramos en la poesía a partir de Baudelaire, perseguir en cada una de las huellas abandonadas por la estrofa, un sentido para rehacer las primeras oscuridades intocables. ¡Qué sutiles derivaciones encontramos en una estrofa de las *Prose pour des Esseintes*!:

Car J'installe, par la science,
L'hymne des coeurs spirituels
en l'oeuvre de ma patience,
Atlas, herbiers et rituels.

Esos himnos escondidos detrás de su paciencia, de su obra. Y nombres de ciudades llevados a un fulgor naciente (el fruto de una noche de Idumea). Y los herbarios (deliciosa alusión en una estrofa a la familia de las iridáceas). Y los encantamientos y rituales para que las palabras salten del fuego como salamandras o limones de oro.

La noche de Idumea, la de los reyes sin sexo, el país de Edom, de Esaú. La reproducción vegetativa, cada hombre emitiendo las ramificaciones de los árboles. La familia de las iridáceas, el azafrán, el gladiolo, los ananás, la flor del tigre:

> Tout en moi s'exaltait de voir.
> La famille des iridées
> Surgir à ce nouveau devoir
> mais cette soeur sensée et tendré
> Ne porta son regard plus loin
> Que sourire et, comme a l'entendre
> J'occupe mon antique soin.

Y así a veces es una precisión nominativa que destrenza como una sugerencia por debajo del mar. Y otras veces es como un deseo que no llega a tocar la palabra o los contornos de los ademanes. La danza le parece que simula *una impaciencia de plumas hacia la idea*. Como si al acercarse a un cuerpo o a una idea, una artificial inquietud de plumas marchase, la propia idea, a reconstruirse en su resistencia que se deshace, blanco combate de la guirnalda, sobre sí mismo como el fuego.

Los reparos hechos a Mallarmé, casi siempre situados fuera de su órbita, nacen de la carencia de simpatía en el primer acercamiento. Buscaba, dicen algunos, el oro sintético, reparo momentáneamente atractivo si no se piensa que detrás de la búsqueda del oro sintético estaba el oro del Rhin, y que Mallarmé, como el héroe de la tetralogía, había visto caer el anillo de Brunhilda en el estanque, dejándole la corrosiva melancolía por algo inencontrable de nuevo. El oro sintético unido al oro del Rhin, inconcluso en el oleaje de su devenir oscuro, que avanza como los caballos en la espuma de lo innominado. Sumaba, dicen otros, pequeños vidrios de colores, pero su obra no arrancaba de fragmentos discontinuos unidos por las progresiones de la música, sino de la tradición de Maurice Scève, de una *esencia plena de eternidad viviente*. Los únicos reparos que se le pueden hacer, como a todo creador perdurable, son los que él mismo notaba como impedimentos o bastiones en su desarrollo. Vacíos o propias perplejidades tan necesarias a su realizarse como la parábola de su integración. Ningún gran maestro en la agudeza de la percepción literaria puede librarse, al subrayar las discrepancias con una obra, de enarcar tan solo las vaciedades ininteresantes para los espectadores o el propio realizador, si no parte de las ausencias, de las imposibilidades que el artista tocó como suyas y las descubrió tan fundamentales como sus momentos de esplendor. Cuando Mallarmé nos señala uno de sus propios muros al decirnos que poseía la imposibilidad de no poder pasar al acto, de permanecer negativo en la riqueza virtual, nos señalaba los contrastes, los lejos de sombra donde asomaba su esplendor formal. Sus desgarradoras crisis de esterilidad, la atmósfera ausente que necesitaban sus astros errantes, lo habían conducido a la nada de Pascal y Heidegger. Permanecer negativo en la riqueza virtual nos recuerda la afirmación de Heidegger: «en la nada preguntas y respuestas son un contrasentido».

Contrasentido, un misterio; sentido, un secreto, o tal vez una razón poética, un sentido derivado de las asociaciones momentáneas. Preguntas y respuestas que se anulan y destruyen por esa persecución de un contrasentido incesante que le presta la nada. Misterio y secreto escindidos, irreconciliables. Una sentencia poética tan inundada de sentido que se hace inapresable, como una trucha en una mano oleaginosa, cobra su misterio. Se hace tan exterior, tan desprendida, que se constituye en un alimento monstruoso, inabarcable. Hecho incesante para el hombre ese misterio lo penetra, siendo su penetración tan sucesiva como infinita, tan esperada como soplada donde quiera. Pues siempre un misterio será un alimento tan inabarcable en nosotros que la medida de él que logremos para propia estatura estará llena de un desconocido que logramos hacer nuestro por la persecución de ese incógnito que penetra en nuestra ecuación como un bailarín dormido en trance de pesadilla. Pero, ay, la poesía se alejó de un misterio para cascar un secreto, y lejos de buscar un alimento paradojal, casi monstruoso, se volvió idéntica, sobre sí, espejeante. La arrogancia de Valéry al decirnos en un verso *los menores movimientos consultan mi orgullo*, presupone la dignidad estoica del cuerpo ejercitado frente a la nada, de un secreto de total apoderamiento y de exacta comunicación. Qué increíble y enloquecedora geometría podrá engendrar esa razón poética operando sobre la palabra convertida en secreto, abandonando su misterio. Qué artificio tan digno sería poder demostrar en una geometría imposible que, como en el verso de Valéry, *cada átomo de silencio conduce la sombra de un fruto muerto...*

Queda de Mallarmé, además de las exquisitas invitaciones que como furia de abejas matinales se despiertan en presencia de cada uno de sus versos, la grata, la perdurable alegría de una gran tradición: que solo la energía acumulada en el cuidado y la caligrafía de la blancura de la tela, resisten las corrupciones del tiempo y la sucesión de los otoños. Y aun los mismos raptos de la inspiración quedan como regaladas concentraciones de energía en el éxtasis. Hojeo el *Libro de Horas*, de Ana de Bretaña, y las franjas de oro con que los maestros iluminadores del *quattrocento* francés, los Fouquet, los Limbourg, exornaban aquellas estampas que entrecruzaban la meditación de las horas regladas. Son obras que han luchado con los devoradores escuadrones del tiempo, dejando sobre aquel monstruo la sonriente limpidez de una franja de oro que resiste cinco secularidades. Aquellos monjes alisaban durante meses con un colmillo de jabalí el pergamino que iba a recibir los toques áureos. Vagaban durante años por comarcas y herbarios buscando los colores puros; la más fina apetencia del pergamino.

El tiempo se enreda en esos caracoles que le resisten cuando extienden, naturales hipogeos, la blancura de su tela.

Octubre, 1948

Montaigne y sus mejores lectores

La proximidad de las frases de Montaigne y Pascal, sus relaciones, alejadas en el tiempo, cuando se acercan en el espacio despiden una delicada estampa. Montaigne escribe: *soy yo mismo la materia de mi libro*, saborea su frase, se acerca con sigilo a la pieza cercana, y oye como un eco la frase dura que otro hombre que escribe y que se llama Pascal le aplica: el *tonto proyecto que tiene de pintarse*. Me gusta pensar en esas dos frases, y fingirme de nuevo la escena. Montaigne hace un mohín y busca continuar su trabajo con más agrado y aire tibio. Adquiere de nuevo su vara de alcalde, y como si no hubiese oído escribe: *lo que a mí me ocurre es mi física y mi metafísica.*

Pascal quería olvidar que la relación entre el proyecto tonto de Montaigne y el proyecto absurdo de un navegante renacentista, por ejemplo, hay una relación de época, de dignidad y de heroísmo intelectual. El hombre en el centro de la tierra y de sí mismo y la navegación muy riesgosa. Son dos sentimientos igualmente renacentistas (de los que cada época irá confrontando su necesidad y su nostalgia).

El libro de Brunschvicg (*Montaigne, Pascal et Descartes, lecteurs de Montaigne*), tiene ese agrado de convertir en amistad cercana esas tres figuras; persiguiendo una frase, no en sus influencias directas, sino en el eco recogido y prolongado. Contemplamos cómo esos grandes creadores ponían sus manos en las mismas ideas sin interesarse por las vacías arrogancias de las prioridades. Eran ideas esenciales para su época, se daban cuenta que tenían que recorrerlas, importándoles más bien su vigencia que convertirlas en objetos cerrados, de propia pertenencia. El autor cree para obviar el ininteresante tema de la originalidad de Montaigne, sin preocuparle el Cicerón o el Séneca que están detrás de sus páginas sobre la amistad y la muerte, que los *Essais sur le libre le plus original du monde*.

El reflujo pascaliano, subraya Brunschvicg, ha sido seguido de un flujo cartesiano. Pero siempre es la razón, la duda, la verdad axiomática la que fluye, acompañada del detrás, del develamiento del vacío pascaliano. Ese flujo y reflujo daba uno de sus duelos épicos en la última poesía de gran estilo aportada por lo que podemos considerar la manera francesa. Y en el centro de ese flujo y reflujo, la voluptuosidad, Montaigne, que se contempla sin destruirse y se apasiona dentro de su castillo, para encontrar una cita de los antiguos que venga bien con su estado de ánimo. Uno de los atractivos de esta obra de Brunschvicg, es darnos un Montaigne, que no es el que se aísla para no oír, sino convirtiéndolo en un centro de acudimiento y visitas; una voluptuosidad que nos presenta la proporción de ser y conocer cuando ya vamos conociendo de cerca las entretelas de ese flujo y reflujo. El sabio, dice Brunschvicg, que tiene la ambición de conocerse debe rehusar reconocerse, es decir, la misma voluptuosidad tiene forma de apetito cognoscente; reconocerse después, en un espejo o ante sí mismo, después de esa larga aventura del conocimiento, debe rehusarse. Es ahí donde Montaigne se escabulle y donde Pascal aparece. Cuando ya Montaigne se cansaba de luchar con *el caballo escapado*, o lo encerraba en su biblioteca. Solamente que ese espíritu que contempla *el caballo escapado* que llega a convertirse en paisaje, en Pascal se atemoriza porque está empeñado en desinflar el espacio, extrayéndole la sustancia y regalándonos el vacío.

En esa relación que Montaigne establece con su libro, creyendo que él no lo ha hecho, sino que ha sido el libro el que lo ha hecho a él, hay también algún regusto de la muerte, como la hoja prensada entre dos páginas que nuestra uña ha subrayado. (Otro voluptuoso, a la alemana, Goethe, decía también sibilinamente: no me he hecho, me han hecho.) Muy precisamente, subraya Brunschvicg, los intentos escultóricos de Montaigne, *el milagro del segundo nacimiento*, el que ya empieza a insistir con algunas palabras *ordre, règle, règlement, régler*. Y cuando Montaigne exclama: *le prix del'âme ne consister pas à aller haut, mais ordonnément*, vemos ya ahí lo cercano que está de Descartes y lo lejos que está de Pascal. Pero por el camino de las diferencias entraríamos en unas proliferaciones inoportunas, se trata tan solo de apuntalar algunas coincidencias gustosas. Ese ordenamiento que está situado dentro del flujo cartesiano, está contrastado por su confesión, por su libertad hasta lo último, es decir, tiene también contacto con la tradición del reflujo pascaliano. Montaigne también ama su sombra.

Es en la manera cómo penetra en cada uno de ellos la curiosidad renacentista, esbozada ya desde la niñez lo que marcará posteriormente actitudes radicalmente diferentes. Mientras Pascal es contrariado en su aprendizaje; Descartes tiene que luchar con los jesuitas; Montaigne conoce la antigüedad de Grecia y Roma antes que los asuntos de su casa, y ya muy entrada la mañana las violas penetran en su cámara para ahuyentarle los mosquitos y las guerras religiosas de su época. Las humanidades le fueron entregadas sin lágrimas, y cuando salió de su aprendizaje, en el que se demora cuidadosamente, se encontró con una amistad *que borraba y no reencontraba las costuras que juntaba*. Cuya ruptura, por la muerte, lo vuelve definitivamente egoísta; la voluptuosidad, en la amistad, lo había acostumbrado, gustosamente, a ser el segundo en todo; después de la muerte se ve reducido a una mitad. Esa mitad es la que ahora se abandona a una curiosidad pasiva que se vuelca en un libro, que no sale de su castillo y que ya muy maduro se decide a hacer sus valijas para ir a Roma, a la que es preferible, como en el caso de Goethe, visitar en la adolescencia. Pero esa muerte de su amigo le sirve también, acaba por reducirlo a sí mismo, y los *Ensayos* que se habían planeado como cartas a su amigo, al convertirse en una mitad, lo llevan a darle a su obra el carácter de una pintura, y más tarde, en una segunda edición, el de un retoque. Así quiere el voluptuoso que no se le confunda con un solterón celoso de las llaves de su castillo, quiere quedar como enigma.

Después de ese periplo que él ha recorrido como Ulises y como secreto admirador de César, *un des plus grands miracles de Nature*, añora reposar *sur le sein des doctes Vierges dans le calme et la securité*. Su larga estancia calmosa, bien amurallado, es válida porque la identidad de su ser y de su conocimiento, en lo exterior, muestra los reflejos de su morbidez, un agua cambiante en la que gusta de sumergir los peces de sus citas y de sus sensaciones. En la polémica de lo temporal, sus tiros contra la escolástica, la lógica dogmática como fundamento de la física y de la metafísica o la ley magistral aristotélica, nos revelan que él no desdeña la lección moral a que le obliga su época, al lado de Pascal y de Descartes. Eso en lo que respecta a los contactos a que le obliga su época. Pero en lo íntimo, un vicioso de deslizar su voluptuosidad entre su conciencia y su ser. ¿No es ese precisamente el Montaigne que Gide utiliza para su Menalcas o su Lafcadio? Y aun antes, en unas Navidades, Cósima Wagner adelanta sus manos para regalarle a Nietzsche una edición de los *Essais*. ¡En unas Navidades, Nietzsche leyendo a Montaigne! Esa lectura no le presta las vacilaciones de un pirrónico, sino por el contrario cree que aumenta *el placer* de vivir. De ahí se escapa el Nietzsche que pudiéramos llamar intermedio, el que sabe deslizar cosas muy sutiles al margen de sus grandes tesis sobre el superhombre o el eterno retorno. Recordemos en el *Zaratustra* los versículos que dedica a la voluptuosidad: *gratitud infinita del futuro al presente*. Y por lo tanto, la autoafirmación del grano, del placer y del hombre. Solamente que en Nietzsche la oscuridad del hombre hipertélico lo lleva a saltar la *gratia*, la gratitud.

Descartes se le quiere escapar, no quiere encontrárselo en su camino (*méthode*), salvo en sus cartas más reservadas con la Marquesa de Newcastle, no lo nombra, ¿para qué? Si las frases más repetidas y seguras del *Discours* están impregnadas de Montaigne. Con una diferencia, lo que en Descartes es *bon sens*; en Montaigne, es solo *sens*. Vemos ahí a Montaigne, caer de parte de los antiguos, del logos platónico. Descartes, se fija más en las derivaciones de la

Reforma. ¿Acaso el buen sentido no actúa en círculos cada vez más reducidos hasta limitarse a la despensa? El aristotélico *animal racional*, lo roza inquietándolo en el arco que va desde un viviente dotado de sensibilidad hasta la sustancia corporal. Y la razón no puede derivar de la verdad primera, premisa mayor, la seguridad verdadera de las posteriores. Mira también hacia Pascal, no se quiere quedar a medio camino, y propone contra el genio maligno un guía. Solamente que a ese guía, que él quiere claro y distinto, se le llamaba la gracia, la intercesión mariana o los ángeles intermedios. Pero Descartes huye del álgebra como llave del mundo, para leer en *le gran livre*, y en la necesidad de un largo rodeo para alcanzar cualquier seguridad (Descartes se enrola en el ejército del Príncipe de Nassau; Montaigne, únicamente viaja cuando llega la peste, prefiere limitarse al Perigord, es lo mismo.) En ese despliegue de sus invitaciones, no como espectador pues Montaigne aspira a habitar los deleites de lo que se brinda, incurriendo en pecado de gula al preferir la fruta a la corrupción, la corrupción de la sustancia. Descartes, se aleja, quiere continuar cavando hasta encontrar *la roca o la arcilla*. Decide que la imaginación no consiste en ir hacia el paisaje, sino en sumergirlo en sí mismo. Pero más allá de la roca o de la arcilla, Pascal, que es el que más le debe a Montaigne, es también el que más le regala. Más allá de las voluptas de Montaigne o de la figura cartesiana, Pascal preferirá seguir girando en torno de la miseria concupiscible.

Es en lo que respecta a la experiencia que empiezan a enemistarse Montaigne y Pascal. Montaigne cree todavía que la experiencia actúa relacionada con el espíritu.

Pascal sabe que esas experiencias son totales, que son inútiles con relación a las figuras de las ideas. Ve esas experiencias con un aspecto tan total como el existir sin ser de los existencialistas actuales. Brunschvicg señala que entre Montaigne y Descartes actúa Pascal como árbitro. Burlarse de la filosofía, también es filosofar, la célebre frase de Pascal, es intermedia entre la voluntad cartesiana y la ondulación de Montaigne. Ya en 1660, cuando califica a la geometría tan solo de *métier, la plus beau métier du monde; mais enfin ce n'est qu'un métier*; es entonces cuando Pascal y Montaigne se alejan; a las seguridades que deseaba Montaigne, Pascal viene ahora a oponer una renunciación *total y dulce.*

Brunschvicg trabajaba poco antes de su muerte en esta obra de profesor muy maduro que sabe lo que hay que escoger para hacer una obra. Su vida había transcurrido entre los más finos deleites intelectuales: había sido el amigo de Proust y de Erik Satie. También conoció algunas amarguras inolvidables: para llevarse sus manuscritos los alemanes tuvieron el mal gusto de irrumpir en su biblioteca con la bayoneta calada. Esta obra publicada después de su muerte, quizás hubiera sido susceptible de más desarrollo o algunas de sus citas y afirmaciones obligadas a devolvernos un sentido más nítido después de un repaso más demorado. Así como es, nos brinda una obra utilísima para deslizarnos entre Montaigne, Descartes y Pascal, y tocar la sutilísima sustancia que constituye la voluptuosidad, el estoicismo o el temblor del espirituoso francés.

1944

Carnaval del rubio glucinio

La cítara del cansancio, *la cítara que descalza tantos días guardó abril*, se replegó hasta extenuarse, no pudo prever entre cortinas rodadas por redoblantes nocturnos y en subdivididos pasos taconados de carmesí postizo, el residuo que iban formando los ángeles apagados, ¿acaso el problema de la finalidad pertenecía a la teoría del conocimiento o a la experiencia de la dependencia religiosa? Los pasos de nuevas exactitudes, mecidos por el violoncelo de Santa Cecilia, se iban reuniendo en la afirmación bergsoniana de que si un estado de alma cesase de mudar su duración cesaría en el acto de fluir. Las parejas danzantes se habían reducido, hasta parecer las parejas de corderos que se apartan opiadas en el *Concierto pastoral* de Giorgione; pero seguían fluyendo, ocupando mucho más tiempo que el ovillado por el garzón especialista del norte de su lloro por haber chamuscado el ajedrez donde el mariscal Bessompierre jugando con Enrique IV, le hacía profecías sobre su muerte inaplazable. Las capas y los calzones anchos, humedecidos por los mecheros de gas, flotaban sobre los cuadrados carmesí y verde oro de anticuario con cristales de refracción adamada. El Tres de Copas, la Marquesa del Este, y el insecto cuyo zumbido hacía desmayar a Madame de Lambelle, pasaban por los faroles grises y doblados, en una curvatura de granado somnoliento, como estocadas de peces al retratarse: arena sacramental, mezcla de arena y polvos de espejo, reloj de arena y de araña. La arena caía al sacudirse la cabellera que cubría la flor del caballo marino y la araña cantaba y nacía porque veía acercársele el anarnak groenlandés y la escarpena, combate que Maldoror robustecería con sus serpentinas y las mínimas esculturas del Eco. El vapor mantecado de un valse flotaba hasta que de pronto se abría sonrosada la Sentencia, ocre, rojo ladrillo, luego otra vez, tiempo de gentileza irreproducible, concha rosicler, siena de Goya: *Otium est non vacare Deo*. Cuando la orquesta acababa por desaparecer, separados los danzantes, se estiraban debajo de los faroles de gas, sostenidos por una circular hoguera de ranas y de alcohol, como un retablo de tréboles, acantos y mandorlas, con influencias de Giotto y suspiros de mercaderes de Bizancio. Lentamente, como si ya hubiesen señalado el nicho donde su sueño pudiese girar en mayor espesura, se extendían debajo del farol de gas y desenrollaban sus mantas hasta alcanzar la altura de las cejas, otros detenían los pliegues de la manta al borde de una cicatriz de corcho perdurable. El triunfo de los delfines, sus paseos curvilíneos, se aseguraba en estatuas de corcho raspado por el lagarto y el fuego de Sodoma. El reverso preparado por unas campanillas cóncavas de papel alcanforado de la cámara de baile, era la terraza donde unos irlandeses con chaquetillas de cuadros endulzaban una limonada, volcada sobre el jardín a la hora del Sagrado Sacrificio de la Primavera. Dios mío, un perro inmenso y de pasos delicados, al enroscársele en la cola una serpiente de dos cabezas, transportaba en su boca una columna dórica, mordida por el puerco y por la carne voluptuosa del pulpo viejo. Y tú, miserable círculo, pasos rendidos del fuego, tendenciosa alegría, apresúrate a dormir con tu manta debajo de un farol de gas, apresúrate también a tapar tus cuadrados que son la ley moral, la espiral de Goethe, o el triunfo de la lira: ya la heraclitana o la fabricada en forma de cola de caballo. Un gendarme admirador del tema pictórico de las mujeres obesas frente al espejo mudo por delicadeza —tal como las pintaba Renoir— lanzaba a bocanadas salpicaduras de cerveza sobre los dormidos. Ni un movimiento ni un ave y su necesaria sombra sobre la desnudez del sueño. Lluvia sobre Bethsaida, lluvia sobre Cafarnaúm, y sobre los durmientes una lluvia que al tropezar con la cerveza o al herirse en el sueño, formaban una escena de naufragio con el timonel impávido, que VI durante mi última visita a la casa de la tía de Mr. Whistler. Yo no quería molestarla y le ocultaba mis preferencias, pero VI que me sonreía con una sonrisa de indiferencia ante lo que yo consideraba mi posición irónica. Con la lluvia de esas sonrisitas, lluvia sobre Bethsaida, lluvia sobre Cafarnaúm, intentaba provocarme para que yo le mostrase mis gustos y mis recetas, para entonces llevar ella su sonrisa a un surrealismo amable, dejándome inutilizado, ella quería que todo esto fuese bien visible, en el contentamiento de mi salud. Los dormidos que querían escaparse con sus posiciones longitudinales, mostraban, tiempo de sueño medioeval, que estaban ambientados por la marea del violoncelo, que alterando todo el ritmo de la cultura grecolatina, creían enviado por Solimán el Magnífico. Lo veían llegar como un presente, largas procesiones, pliegues adornados con los atributos de la Pasión, después se tendían igual que los durmientes, tan solo que el farol de gas estaba subdividido en unas palmeras portátiles que flotaban sobre las aguas. Los atributos del violoncelo, las bendiciones de la cerveza caían sobre Bethsaida y Cafarnaúm, cuando empezaban agitarse los durmientes. Uno, un tanto jorobado, vestido de negro y solapa y botones grises, decía: la ley moral, la ley moral. Otro, que tapaba su verruga y adornaba con lazos elípticos a la muerte, quería cantar, pero la garganta traqueteaba, como la nuez en la boca del faisán, muy débil, pero se oía; el triunfo de la lira, el triunfo de Elena de Troya. Creía que se le oía y era el pregón de los periódicos. Muy débilmente, apenas se oía el triunfo de la lira, el ideal asexuado de la sonrisa leonardesca. Clarín, clarines, las sombrías —ya no eran los durmientes ni están inmóviles debajo de un farol de gas—, pasan en caballos de circo o en patines de furiosos movimientos concéntricos.

Noviembre, 1938

Libros a la carta

A la carta es un servicio especializado para
empresas,
librerías,
bibliotecas,
editoriales
y centros de enseñanza;
y permite confeccionar libros que, por su formato y concepción, sirven a los propósitos más específicos de estas instituciones.

Las empresas nos encargan ediciones personalizadas para marketing editorial o para regalos institucionales. Y los interesados solicitan, a título personal, ediciones antiguas, o no disponibles en el mercado; y las acompañan con notas y comentarios críticos.

Las ediciones tienen como apoyo un libro de estilo con todo tipo de referencias sobre los criterios de tratamiento tipográfico aplicados a nuestros libros que puede ser consultado en Linkgua-ediciones.com.

Linkgua edita por encargo diferentes versiones de una misma obra con distintos tratamientos ortotipográficos (actualizaciones de carácter divulgativo de un clásico, o versiones estrictamente fieles a la edición original de referencia).

Este servicio de ediciones a la carta le permitirá, si usted se dedica a la enseñanza, tener una forma de hacer pública su interpretación de un texto y, sobre una versión digitalizada «base», usted podrá introducir interpretaciones del texto fuente. Es un tópico que los profesores denuncien en clase los desmanes de una edición, o vayan comentando errores de interpretación de un texto y esta es una solución útil a esa necesidad del mundo académico.

Asimismo publicamos de manera sistemática, en un mismo catálogo, tesis doctorales y actas de congresos académicos, que son distribuidas a través de nuestra Web.

El servicio de «libros a la carta» funciona de dos formas.

1. Tenemos un fondo de libros digitalizados que usted puede personalizar en tiradas de al menos cinco ejemplares. Estas personalizaciones pueden ser de todo tipo: añadir notas de clase para uso de un grupo de estudiantes, introducir logos corporativos para uso con fines de marketing empresarial, etc. etc.

www.ingramcontent.com/pod-product-compliance
Ingram Content Group UK Ltd.
Pitfield, Milton Keynes, MK11 3LW, UK
UKHW042007190726
13854UKWH00005B/2199

9 788499 534909